AMÉRICA

AMÉRICA

La aventura de cuatro mujeres en el Nuevo Mundo

Ángeles de Irisarri

grijalbo

Primera edición: octubre, 2002

© 2002, Ángeles de Irisarri
© de la edición en castellano para todo el mundo:
   2002, Grupo Editorial Random House Mondadori, S. L.
   Travessera de Gràcia, 47-49. 08021 Barcelona

Printed in Spain – Impreso en España

ISBN: 84-253-3704-6
Depósito legal: B. 34.881 - 2002

Fotocomposición: Fotocomp/4, S. A.

Impreso en A & M Gràfic, S. L.
Santa Perpètua de Mogoda (Barcelona)

GR 37046

A mi buen amigo Fernando Orbañanos Celma,
doctor en medicina y otros saberes que, desde mi primer libro,
estuvo atendiendo a todos mis personajes

A María Victoria Garín, Miguel Ángel López Salinas
y Susi Salinas que me hablaron de Venezuela.
A todos, gracias.

1

—He dicho.

Tal dijo la abadesa de Santa Clara al concluir su parlamento y, vaya, entre las monjas se alzó un murmullo que presto se tornó en alboroto, como no podía ser de otra manera.

A ver, que nunca se había oído semejante propuesta en un refectorio. Que sor Juana Téllez de Fonseca, la abadesa (mujer menuda pero capaz de grandes penitencias), desde que la legación castellana que había suscrito el ya conocido como Tratado de Tordesillas —el que partía el mundo entre Castilla y Portugal— abandonara el convento, había permanecido tres días arrodillada con los brazos en cruz sin levantarse siquiera para orinar o desentumecer los huesos, ayunando con el mismo fervor que los eremitas de los primeros siglos del cristianismo; sin hablar, sin instruir; sin recibir, sin atender los negocios de la casa y al fin, andando a recancanilla y apoyada en los brazos de dos monjas, se había personado, a última hora, en el refectorio, interrumpiendo la lectura de la vida de Santa Lucía. Y ya, sentada en su silla, tras mandar repartir un mazapán por cabeza, como si no dijere, como si fuere usual lo que dijere, como si una vez más pidiera silencio en el claustro o se refiriera a alguna otra cuestión baladí, había manifestado:

—Es mi deseo vestir a doscientos indios con saya y braga, a lo menos a doscientos —dijo haciendo hincapié en el número, en aquello de los doscientos…

Y, después de aquellas palabras asaz disparatadas, había animado a la comunidad, sin que le temblara la voz, a aparejar los enseres, a tomar tela, tijera y aguja y a ponerse a la costura, a más que con los ojos, unos ojos muy parleros ciertamente, había solicitado apoyo para la caridad que pretendía hacer y de ese modo enviar las ropas en el próximo viaje a las Indias que el almirante Colón preparaba ya.

Pero claro, tras el primer asombro, se levantó bulla:

—¡Nos ha puesto en el plato un mazapán para que apoyemos semejante dislate!

—¡Nos quiere conquistar con lamines!

—¡No hay que ir tan lejos para hacer el bien!

—¡Los indios son negocio de los reyes y del virrey Colón!

—A los hombres no se les ha ocurrido vestirlos…

—¡Por eso, porque los hombres no lo han pensado, lo haremos las mujeres!

—¡Es meternos donde no nos llaman!

—¡Su Santidad tampoco se ha ocupado de la vestimenta de los indios!

—¡Dios ha iluminado a sor Juana!

—¡Doña Juana habla por boca de Santa María Virgen que también desea verlos tapados…!

Y unas monjas sostenían que el mazapán, que había hecho repartir la abadesa y que tenían en el plato sin empezar a comer, era para moverles el ánimo hacia ella, y otras que no hacía falta llevar la caridad tan lejos, a dos mil o cuatro mil o seis mil millas, las que fueren, de allí, pues que había pobres en Valladolid, en Tordesillas y en la puerta de la abadía, por ejemplo, en razón de que haylos en todas partes. Sin embargo, otras, a Dios gracias las más, encomiaban sin paliativos la propuesta de sor Juana, pues que en todo la apoyaban.

En virtud de que aquella mujer, doña Juana, como si Dios le sonriera en cualquier negocio emprendido desde que inició su abadiado —iba para dos años—, había ganado todos los pleitos que entablaran sus antecesoras contra los vecinos de la villa que, codiciosos, se habían negado a abonar las alcabalas que, para el digno sustento del cenobio, les habían entregado por los siglos de los siglos los reyes don Alfonso XI, llamado el Justiciero, y don Pedro I, llamado el Cruel, los fundadores de la casa. Y, durante seis meses, había dado de comer a más de doscientas personas. Nada menos que a los embajadores portugueses y castellanos que suscribieron el reparto del mundo en el Tratado de Tordesillas —como dicho es— sin que se resintieran sus arcas y sin que ellas, las religiosas, pasaran hambre. Lo que, en efecto, digno de loas era.

Sor Juana, ante el desconcierto, pedía silencio toqueteando la mesa con las dos manos. Con las dos manos no, con la mano derecha, la única que tenía pues era manca de nacimiento, y con el muñón del brazo izquierdo, sin taparlo. Por ello, como en otras ocasiones, anduvo en boca de las monjas la desdichada historia del can que, a ella y a su hermana gemela, la excelente señora doña Leonor, marquesa de Alta Iglesia, les había comido una mano a cada una.

Los comentarios continuaron luengo rato, porque las religiosas nunca se cansaban de mirar a la abadesa ni menos de hablar. Por cierto, que mucho más que de las bragas de los indios, platicaron del maldito perro que, en mala hora, arrancó de cuajo las manos de las criaturas recién nacidas. A Juana la izquierda y a Leonor la derecha, dejándoles un anillo encarnado cinco dedos arriba de la muñeca, como se apreciaba claramente en el brazo de doña Juana, que no se re-

11

cataba en enseñarlo a sus monjas, quizá para que la observaran y de ese modo hacer más penitencia, pues toda la que hacía le parecía poca.

Y sí, sí, en voz baja, las religiosas, bastante alborotadas por cierto, comentaban como siempre, sobrecogidas, el descuido de la partera y de las criadas de las Téllez dejando entrar un can, seguro que enviado por el demonio, en la alcoba. Y salía también a colación lo del desdichado matrimonio de doña Juana que no llegó a consumarse, pues, llamados por Dios ambos cónyuges, el marido se entró fraile y la esposa monja, mientras, mordisqueaban el mazapán, deleitándose con él para que les durara más. Y alguna, más entrometida que el resto, afirmaba ante sus vecinas que, en una ocasión, había visto con sus ojos los estigmas de la Pasión de Nuestro Señor Jesucristo que, a decir de dueñas, se reproducían en pies y mano de la dama —negocio nada claro, debido a que unas monjas sostenían que sí y otras que no—, que sufría —si se sufre con ello— o gozaba —si se goza— cuando se encerraba días y días en su celda para orar y mortificarse.

Juana continuaba pidiendo silencio en vano, porque las monjas se habían animado más y más, máxime después que mandó servir un vasito de vino de celebrar. Entonces, dejando las diferencias que mantenían con la mayor autoridad de la casa, pues deseaban tener criada; comer carne al menos tres días por semana; llevar sandalias en verano y chapines en invierno, y dormir sobre plumazo en vez de tabla, aceptaron lo de la costura de grado, pues se adujeron que a la priora no sólo la favorecía el Señor Dios en todo lo que iniciaba sino también la poderosa reina de Castilla, León, Aragón, etcétera, la señora doña Isabel, cuya vida guarde Dios muchos años. En virtud de que la soberana y la abadesa, amén de la hermana de la abadesa y una mujer del común de oficio incierto —las

12

malas lenguas aseguraban que ejercía de bruja—, habían nacido a la misma hora, el mismo día y mismo año, y bajo una magnífica luna roja, que las unía con lazos intangibles pero imperecederos, al parecer. De ahí el favor de la soberana que, no en vano, había reunido a los embajadores de Castilla y Portugal en el convento de Santa Clara, en Tordesillas, para envidia de muchos otros abades y abadesas de las Españas.

Y se oía en el refectorio, sovoz:

—Doña Juana es una de las cuatro hijas de la luna roja de abril de 1451…

Y más alto:

—¡Está bendita de Dios!

—No le contradigan sus mercedes.

—¡Coseremos con buena cara lo que sea menester…!

Y cuando doña Juana expresó:

—Nos agradecemos la disposición de la comunidad… He dicho.

Para entonces las monjas ya se habían comido el mazapán y bebido el vino, y la mayoría estaba de acuerdo con la proposición de la priora.

A doña Juana Téllez de Fonseca, abadesa de las Damas Pobres de Santa Clara de Asís, en Tordesillas, se le ocurrió la idea de vestir a los indios cuando los embajadores lusos y castellanos le hablaron de la desnudez de los mismos, en razón de que se quedó espantada de que por el mundo anduvieran gentes enseñando lo que comúnmente se tapa.

Finalmente, la idea fue muy bien acogida por la comunidad pues las monjas, encargadas las telas a los tejedores de la villa, se aplicaron con el corte y costura de las prendas y, a

13

poco, una empleaba veinticuatro horas en coser unos calzones dando 1.450 puntadas, y otras cincuenta y cuatro horas en dar por terminado un hábito como el de ellas, las religiosas —que los indios no necesitaban mayores lujos—, dando 2.253 puntadas, estableciéndose entre ellas una cierta competencia por ver quién cosía más en menos tiempo.

Pero la abadesa no mostraba su contento y se retiraba a menudo a orar. No amohinada no, ni mucho menos, pero sí un tantico preocupada. No por la comunidad que respondía unánimemente a sus llamados, sino por ella, porque —no le cabía duda— estaba siendo tentada por el demonio, pues una nueva idea, otra, se había asentado en su sesera, y ya, invariablemente, sor Juanota, que la conocía bien, le preguntaba por ella cuando le llevaba el yantar —pese a que la comunidad la echaba en falta en el refectorio— a su celda, cuando se encerraba por hacer penitencia:

—A ver, ¿qué bulle en vuestra cabeza, doña Juana?

Al principio, la priora que, apenas probaba bocado, guardaba silencio. No es que tan alta dama mintiera ni quisiera burlar a sus monjas, no, es que a la dicha hermana, que llevaba muchos años con ella asistiéndola en lo grande y en lo menudo, no le podía ocultar negocio alguno. Y, en efecto, algo rebullía en su cabeza, pues a sor Juanota —que era mujer gigantesca, de ahí el aumentativo de su nombre— no la podía engañar. Por eso terminaron platicando:

—Doña Juanota, hija, tengo la cabeza llena de bobadas. Descuido la oración… Hoy no me he levantado para rezar maitines…

—Os he dejado dormir, descansar, por si engordáis un poco… Estáis en los huesos, reverenda madre…

—No sosiego, hija mía…

—Ea, decidme si tenéis alguna cuita…

14

—Tomé apuntes de lo que me explicó don Duarte, el embajador portugués… Y, ya sea dormida, ya sea despierta, trato de imaginar cómo sería mi vida en la isla Antilla, la que precede al Catay, una tierra llena de oro en la que todavía no ha puesto pie el señor Colón…

—No hagáis caso, ese don Duarte era hombre de mañas… Os recuerdo que varias veces lo encontramos pretendiendo entrar en la clausura para sorprender a las novicias con intenciones poco claras, pues miraba a las jóvenes abriendo mucho los ojos, como hacen los hombres enamorados…

—No sé, tal vez me llenó la cabeza de pájaros… No obstante, aprendí mucho con él… De geografía, de islas, de mares, de lejanas tierras y de extrañas criaturas… Con lo que más dificultad tuve fue con los paralelos y meridianos, pues me costó entender que fueran líneas imaginarias y que algo inexistente tuviere utilidad práctica…

—El Señor ha hecho cosas imposibles de entender…

—Ea, acercadme el verduguillo que me voy a dar unos azotes…

—No, más azotes, no. Limitaos a rezar…

Y sí, sí, algo rebullía en la cabeza de doña Juana, la amada de Dios, que tal vez le concedía la gracia de padecer o gozar los estigmas de su Pasión; la amada de la reina con la que cruzaba cartas una semana sí y otra también; la amada de casi todas las conventuales que, tras dos años de arduo trabajo, al Señor sean dadas muchas gracias y loores, estaban a punto de dar por concluidas las doscientas bragas y las doscientas vestes —doscientas, el número de personas que según la priora componían una tribu—, y dispuestas a continuar hasta las cuatrocientas aduciéndose cada una por su lado que habría más de doscientos indios en las islas de Ultramar, pese a que con las ropas ya habían llenado veinte cestos de casi media vara de altos. Pero sí, sor Juana llevaba en mente otra idea, otra más que, pese a no manifestarla a las religiosas, no le permitió sosegar en los muchos días de su penitencia...

La primera, lo de vestir a los indios, la debía a su sesera en exclusiva, Dios le había abierto los ojos, bendito sea, y así lo habían entendido sus monjas, pero la segunda le venía inducida por las muchas hablas que mantuvo con los embajadores mientras permanecieron en el convento; por las cartas que iban y venían entre ellos y los señores reyes; por las bulas que recibían de su santidad el Papa, pero sobre todo por la verbosidad del ministro portugués, de don Duarte Pacheco, a la sazón geógrafo y estrellero de renombre, que le había llenado la cabeza de necedades impropias de una monja que lo único que debe hacer es gloriar al Creador, rezar por los pecados del mundo y, siendo abadesa, gobernar sus heredades con mano firme para que nada faltara en el cenobio y, a ser posible, acrecentarlas para sus sucesoras...

Ay, que le había venido a las mientes la idea de llegarse a las Indias con unas cuantas monjas, las que libremente quisieren acompañarla para repartir ella misma las ropas y fundar casa de Santa Clara en una isla, la llamada Antilla que, según decires, precede a la tierra del Gran Khan, de la que le había hablado con mucha prédica y autoridad el tal don Duarte.

Y esta idea le impedía sosegar. Por eso, entre mortificación y mortificación, escribió de su propia mano a la señora reina de Castilla manifestándole su deseo de marchar a Indias para llevar las ropas que con aplicación estaban cosiendo sus monjas y, a ratos, ella misma —pues que su disminución física no le impedía sostener el paño con el brazo manco e hincar la aguja con la mano buena— rogándole que entendiera en su proposición y pidiendo a Dios que la iluminara, otrosí a sus consejeros, para que le otorgara el permiso pertinente. A sabiendas, tal le decía la priora: «De que las mujeres no son queridas para ir a Indias»; a sabiendas de que: «Vos, alteza, también deseáis vestir a la población de aquellos países, pues no es de razón que vayan enseñando lo que es vergüenza mostrar».

Y qué más quiso la señora reina que también anhelaba vestir a sus nuevos súbditos —súbditos, que no esclavos, como querían algunas gentes de mala voluntad en sus reinos—, que encontrar una aliada para tal menester en doña Juana, que, alborozada, le dio venia y rápidamente envió cartas al obispo de Palencia para que otorgara permiso y bendición a la abadesa para ir a Indias. E ítem más, a don Cristóbal Colón, a quien hizo maldita gracia el aviso y posterior orden de la soberana, entre otras razones porque la religiosa se tardaba. A ver, que, tras dar treinta pregones durante treinta días por toda Castilla de su tercer viaje, tenía prisa por zarpar. Que había previsto largar amarras el pasado día 15 de mayo, y a 24 del mismo mes todavía no se habían presentado las monjas en el puerto de Sanlúcar de Barrameda. Las religiosas, ay, Jesús, María, que venían al menos con cuarenta baúles de aparato que, entre otras cosas, no había sitio para meterlos pues habían cargado corderos, becerros, gallinas, caballos, asnos (de todos más hembras que machos); toneles de agua y vino; pasas, arroz, azúcar, almendras y nueces; corazas, espingardas, dichas también escopetas, y ballestas; medicinas para las dolencias; ropa para vender a los españoles que se habían quedado en Indias, y cuarenta cestos de mimbre con su equipaje personal. E incluso ya habían embarcado las mujeres, las pocas que se habían apuntado al rol.

La demora de doña Juana y sus monjas debióse a que la abadesa hubo de dejar sus mortificaciones y manifestar claramente a sor Juanota su intención de marchar a Indias para que ella lo corriera por el convento, toda vez que recibió la licencia y bendición del señor obispo de Palencia que, dicho sea, se las dio de mala gana. Quiso dejar todo arreglado antes de partir a un viaje de incierto regreso. Hubo de instruir a la subpriora en las tareas de la gobernación y encomiarle la custodia de las bulas de Su Santidad y del documento del Tratado, dicho de Tordesillas por los siglos venideros y que tanto había costado firmar, porque los lusos siempre querían más y más de las presuntas tierras de occidente, de las Indias, las que, dos años antes de la rúbrica, habían sido descubiertas por el almirante Colón, para gloria de Dios y de los señores reyes. Hubo de mandar hacer baúles a los carpinteros de la villa para guardar mejor la ropa que llevaba, pues le parecieron más seguros que los cestos, llenarlos y numerarlos; contar las prendas y disponer aquí las bragas, acá los sayos. El caso es que de todo se ocupó, pero lo que más tiempo le llevó fue encontrar acompañantes. Encontrar seis, cinco, cuatro, tres, monjas que libremente la quisieran seguir a su viaje a Indias.

Sor Juanota, al ser enterada del asunto, no lo dudó un momento, acogió la idea con entusiasmo y, testaruda, repitió una y mil veces:

—Yo iré con vos, señora abadesa, al fin del mundo que fuerais…

—Pensadlo, sor Juanota, que no es negocio menudo… Tal vez no regresemos nunca jamás —respondía la priora un tantico apesadumbrada, pues que no parecía haber muchas religiosas dispuestas a acompañarla a Indias libremente.

—¿No ha regresado don Cristóbal Colón dos veces? ¿No

se dice que los indios no son belicosos? ¡De los peligros, me defenderé yo con estos puños…!

—Téngase la hermana, que Santa Clara, nuestra madre, no quiso violencia… Vea de convencer a sus compañeras… Dígales que en aquellos lugares, según dicen los sabios, está ubicado el Paraíso Terrenal…

La hermana Juanota hablaba de lo que le había contado don Duarte a la abadesa: del Paraíso Terrenal; del reino de Ofir de Salomón; de las islas llenas de verdura descubiertas por Colón; del viaje, unos cincuenta días de navegación persiguiendo a las estrellas, y de lo que le decía doña Juana con entusiasmo:

—Pondremos nombre a los mares, a los ríos, a los montes…

Pero no, no, no había monjas dispuestas a hacer el viaje, ni al cielo que pretendieran ir. Hacían oídos sordos. Las más comprometidas con el negocio decían de echarlo a suertes pues les daba miedo, al parecer. Porque una cosa era cortar, coser, repasar y llenar los baúles, y otra, muy otra, ir a unas islas ignotas por un mar poco menos que infinito de cuyo fondo emergían ramos de fuego, lleno de monstruos para mayor horror, para encontrar a unos hombres que, a decir de los señores embajadores, vivían en la remota Antigüedad y se comían unos a otros, tal sostenían pues que ellas también habían escuchado las hablas de los diplomáticos. Y no, mejor que Colón llevara las ropas y amén. Que ellas habían trabajado con ahínco y conseguido lo que ningún obispado ni iglesia parroquial ni convento ni gremio ni cofradía había hecho en las Españas, haciendo incluso mucho más de lo que ordenaba la regla de Santa Clara. A más, que Dios quería que ellas murieran en el monasterio y no estaban dispuestas a salir de él ni que el obispo de Palencia, a instancias de la reina Isabel, les hubiera dado la correspondiente venia… Que acaso se echara a suertes entre ellas, pues, estaba claro, que a sor Juana no podían dejarla sola con sor Juanota, pese a que era mujer forzuda y la que la recogía en sus desmayos después de mortificarse o de aplicarse el verduguillo, no. Habían de ir algunas más:

—¡Cuatro más!

—¡Tres!

—¡Dos, dos más!

—¡Que vayan cuatro en total…!

—¡A suertes…!

Tal se oía por los claustros y en el refectorio. Pero sor Juana se resistía:

—¿A suertes? ¡Un convento no es lugar de holganza, nuestras compañeras se alborotarán…!

—Nos vamos solas, señora, vos y yo —suplicaba sor Juanota.

—No podemos con tantos baúles…

—La tripulación nos ayudará con ellos… Tampoco cuatro ni seis monjas podrán con semejante impedimenta.

Y sí, sí, pese a que la abadesa no quería, se echó a suertes. Sor Juana, reuniendo a toda la comunidad en el refectorio con un mazapán en el plato y con un vaso de vino a la mano, pidió voluntarias y, como no se presentó nadie, fue menester echarlo a suertes: coger tantos garbanzos como personas había, hacer a dos, a dos, sólo a dos, ya que las monjas no se avinieron a más, una muesca; introducirlos en un saquete y que cada una sacara el suyo. Las afortunadas o desafortunadas, vaya su merced a saber, fueron sor Rósula de Santa Gorgonia, la dinerera, y sor María de la Concepción, la portera. Ambas, dando buen ejemplo a sus compañeras, no se alegraron ni se quejaron de su fortuna o infortunio, pues de sus labios no salió una palabra ni mala ni buena sobre el particular, pero cierto que todas las presentes observaron claramente cómo se les demudaba la color cuando se encontraron en la mano con el garbanzo marcado.

Las religiosas, después de que la abadesa cediera a la población de Tordesillas la imagen buena de Santa Clara para que la sacaran en procesión, en rogativa, pidiendo lluvia —pues, salvo que lloviera presto, habrían de perderse las cosechas de aquel año—; de hacer confesión general postradas en el suelo del altar mayor y despedirse de sus compañeras que les dijeron adiós con lágrimas en los ojos, mismamente como ellas, una buena mañana del mes de mayo de 1498, tras escuchar misa mayor con devoción, partieron del mismo modo que habían entrado en el monasterio: descalzas, camino de Sanlúcar de Barrameda, localidad en tierra andaluza, situada a orillas del río Guadalquivir.

Sor Juana, con una de las reliquias más preciadas de la casa en su mano buena: el dedo meñique de Santa Clara guardado en una cajita de oro de preciosa orfebrería y, en su arca personal, sus apuntes de geografía, los que había tomado de las lecciones de don Duarte, el precioso Libro de Horas que las abadesas de Tordesillas heredaban de unas a otras, y un Calvario muy bueno de plata dorada.

Dejados los altos muros de la clausura, las monjas, aun sin quererlo, abrieron los ojos al mundo y se asombraron de la amplitud de los campos, de la bondad del sol, de la intensa luz de la luna, del brillo de las estrellas y de otras maravillas de Dios, pues que viajaban de día y de noche, turnándose los carruajeros con las riendas de los seis carros que llevaban.

El caso es que no tenían ojos para verlo todo aunque sí palabras para comentar lo que veían, porque no paraban de hablar. Y no valía que la abadesa recordara a sus acompañantes que la regla de la Orden se guardaba tanto dentro del monasterio como fuera de él, que no cesaban de platicar, quizá por el asombro que les producía ver tanta tierra y tan grande. Hasta sor María de la Concepción, que por ser portera había visto más mundo que ninguna otra desde la mirilla del convento y tratado con algunas gentes, sobre todo con los recién casados que regalaban una docena de huevos el día de su boda para ser felices en su matrimonio, se asombraba de la magnitud del cielo y de la tierra, y sus enormes ojos azules sonreían.

Pero la que más hablaba de esto o estotro era sor Rósula de Santa Gorgonia que, a decir de dueñas, se había puesto bajo la advocación de una santa que, si bien figuraba en el santoral como mártir africana de los tiempos del emperador Diocleciano, hombre de fatal memoria, resultaba desconocida para la mayoría, y aún añadían que lo había hecho, que la había elegido, para que sus compañeras le preguntaran por la dicha santa y así poder hablar, y explicar quién era la santa, cuando alguna de sus interlocutoras, más instruida que el resto, la confundía con la Gorgona, monstruo pagano. Y eso, que no callaban ni de día ni de noche, aunque durante algún tiempo se adormilaban todas, pese al traqueteo del carro.

Doña Juana, a ratos, se recogía en sí misma dudando si llegarse a Ávila a visitar las tumbas de su hermana y de su abuela, ambas enterradas en la santa iglesia catedral, y las de sus criadas: la buena de Catalina, que fue la cocinera, y las excelentes Marian y Wafa, sus dos esclavas moras, y se aducía a sí misma que a ninguna de las cinco les vendría mal una plegaria pero, por hacer mortificación, por no recrear los buenos ratos de su niñez y adolescencia, lo desechó diciéndose, además, que tanto valía que rezara por las almas de sus únicas parientes en el camino real que delante de sus sepulturas. Pero sí, sí, rezar, ni un avemaría. Porque, cuando no habían de parar a orinar, habían de hacerlo en una venta a comer o a que los arrieros echaran un trago, o en la posta a cambiar de mulas. O detenerse y recibir en la vera del camino al mensajero de Colón que, a su mandado, urgía a doña Juana a azuzar los animales para llegar cuanto antes, pues que al almirante se lo comían los nervios, al parecer, porque era hombre impaciente. Como si las mulas volaran, como si la distancia entre Tordesillas y Sanlúcar corta fuere.

Antes de llegar a los montes de Sierra Morena, los arrieros comenzaron a mascullar palabrotas, a maldecir y a saber si a blasfemar, Dios les perdone —las monjas no querían oír lo que dijeren o maldijeren—, por las empinadas cuestas que se aproximaban, porque habían de bajar el paso de Despeñaperros, porque las mulas que llevaban, cuatro por carreta, eran pocas, y los baúles que transportaban casi infinitos.

En la venta de Cárdenas, hubieron de uncir más animales, seis a cada carro, y bajar y subir, con lo cual se demoraron una eternidad, pese a que sabían que a don Cristóbal Colón se lo llevaban los diablos. Además, los hombres le decían a doña Juana:

—¡Doña Juana, sepa su merced que de lejanas tierras, grandes mentiras…!

Queriendo decir que no iba a encontrar la priora lo que buscaba, dando por supuesto que la dama buscaba oro o riquezas, como todos. Y, soltando la lengua, irreverentes de lo más, sostenían meneando la cabeza:

—¡Allí no vive ni Dios!

O pedían y pedían:

—Tenemos que echar otro trago, señora Juana, que nos falta fuerza…

23

Y la dicha abadesa no sólo había de esperar a que se mojaran el gaznate, sino pagar el vino, el alquiler de más mulas y aguantar a sor Rósula, que era la dinerera y se dolía al abrir el cofrecillo y sacar dineros, sobre todo para que los arrieros se emborracharan.

Claro que los hombres le informaban:

—No se duela su merced que en Indias no hay dineros.

—No hay qué comprar ni en dónde gastar.

—Ni tiendas ni aldeas ni ciudades.

—Allí se puede ir sin un maravedí.

—Dicen que se levanta la mano y se coge fruta de los árboles.

—De los árboles, señora, que no tienen amo…

En Sevilla, los hombres quisieron descansar. De tal manera que doña Juana despidió a casi todos menos al arrendador y contrató a otros. Pese a ello les pagó bien, como había aprendido de su señora abuela, descanse en paz, pues que sabía que lo mejor era que la gente del vulgo hablara bien de los señores. Tal hizo para llegar a Sanlúcar con buena fama, pues de otro modo los marineros se hubieran negado tal vez a embarcar los muchos bultos que llevaba.

Los nuevos arrieros, el camino llano y los dineros que repartió sor Rósula, facilitaron las últimas millas.

Cuando las monjas se presentaron en el muelle de Sanlúcar de Barrameda se organizó mayor alboroto del que había. Llegaron como una tolvanera. Los carruajeros azuzando con el látigo a las caballerías y éstas resollando, echando el bofe, pues doña Juana quiso demostrar que no se había demorado en el camino. Y presto surgieron murmullos porque la marinería se consideró insuficiente para cargar en la nave capitana

—en el lugar que había destinado el almirante a las religiosas— tanto baúl y, por otra parte, vaya por Dios, don Cristóbal estaba apaleando a un sujeto —luego se supo que a un oficial real.

Oyeron las religiosas, antes de que nadie les diera los buenos días, que Colón había esperado el día de la partida para golpear al oficial y que, de ese modo, no lo pudieran apresar, porque le tenía enemistad, vaya su merced a saber por qué. El caso es que se quedaron suspensas, al pie del carro.

Juana pensando que era poco edificante lo que hacía el virrey —un hombretón bien parecido, pese a su mucha edad— delante de la marinería y de la población. Sor María de la Concepción aseverando que si se airaba de ese modo habrían de tener cuidado de no contrariarle. Doña Juanota remangándose las mangas del hábito por si acaso había de defender a sus compañeras, y sor Rósula sosteniendo apretado contra su pecho el cofre de los dineros no fuera a llegar la pelea a donde ellas estaban y se le cayera o se lo quitaran, pues que ya se sabe, se empieza aquí y se termina acullá, comienzan dos y acaban todos.

Pero ya se secaba el almirante el sudor de la frente. Ya era informado de la llegada de las monjas. Ya alzaba la vista para contemplarlas. Ya ordenaba tal y cual, entre otras cosas, que llevaran al oficial real, al apaleado, al hospital o lejos de allá, y se ajustaba las vestes. Ya caminaba hacia sor Juana abriendo unos ojos como platos ante los muchos bultos que veía haber de cargar en la nave, pues era como si la dama llevara Castilla a cuestas.

2

—¡Sea bienvenida, doña Juana y la compañía! —saludó el almirante haciendo una graciosa reverencia y besando el crucifijo que sostenía la abadesa con su mano buena.

—¡Bien hallado, señor virrey…!

A la orden de Colón, los hombres ayudaron en la descarga y carga de los baúles entre cuchicheos y risas sofocadas, haciéndose lenguas de la necedad de las monjas, pues a qué, pardiez, llevaban ropa para vestir a los indios. A los hombres que los vistieran, sí —tanto les daba—, pero a las mujeres no, pues es grato verlas con las tetas y las posaderas al aire. Tal decían los que habían estado ya en Indias y los que no habían estado, pues esperaban deleitarse contemplando lo que las religiosas pretendían cubrir.

Doña Juana y sus monjas ascendieron la pasarela de la nave capitana, una nao muy aparejada. La priora, apenas pisó la cubierta, empalideció y sufrió un pequeño vahído. Llevóse la mano a la cabeza y sor Juanota, que era su ángel de la guarda en este mundo, la sostuvo con fuerza. Con demasiada fuerza porque sintió la mano de la religiosa clavándose en su antebrazo y le dolió, pero no se quejó.

—Ha sido el balanceo del barco… Habré de acostumbrarme, hijas…

Todas habrían de acostumbrarse, máxime siendo mujeres de tierra adentro, que no habían visto nunca la mar. Y miraban y remiraban el aguaje, asombradas las cuatro de que hubiere tanta corriente.

El tiempo justo de cargar los bultos esperó el almirante, y aquel día 30 de mayo de 1498, tras impartir las órdenes oportunas y encomendarse al Creador, después de que el sacerdote bendijera la flota, dirigió la maniobra de desamarre e inició su tercer viaje a Indias en el nombre de la Santa Trinidad decidido a tomar la derrota de Madera, Canarias y Cabo Verde. Cierto que mascullando abundantemente —lo veían todos—, quizá porque había esperado demasiado tiempo o por el mucho equipaje de las monjas, que instalado, repartido y bien sujeto en la toldilla, casi la inutilizaba. O por la sandez de vestir a los indios, que estaban bien como estaban y no necesitaban ropa, máxime con los calores de por allá. O porque llevaba en su nave una calaña de marinaje, lo peor del rol, el peor de los diez galeotes y una gitana. O por el hecho de embarcar mujeres que no daban más que problemas, si no, véase a una dicha María Fernández que no le ocasionó otra cosa, durante el segundo viaje y, al regreso del mismo y para terminarlo de componer, le puso querella ante los tribunales de la ciudad de Sevilla reclamándole un trozo de buen paño. O porque le urgía llegar a La Española, pues que había dejado mal los negocios de la gobernación en aquella isla, en manos de sus hermanos que no eran queridos por los castellanos de allí. O porque, demostrado estaba, los Colón de un tiempo acá, aquende y allende los mares, tenían enemigos hasta debajo de las piedras. O lamentándose porque doña Isabel, la reina, no hubiera puesto trabas a que embarcaran mujeres. O quejándose de su enfermedad, de la gota que le atenazaba y le hacía renquear.

Entre los vítores de la multitud y la alegría de los hombres de a bordo partieron seis naves del muelle de Sanlúcar de Barrameda, a la caída de la tarde, surcando, veleras, el Guadalquivir, rumbo a la mar, perdiendo pronto de vista el fondeadero, el castillo y el cerro de la Atalaya, Dios allane su camino.

En la nao capitana había holgorio, alegría. No podía ser de otro modo porque el día anterior la tripulación había cobrado sus haberes, y los que no se los habían gastado ya en la taberna del puerto llevaban la faltriquera llena de muy buenos maravedís.

Las monjas iban y venían de babor a estribor, y viceversa, salvo doña Juana que, agarrada a la borda de babor, aspiraba y espiraba fuerte y no se atrevía a levantar la vista no fuera a marearse más de lo que ya estaba. Así que no atendía a los hombres que, terminadas las maniobras y puestas las velas al viento, iban a presentarle sus respetos, pese a que muchos de ellos consideraran necedad lo de vestir a los indios. Y le iban sus compañeras con informaciones:

—Sepa su maternidad que la nave se llama *Santa María de Guía*, el mismo nombre de la patrona de Tordesillas, mejor augurio imposible…

—Navegamos, señora Juana, con muchas velas desplegadas…

—¡Alce la cabeza vuestra maternidad y las verá espléndidas al viento…!

—Vienen cuatro mujeres con nosotras: la esposa de un escudero, una egipcia…

—Una gitanilla, para que nos entienda su merced…

—Y otra, una dueña que dice ser lloraduelos, con una niña tontica y un perro…

—Un canecillo…

—La niña mueve reiteradamente los brazos y exclama: «¡Ah, ah…!».

—Tengo para mí que no habla otra cosa…

—Eso no es hablar, señora —explicaba sor Rósula.

Y aquellas informaciones, que en otro momento hubieran interesado sobremanera a sor Juana, en aquel instante le daban un ardite porque bastante tenía con tratar de sosegar las arcadas de su estómago que se le venía a la boca, hasta que vomitó por la borda por no ensuciar la cubierta del barco.

En brazos se la llevó sor Juanota a una de las cámaras que en popa había dispuesto el almirante para ellas, quitando espacio a la suya, partiéndola por dos. Un receptáculo chico en demasía, de apenas cinco varas con los catres, dos de ellos colgados y enfrentados y adosados a las paredes, donde habrían de moverse una detrás de otra, pues no había sitio para más. Y la tendió en una de las camas bajas. Para entonces, sor Juana estaba tan mareada que no sabía dónde se encontraba, y lo mismo le daba, al parecer, porque si abría la boca era para devolver las entrañas. El alma, decía sor Rósula de Santa Gorgonia:

—Ponedle a la señora paños mojados en la frente o vomitará el alma…

Y sí, sí, el alma pareció que había de arrojar la abadesa pues que perdió el conocimiento. Y, a poco, todas resultaron mareadas porque, al atravesar la barra del Guadalquivir, se agitó el aguaje y la nao fue batida por las olas y todas hubieron de tumbarse en sus catres, mareadas hasta el límite, pues, como es dicho, eran mujeres de tierra adentro. Así permanecieron durante muchas horas, o tal se les hizo como sucede en los malos momentos, cayendo finalmente en un sopor que les libró de escuchar, a Dios gracias, pues se hubieran sobrecogido, los alaridos de la niña boba que gritaba alborotando

30

el silencio de la noche, y los ronquidos del almirante que, estando pared con pared a su cámara, no las hubiera dejado dormir.

La más indispuesta la abadesa, quizá por ser la más menuda, pues anduvo cuatro días entre la vida y la muerte y, otros dos, recomponiéndose.

Días después lo aseguró sor Juanota que, por ser la más gruesa y sentir menos el vértigo, pudo ayudar a sus compañeras. Pudo acercarles la bacina, vaciarla y ponerles paños mojados en la frente y darles de beber a pequeños sorbos agua hervida aderezada con unas gotas de jengibre, aliviándolas en sus sufrimientos. Abría la ventana para que se fuera el hedor, perseguía a las ratas, que más parecían peste, y recibía al cocinero que les llevaba el rancho dos veces al día, insistiendo en que comieran, pues que el oleaje de la mar se aguanta mejor con el estómago lleno. Pero no, no, que probaban la comida y volvían a vomitar, de tal manera que el sujeto estuvo tiempo llevándose el puchero como lo había traído, lleno, lo mismo que las bacinas, eso sí, contento porque la monja abría el cofre de sor Rósula y le daba una propina.

Al cuarto día, cuando doña Juana fue capaz de entender las palabras de sus hermanas había perdido a lo menos diez libras de peso. Al sexto, ya bastante recompuesta, después de colgar de un clavo en la pared el Calvario que llevaba, de contemplarse los habones que le habían dejado las pulgas, de asearse en un aguamanil y de cambiarse de hábito, dada la algarabía existente en el camarote, pues hablaban todas sus compañeras a la vez, las instruyó en lo elemental de la regla de Santa Clara: en las virtudes del silencio, y aún se extendió sobre los votos de pobreza y castidad.

A pesar de ello, a pesar del voto de silencio y considerando que bien les vendría, las envió a tomar el aire, de paso que sor Rósula abonaba el precio del viaje de las cuatro al propietario de la nave, que era además el maestre. Y ella, que era mujer empecinada, pese a la mala olor, quedóse en la cámara, en razón de que no había rezado ni una sola oración durante las seis jornadas del mareo, y hasta se aplicó disciplinas y no se rascó ni uno solo de los habones que le habían hecho las pulgas o las chinches, lo que hubiere en aquella estrecha y maloliente cámara.

Cuando regresaron las monjas, la interrumpieron y le comentaron lo que habían visto y oído:

—Ya estamos en alta mar… Hemos dejado la Península muy atrás… Sólo se ve agua, doña Juana, en todo el derredor…

—Infinita agua, señora… ¡Resulta asombroso…!

—Navegamos a todo trapo con todas las velas desplegadas.

—La nave carga ciento una toneladas.

—Es una nao. Las otras son carabelas y son más marineras que los galeones.

—Vamos hacia las islas de Madera.

—Dicen que podemos gastar toda el agua que queramos… Nos podemos lavar con toballas —intervenía sor Juanota, echando de menos los magníficos baños a la usanza árabe del convento que eran conocidos por su fama en Castilla toda.

—El 29 de mayo llegaron a la nave nueve cargas de tocino y veinte cahíces de trigo, y el día 30 nosotras… Los baúles los han colocado aquí arriba, distribuyéndolos y sujetándolos con cuerdas en el suelo, en lo que llaman toldilla, para que no se muevan con el oleaje, no se vaya el barco a pique…

—Así los vigilaremos mejor… Que hay un hombre sin orejas…

—Un galeote desorejado por sus crímenes.

—Da miedo…

—Habrá que tener cuidado con él y con la gitana…

—Ya es parlotera la egipcia…

—Y embaucadora.

—Sabed, doña Juana, que los dos son ladrones y que en este barco van pocos soldados porque partieron de Sanlúcar dos navíos antes que nosotros.

—¿Cuántos barcos llevamos?

—Seis. A veces se emparejan y los capitanes hablan de nave a nave.

—Se ve que se cruzan órdenes e instrucciones…

—De marinería saben mucho y manejan el velamen de maravilla, trepan por los palos como monos…

—Nos han recibido todos muy bien. Y dicho que lo del mareo es al principio, al iniciar el viaje, que luego se pasa…

—Se han mareado casi todos, menos los marineros…

—Hay gente de Castilla adentro…

—A este navío viene un sacerdote a rezar misa cada día.

—Se turnan los sacerdotes. Sólo hay dos en la expedición.

—Mañana asistiremos a misa…

—Vienen varios escuderos; un maestro bombardero, que es extranjero, italiano creo; peones; marineros y un grumete, un chicuelo aprendiz de marinero, que se llama Jácome, amable él… Tengo para mí que también es italiano.

—Los criados del almirante nos han dado saludos para vos y tratado con mucha reverencia…

—Y las mujeres también…

—Todos…

—A la gitanilla le hemos tenido que explicar qué es una monja…

—La lloraduelos va con su hija boba y un perrico…

—El can es muy ladrador.

—La niña aúlla como un lobo, ¿la ha escuchado su merced?

—Me han dicho que también vienen dos gatos para que se coman las ratas, pero no los he visto…

—¿Hay ratas?

—En todos los barcos haylas, y muchas —informó sor Juanota que ya sabía de ellas desde los días del mareo.

—La del escudero es mujer virtuosa, no hay más que verla, pues no levanta la cabeza del suelo.

—Se dice, señora Juana, que la plañidera, que se llama Gracia y es nacida en Segovia, no es lo que dice ser, sino mujer placera…

—Téngase la lengua, sor Rósula…

—La niña da mucha pena, doña Juana…

—Es horrible verla…

—Grita: «¡Ah, ah…!».

—¡Abriendo mucho la boca…!

—Y se agarra la garganta con las manos desesperadamente…

—Como si quisiera estrangularse…

—No sé, no me hago idea, hijas, pero suerte que tiene de tener dos manos —contestó sor Juana a la par que miraba su muñón, y ordenó—: ¡Ea, silencio…! Y retiren sus mercedes los plumazos de las camas que, pasado el mareo, hemos de dormir en tabla, como en casa, y vestidas, aunque haga mucha calor, por si nos llama el Señor esta noche… ¿Han visto sus mercedes al almirante?

—No. Dicen que anda a toda hora encerrado en su camarote con sus cartas de marear.

—¿No se han topado con él al entrar o al salir?

—No.

—Señora, dicen que pronto arribaremos en las islas de Madera, ¿podremos bajar a tierra?

—Ya veremos, de momento de aquí no se mueve nadie. Procedan sus mercedes a retirar los colchones… Que luego rezaremos vísperas…

Las monjas se apresuraron a cumplir las órdenes de su abadesa, a retirar los lienzos de las camas y los plumazos y, vaya, que realizado el trabajo hubieron de tornarlos a su lugar, pues era tan chica la cámara que no había donde dejarlos.

Doña Juana torció el gesto, pero se rindió ante la evidencia. Luego, tras los rezos, ante la insistencia de sus compañeras, que le decían, por su bien, que se comiera la sopa con trozos de tocino que había llevado el cocinero, tomó unas cuantas cucharadas sin apetito, escuchando una y otra vez que sus brazos eran como palillos y que se le marcaban los huesos del rostro.

El 16 de junio, el almirante se detuvo poco tiempo en la isla de Porto Santo, en el archipiélago de Madera, tan poco que las monjas, ocupadas con sus oraciones y recién salidas del mareo, no se enteraron. El tiempo justo para cargar agua, leña y refresco. Y fue que, luego de zarpar, abandonó por un tiempo los cartulanos que estudiaba con aplicación y sigilo en su cámara —donde sólo dejaba entrar a sus sirvientes—, y que, preocupado porque había visto ancladas en aquel puerto unas naves francesas, corsarias quizá, de las que acostumbraban a rondar al sur del cabo San Vicente, salió a ordenar al gaviero que oteara por los cuatro puntos cardinales; a vigilar el velamen; a recorrer el barco de punta a cabo para sopesar el estado de los cañones, calcular las provisiones y ordenar lo que habrían de cargar en San Sebastián de la Gomera, su próxima atracada.

También se dejó ver entre las gentes. Fue saludando con movimientos de cabeza a los que no conocía, cruzando las manos con los conocidos; fijándose sobre todo en la niña boba, ante la cual bajó la cabeza para no verla; en el galeote que iba encadenado al palo mayor y, ay, en la gitanilla en la que demoró su mirada más de la cuenta, según observaron y comentaron las malas lenguas. Luego estuvo buen rato platicando con el maestre, un dicho Cristóbal Quintero, su tocayo, que a más era el propietario de la nave, como ya se dijo.

Contentos, de lo bien pertrechada que estaba la nao, los dos hombres de mar hablaron de muchas cosas y hasta consideraron varias estrategias para hacer frente a las naves corsarias en caso de que les atacaran. Y juntos atendieron a los capitanes de las otras carabelas que, virando de borda, se acercaban al navío y navegaban parejas, lo que se llama «en conserva» en lenguaje marinero, preguntando, pese a que ya andaban con ojo, sobre la armada francesa. En esas maniobras hasta cruzaron unos hombres de un barco a otro. Echaron unos cabos y una chalupa de la *Santa Cruz* y pasaron, no sin peligro, el cura don Juan de Caicedo que venía a decir misa, con su criado que le hacía de sacristán, y unos remeros.

Don Juan llegó vociferando, pues que sólo había dos sacerdotes para las seis naves, y habían de repartirse, por lo que se quejó al señor Colón, que lo invitó a echar un trago después de que celebrara la Santa Misa.

A punto de despedirse el señor capitán del maestre Quintero, le preguntó:

—¿Habéis conocido a doña Juana, la abadesa?

—No ha salido del camarote… Las otras monjas dicen que hace penitencia y reza por todos nosotros y por el buen decurso del viaje…

—Bien está, pero me gustaría presentarle mis respetos, apenas la cumplimenté en el puerto de Sanlúcar… Quizá fuera bueno llamarla… ¡Ya está bien de rezos…! ¡Llamadla, decidle que deseo saludarla…!

—Tal haré, señor.

Enterada doña Juana de los deseos del capitán, aún demoró presentarse ante él, porque aquella mañana se había impuesto rezar tres rosarios completos, tres, y hasta que no terminó no abandonó el camarote, pese a que sus compañeras le urgían y le avisaban de los proverbiales malos humos del virrey, además de que iba a empezar la misa.

Aviada con el hábito de la Orden, como no podía ser de otro modo, compuesto de una cofia blanca atada al cogote, de un velo negro que cubría la toca y de un sayo de lana burda color pardo, de cola corta, ceñido por un grueso cinturón de soga del que pendía un crucifijo, y descalza, doña Juana Téllez de Fonseca, abadesa de Santa Clara de Asís, en Tordesillas, se presentó en cubierta seguida de sus monjas. Oyó misa y comulgó con mucha devoción, y se incorporó a la vida de la nave. Quizá porque no le quedó otro remedio, quizá porque no pudo evitar mirar a babor, a estribor, a la proa, a la popa, al ancho mar, al cielo, a las velas completamente desplegadas; a los hombres: al almirante, al piloto, al cura, al galeote, que tenía cara de homicida; a las mujeres: a la Gracia de Segovia con la niña boba, a Catalina de Sevilla, la esposa del escudero, y a María, la egipcia, de las que ya le habían hablado sus compañeras. El caso es que se sumó a la vida del barco como una más, y que en más de una ocasión descuidó sus oraciones por dar un buen consejo a quien lo necesitara, hombre o mujer, grande o chico, con mando o sin mando, con paga o sin paga, pues no distinguió entre ellos.

En realidad, no tuvo opción la priora, porque, acabado el oficio, la rodearon el sacerdote, el almirante, el maestre y otra mucha gente y le preguntaron por su salud. Ella, tras besar la mano de don Juan, el cura, y pedirle confesión en voz baja, se inclinó ante don Cristóbal Colón, con gracia, como le había enseñado su señora abuela en su mocedad, y hubo de responder a la bienvenida que le daban, unos con palabras, los principales, otros con los ojos, los menudos.

—Me complace, señor almirante del Mar Océano y virrey de las islas que vos mismo descubristeis en las Indias…

De ese modo, un tantico exagerada, saludó a Colón, que se holgó sobremanera y respondió con modestia:

—Los reyes me enviaron en nombre de Dios y de Nuestra Señora a descubrir y me dieron cartas para el Gran Khan y otros reyes de la India.

—Fueron servidos por vos, almirante, Nuestro Señor y los señores reyes con vuestros descubrimientos.

—En este tercer viaje, señora abadesa, llevo instrucciones de don Fernando y doña Isabel, nuestros señores, de evangelizar a la gente y de fundar ciudades en aquellos países…

—Yo llevo ropa para vestir a los indios…

—Es muy loable que hayáis gastado vuestros dineros en tal menester… En cinco años, a los hombres no se nos ha ocurrido…

—Os lo agradezco… He oído mucho de vos… Los embajadores castellanos y portugueses os nombraban a cada momento en mi convento, donde se firmó el Tratado…

—El que otorgó a Castilla toda tierra habiente a trescientas setenta millas al oeste de Cabo Verde… En este viaje descubriré la Tierra Firme con la ayuda de Dios, señora Juana…

—El Catay… Que el Señor guíe vuestra empresa…

E iba a despedirse la abadesa para volver a su encierro tal vez, pero le fue imposible porque el almirante la retenía hablándole de que ya había descubierto la isla Antilla, aunque no estaba seguro. Y parecía dispuesto a no dejarla ir, pese a que la mucha gente que miraba y oía, y quería acercarse a la priora para saludarla también y preguntarle por las ropas de los baúles, o si pensaba quedarse en Indias y abrir convento; o, simplemente, tocarla por si estaba bendita de Dios —por lo que habían oído de los éxtasis que gozaba o por su extrema delgadez, sin duda, estigma de santidad, pues que hambre no era, no.

Gracia de Segovia, la madre de la niña boba, tenía grande interés en que aquella monja con fama de santa pusiera sus manos en la cabeza de su hija. Lo comentaba con Catalina de Sevilla, la mujer del ballestero:

—Estos hombres son largos de conversación... Me corre prisa que esa «santa» ponga las manos sobre la cabeza de mi hija por ver si deja de gritar, pues molesta y la gente me mira mal...

—¡Oh, fíjese su merced que la abadesa es manca! —interrumpió la andaluza...

—¿Manca?

—Sí, y no lo tapa... Véala su merced...

—¿Qué hablas? —le preguntó a su mujer el escudero, que no se separaba de ella ni un instante por temor a los muchos hombres que iban en el barco.

—De la abadesa, marido...

—Deja a esta mujer, no platiques con ella... Trae mala fama...

—La señora Gracia lleva la desgracia con ella... Mira a la niña...

—No la mires... ¡Mírame sólo a mí...! ¿Quién es la más hermosa de este barco?

—No me vengas con amoríos, marido, no holgaré contigo... No hay sitio.

—Oye, sí, es manca —se apercibió la dicha Gracia—, pero mayor desgracia tengo yo...

—¡Ah, ah! —gritó la niña, y el perrico ladró a la par.

Y todos se volvieron a mirar, incluidos la abadesa y el almirante que, un tantico alterado, propuso a la priora:

—Venid, doña Juana, os enseñaré la nave.

Y fueron todos detrás. Y escucharon que la *Santa María de Guía*, la capitana, llevaba velas cuadradas y redondas, es decir, aparejo mixto y que medía 25 varas de Sevilla de eslora —el largo—, 9 de manga —el ancho— y 4,5 de puntal —la altura—, cargando 101 toneladas. Y asistieron a una lección de náutica: que la eslora en la quilla debía ser el doble de la manga y, en cubierta, el triple; el puntal, arbitrario pero de no menos longitud que la mitad de la manga, es decir, dos tercios, datos que sólo seguían los marineros, naturalmente. E iba a continuar con los tres palos del navío cuando el señor cura le interrumpió, le preguntó si quería confesar antes de la cena y sí, sí, claro que el almirante quería confesar pues era buen cristiano, y doña Juana también, por eso se terminaron las hablas por aquel día.

Don Cristóbal Colón, que había denostado en público, en concreto en la taberna del puerto de Sanlúcar, las necedades de doña Juana, le tomó simpatía y pronto, qué más quiso que conversar con ella, pues la abadesa le escuchó con mucha atención y le comentó lo que había oído de labios de don Duarte, el sabio portugués, y hasta cruzaron opiniones sobre esto o estotro, tratando de dirimir ciertas controversias.

3

Durante varios días no hubo en el barco más que el tedio de
la mar. No obstante, el gaviero vigilaba atento desde la cofa
no fuera a presentarse la flota francesa con las aviesas intenciones que los piratas siempre llevan.

Todos los días, después de oír misa, doña Juana se acercaba a las mujeres y ora hablaba con una, ora con otra. Lo poco
que le dejaban sus monjas y sobre todo sor Rósula, que más
parecía un sacamuelas pues, empeñada en llevar a María de
Egipto al buen camino, la iniciaba en las cosas de Dios pretendiendo que la muchacha entendiera el misterio de la Santa Trinidad, como si lo comprendiere ella misma o cualquier
otra persona. Entonces intervenía la abadesa:

—Sor Rósula, háblele su merced de cosas más fáciles…
Enséñele las estampas de mi Libro de Horas y luego el avemaría…

Y la monja le recitaba esta oración, el paternóster y el gloria, con poco éxito, dado que la gitanilla prefería platicar de
otros negocios. De cómo sus padres la llevaban de feria en
feria, ella tocando la pandereta y haciendo bailar un oso. De
cómo la apresaron los guardias de la ronda en Sevilla y fal-
samente la acusaron de robar una cruz de plata en una iglesia.
De cómo la juzgaron los jurados de la dicha ciudad y, pese a ser

inocente, la enviaron a la cárcel mismamente como si fuera homicida. O de cómo la miraban los hombres del barco:

—Me miran sin respeto, señora —se quejaba a la abadesa.

Y sor María de la Concepción, que tenía poco alcance, le preguntaba a sor Juanota sobre lo que decía la moza. Y la hermana le respondía:

—Mejor que no lo sepáis, sor.

Y luego llegaba la niña boba antecediendo a su madre, a Gracia de Segovia, la que tenía mala fama. La dueña besaba el crucifijo de Juana con devoción, y la criatura lo llenaba de babas, llevándose las manos a la garganta ante el horror de las monjas y las gentes, siempre sin dejar de gritar:

—¡Ah, ah…!

—¡Pobrecilla…! —se decía la monja para sus adentros, a la par que hacía esfuerzo por tocarle la carita o ponerle su mano buena en la cabeza, como deseaba ardientemente la madre, como si sor Juana milagros hiciere, a aquella criatura desdichada, con la boca abierta siempre mostrando los dientes negros y mal compuestos y los ojos extraviados, aunque poseía hermosas manos, sí.

Y luego llegaba la Catalina de Sevilla, la mujer del ballestero, que se refugiaba al lado de las religiosas siempre con ardor en el rostro. Por lo que comentaba en voz baja sor Rósula:

—Su marido la está llamando a la cama a toda hora y ella no quiere ir. No hay sitio en el barco.

—No la deja arrimarse a las otras mujeres. No le quita la vista de encima —aclaraba sor María de la Concepción.

—Son celos… El marido se muere de celos…

Catalina aseguraba que no le había dado motivo de celos y sostenía ante la priora:

—No he mirado a un hombre en mi vida, señora doña Juana, sólo a él… Es un buen esposo, pero no me pierde de vista, como si yo fuera a hacer algo malo, como si hubiera espacio en este barco para hacer algo contra él o contra Dios…

—¡Hombres, hombres! —se quejaba sor Rósula, como si de hombres supiera algo.

—¿Qué sabéis vos de hombres, sor Rósula? —le demandaba sor Juanota.

—Soy viuda, señora Juanota, por si no lo sabéis.

Vaya, que en el barco las monjas se estaban enterando de cosas que antes ignoraban.

A veces se acercaba a ellas el tamborino asonando el instrumento, para alegrarlas. O el grumete pretendiendo que lo miraran, pues que iba a subir a la gavia haciendo alarde de destreza. O los criados del almirante que les regalaban algunos lamines: un puñadico de almendras garrapiñadas o de uvas pasas o una fruta de las que habían comprado en Porto Santo. También el can se les acercaba ladrando, lo mismo que hacía con todo el marinaje.

Y, vaya, que era todo entretenido, sí, pero ellas, las monjas, estaban descuidando sus oraciones, mismamente como si fueran en un viaje de solaz. Y no, que sor Juana se confesaba cada día de lo mismo, de que postergaba sus obligaciones con el Señor y de que amonestaba a sus sores por hablar en demasía, quizá con excesiva severidad. Sin querer entender que, merced a sus malas o buenas ideas —lo de vestir a los indios y llevarles ropa a las islas de la Mar Océana—, las cuatro religiosas vivían en el mundo, con la bendición del obispo de Palencia y de la señora reina. Un mundo reducido ciertamente: el del barco, pero en el mundo, lejos de los muros del convento de Santa Clara de Asís que, en Tordesillas, las aislaban precisamente de él.

El hecho es que más parecía que los tripulantes se rifaran a la priora, porque el mismo Colón, que conocía a ojos ciegas la ruta que debía seguir hasta Canarias y no estando a la vista los corsarios, la seguía por el barco para acapararla y lucir sus saberes cuando la monja terminara de hablar con éste o aquél. Y señalándole el horizonte, le explicaba, por ejemplo, que las islas Canarias están situadas a ochenta millas de la Mauritania, a ciento cincuenta del cabo Bojador y a setecientas cincuenta de Cádiz. Le hacía saber que, en aquel archipiélago había habido, en tiempos pasados, catalanes y mallorquines comerciando, hasta que fue conquistado por un dicho Juan de Bethencourt con recursos de los reyes de Castilla:

—Cierto, señora Juana, que este Bethencourt tomó el título de rey… Lo que no está bien, pues rey no hay más que uno… Es como si yo me hubiera proclamado soberano de las islas caribes…

—Vos, señor, fuisteis enviado por don Fernando y doña Isabel, y respetasteis su autoridad, que viene de Dios y no de persona mortal.

—Otra cosa hubiera sido traición.

—No habéis descubierto todavía Antilla por lo que veo, pues llamáis a las islas «caribes»…

—Tengo para mí que Antilla es enorme… Y que no la he descubierto aún…

—Tal sostenía don Duarte Pacheco, el estrellero y geógrafo con el que mantuve largas conversaciones.

—Es hombre de fama. He oído hablar de él.

Llevándola debajo de la toldilla, le enseñaba la aguja de marear. Abría una caja que estaba anclada en el piso y doña Juana podía contemplar con sus ojos aquel aparato que don Duarte le había mentado mil veces: una aguja imanada que arrastra en su giro un plato circular de madera, llamado rosa de los vientos, el cual se mueve sobre otro en el que está marcada la dirección de la quilla del barco. El plato dividido en treinta y dos grados, es decir, marcando todos los rumbos posibles, y la aguja señalando siempre el norte. De tal manera que la religiosa pudo decir muy pronto entusiasmada:

—Almirante, navegamos sursudeste...

Y sí, sí navegaban sursudeste. Con una magnífica brújula, según Colón, obra de Jaffuda Cresques, el judío mallorquín.

Y Colón, la mar de alegre y sin apenas dolerse de la gota, le enseñaba también el sextante y le hablaba de la corredera, y de la velocidad que llevaban, pero a la monja o se le hacía ardua la lección o tenía prisa por retirarse a orar, aunque cada vez dedicaba más tiempo a los tripulantes y al capitán. Pues que, además, cuando oraba, como quiera que su cabeza era un hervidero, no acertaba con el *Benedictus*, sino que se le iba la imaginación y se decía incluso:

—Cuando tenga más confianza con el señor Colón y estemos en un lugar sin nombre, le pediré licencia para bautizarlo... Y él me permitirá poner nombre a la tierra, a los mares, y hasta fundar ciudades y quién sabe si llegará a hacerme gobernadora de alguna ínsula, donde repartiré justicia entre los moradores... Si no, sólo entregaré las ropas que traigo y me volveré a la Península en el primer barco que zarpe de La Española.

Y en esas estaba doña Juana haciendo planes. Mismamente como los que hacía en su convento, donde dirigía con mano izquierda —pese a carecer de ella—, a la par que firme, los negocios de la casa. Esta vez, más bien soñando, a ratos contemplando el mar, el cielo y la luna; estando cada vez menos tiempo en su cámara y consintiendo que sus monjas vagaran por el barco, nada más fuera por evitarles el hedor insoportable de la misma. Y ya anochecía, y ya iba a iniciar el rezo de completas, cuando, ay, Señor, el gaviero gritó:

—¡Barco a babor…!

Y, a poco:

—¡Dos barcos a babor! —que, naturalmente, no eran españoles, de otro modo el marinero no hubiera alertado a los tripulantes.

La campana sonó.

—¡Zafarrancho de combate! —aulló el maestre.

En efecto, muy pronto todo el mundo pudo contemplar dos naves que avanzaban con todas las velas desplegadas en alocada carrera contra la nao del almirante.

Y fue que salió Colón de su cámara como una exhalación. Para entonces, el maestre ya había ordenado a golpe de silbato que se retiraran los que no fueran soldados ni marineros para dejar paso y no estorbar las maniobras. Las mujeres se recogieron en el camarote de las monjas, donde no se pudieron ni cantear, sor Juana apretando la cajita de oro con la reliquia del dedo de Santa Clara en su mano buena, y todas rezando al Calvario que estaba clavado en la pared. Los artilleros se prepararon detrás de los cañones de estribor, los espingarderos en la borda, los ballesteros detrás de ellos. Los marineros recogieron trapo, los de babor se juntaron con los de estribor, por donde venían los piratas, y prepararon los bicheros de abordaje. Los hombres aplicaron barricadas de cordaje enrolladas al palo mayor, dejando al galeote, que a la sazón estaba encadenado a él, el más resguardado de todo la tripulación, y al trinquete. El piloto puso la caña del timón a la orza. El maestre bombardero disparó una bala de salva, avisando a los atacantes que habrían de defenderse. Y todo eran órdenes y gritos, tan fuertes que acallaban los de la niña boba que no paraba de chillar en el camarote de las monjas, asustando a todas, mientras los hombres no quitaban ojo a los fanales de los corsarios, pues un barco enemigo estaba a tres millas y el otro retrasado…

La nao del almirante se puso a través del viento aceptando el combate y mandando señales con las linternas a los otros barcos de la flota para que navegaran en círculo en torno suyo. En esto, la nave que venía hacia ellos dispuesta a acometerles con la proa viró de bordo y se dio a la fuga, al igual que la otra que se había perdido en la calima de la zona.

Entonces Colón mandó hacer señales a la carabela *La Gorda*, para que la persiguiera y ésta se cruzó a su paso. De tal manera que los artilleros dispararon las lombardas consiguiendo abatir el palo mayor y los marineros, arrojados los bicheros, se dejaron caer sobre el barco francés. Unos sobre las trincas, otros agarrándose a la verga de mesana, otros bajando por la cebadera como si fueran demonios; para encontrarse con que los corsarios que, en efecto, navegaban bajo bandera del rey de Francia, llevaban presos a unos españoles que se rebelaron contra ellos en el momento oportuno; en el momento en que el navío pirata recibía las bombas de *La Gorda*.

El barco francés no pudo ponerse a la vela. El palo mayor resultó quebrado por su base y a la mesana no le quedaba una cuerda y amenazaba con venirse abajo. El timón había sido arrancado por una bala de cañón. Un desastre, en fin.

La nave corsaria fue abandonada. Los piratas que sobrevivieron al ataque fueron cargados de hierros y encarcelados en la bodega de *La Gorda*, con los cerdos. Los españoles que llevaban secuestrados fueron atendidos y recogidos en la carabela, cuyo capitán, después del encuentro, se presentó en la nave capitana a recibir parabienes y a narrarle a la menuda la batalla al almirante Colón.

Que fue desastre para el francés y victoria para los españoles. Sor Juana dirigió el rezo del Santo Rosario mientras duró el combate, mejor dicho, la escaramuza, pues no llegó a combate, tal expresó el almirante, que sabía de eso pues había recorrido los siete mares y otros más.

Cuando las seis naves de los reyes de Castilla avistaron Gomera, la abadesa ya sabía de sobra que sus costas eran acantiladas, llenas de entrantes y salientes —éstos coincidentes con las bocas de muchos barrancos que descienden del monte Garajonai, muy alto y situado en el centro la isla—. Que los habitantes gozaban de apacible clima, si bien solía haber brumas al amanecer. Que formaba parte del archipiélago de las Canarias, las antiguas islas Afortunadas, consideradas nada menos que los Campos Elíseos por el viejo poeta Homero. Que vivían pocos españoles y pocos indígenas. Que éstos eran de talla elevada, robustos, de formas proporcionadas, de bellas facciones, pero algo oscuros de piel. Hombres valerosos pues que lucharon con denuedo contra Bethencourt por defender sus cuevas y costumbres, aunque fueron diezmados por él y sus sucesores. Que los reyes compraron las islas a una familia andaluza poco ha y que las estaban pacificando. De todo ello tomó buena nota, máxime cuando el maestre de la nave capitana avisó antes del desembarco:

—¡Nadie debe alejarse de la nave! ¡Sólo se debe hablar con los nativos que faenan en el embarcadero porque el resto son gente de mala madera…!

Con temor pisaron las monjas tierra y, oh, que, después de tantos días de navegación, les parecía que aún continuaban a bordo y que se zarandeaban al ritmo del aguaje y, claro, hicieron risas a la par que anduvieron un poco por allá, por los tinglados del muelle, sin alejarse, siguiendo las recomendaciones del maestre, hasta que se juntaron con las demás mujeres, la niña boba incluida que, a Dios gracias, había dejado de gritar.

Y fue que observaron mucho tráfico en las carabelas. Sor Rósula, la primera, se dispuso a solicitar información de tanto movimiento, pero no fue necesario porque el grumete, el tal Jácome, se les unió y les informó de que el almirante había decidido cargar las naves de agua, quesos y alimentos perecederos, y partir la flota. De tal manera que tres carabelas zarparan derechas a La Española y otras tres hacia las islas de Cabo Verde, para desde allí iniciar viaje de descubrimiento:

—¿En busca de la tierra ignota? —le demandó sor Juana.

—En busca de la Tierra Firme...

—Primero, hay que encontrar la isla Antilla —aleccionó la abadesa.

Pero a las que estaban allí se les dio un ardite que estuviera antes la Antilla que la Tierra Firme. Es más, ninguna se asustó de las palabras de la sor —que encerraban mil peligros—, en virtud de que a ellas, en el reparto de mujeres que se hizo en Sanlúcar, tales a una nave, tales a otra, les había tocado viajar en el buque del almirante con el cual iban muy seguras, pues era un experto marino y el mejor capitán de toda la flota. Y ahora pisaban tierra y la niña boba, que les había sacado de quicio durante buena parte de la travesía y más durante el combate contra el corsario francés, guardaba silencio, y el can también.

Y hubo novedosos festejos, pues llegaron unos naturales, gomeros, con unas pértigas muy altas, y fue muy donoso de ver cómo con el palo en la mano tomaban carrerilla, lo apoyaban en la tierra y saltaban cuatro o cinco varas. Incluso subían a un barco y del barco saltaban a otro, pues que estaban enfilados en el muelle, evitando magistralmente las velas, uno, dos, tres, cuatro hombres, y fue de mucha amenidad.

Y más que hubo luego porque, el gobernador de la Gomera, antecedido por los pendones de don Fernando y doña

Isabel, los señores reyes cuya vida guarde Dios muchos años, se presentó ante el almirante seguido de otros hombres, naturales también y, tras saludarlo, le dijo:

—Para vuestro deleite y el de la compañía, traigo a estos hombres que hablan sin palabras, que silban, y de ese modo cruzan y entienden cualquier conversación, señor almirante...

Colón, que ya había oído hablar de ellos en sus anteriores viajes, hizo repartir vino, y presentó a la abadesa doña Juana al gobernador:

—Su maternidad doña Juana Téllez de Fonseca, abadesa de Santa Clara, en Tordesillas.

El hombre besó el crucifijo que le ofreció la dama, que, interesada, preguntaba:

—¿Hablan silbando?

—Sí, señora, y no sólo se dicen sí o no, se dicen cualquier cosa por larga y complicada que sea.

—¡Oh! —se asombró la monja—. Que digan: ha venido don Cristóbal Colón, almirante y virrey de las Indias, con seis naves.

—¡Ea, pues, decidlo! —ordenó a dos hombres el gobernador.

Y lo dijeran o no lo dijeran, todos escucharon armónicos silbidos, los mismos que emitieron luego otros dos hombres y otros terceros que, alejados, no habían podido oír lo que Colón dijo que dijeran y, mira, que los terceros y hasta los cuartos hombres también fueron capaces de repetir a viva voz y palabra a palabra las frases del almirante.

Se introducían en la boca un dedo de cada mano cuya posición cambiaban de diversos modos articulando así diferentes sonidos. Los tripulantes, sor Rósula incluida, pretendieron imitar a los aborígenes, pero ni de largo consiguieron emitir tan bellos sones, ni menos decir palabra con sentido, pues los gomeros silbadores no hicieron ademán de haberles entendido.

El 21 de junio, el almirante se despidió del gobernador dejándole en custodia a los piratas franceses, y encomendándole a los españoles secuestrados por los corsarios que, agradecidos, le besaron la mano al despedirse.

Doña Juana pensó para sí, cuando la *Santa María de Guía*, la última de las seis carabelas, estaba a punto de levar anclas rumbo a la isla de Hierro, que en aquella isla, con los gomeros saltando con la pértiga y comunicándose de tan extraño modo, había empezado la aventura y, tras santiguarse, se encomendó al Señor Dios.

A la vista de la isla de Hierro, don Cristóbal Colón informó a sor Juana, pues que tenía deferencia con ella y era la primera en enterarse de las cosas, que iba a mandar tres navíos por ruta conocida, porque, los españoles que se habían quedado en Indias necesitarían bastimentos con urgencia. Los envió al este, cuarta del sudeste, hacia La Española, situada a una distancia de ochocientas cincuenta leguas. Y él, con una nao —la *Santa María de Guía*— y dos carabelas tomó derrota hacia Cabo Verde, y despidió con salvas a los otros barcos —donde iban hombres de oficio para trabajar en las minas de oro de Cibao o para cortar el palo brasil, excelente madera, o para abrir tiendas en aquel país—, y los vieron alejarse en el horizonte.

El almirante, un tantico emocionado, cuando ya las naves desaparecían de la vista, explicaba a doña Juana que navegaban al austro con el propósito de llegar a la línea equinoccial y seguir al poniente hasta que La Española quedara al septentrión, para llegar así a Cabo Verde. Islas estas de falso nombre, pues son secarral y no hay verde en ellas. Y partir desde allí hacia el Quersoneso Áureo...

—¿Es Malaca, el Quersoneso?

—Sí, señora. Arribaremos a Cabo Verde y aprovisionaremos lo que podamos, aunque allá hay apenas nada, salvo gente enferma...

—¿Gente enferma?

—En la capital existe una leprosería...

—¡Oh, par Dios...! Rezaremos por la curación de esas desdichadas personas, Dios les asista... Decidme, señor almirante, ¿con las velas aparejadas de este modo navegamos al Ave María...? —demandaba la abadesa, que ya mostraba interés por todas las cosas.

—Al Ave María Gratia Plena, señora —e iba a decirle a doña Juana en qué consistía aquella combinación de agujeros que presentaba el velamen, mas fue interrumpido por Quintero, el maestre, que lo requirió para supervisar ciertos asuntos. La abadesa lo agradeció pues, aunque holgaba mucho de platicar con el capitán, no debía distraerse tanto como monja que era y, a más, notaba que pronto había de dolerle la cabeza, por la cargazón del aire a causa de la espesa calima que provenía de África.

Iba a retirarse a su cámara, pero lo fue demorando, en razón de que, desde la toldilla, en la cubierta del barco había mucho que ver. A los hombres con sueldo que se afanaban en sus tareas, los marineros con las velas, los soldados engrasando las lombardas, las espingardas y ballestas; el cocinero en el fogón; a la tripulación de babor durmiendo, mientras la de estribor servía el barco, etcétera. Y hubiera bajado a las bodegas para hacer una caricia a los caballos y hasta a los cerdos, mismamente como hubiera hecho San Francisco de Asís, bendito sea su nombre, pero se le acercaba sor Juanota para advertirle

52

que se guardara del sol o sor Rósula para preguntarle si sería bueno que ellas, las monjas, se embrearan el cabello, lo que se estaban haciendo los marineros unos a otros:

—Nos ha crecido el pelo, sor… Si los marineros se dan brea, será porque es bueno, que ellos saben andar por la mar…

—Yo no, haced vos lo que queráis… Yo me lo cortaré otra vez… Nunca llevaré esa plasta en la cabeza, que será nido de parásitos… De liendres…

—Hasta ahora las hemos evitado con nuestro aseo personal, pero, no sé, se dice que, cuando dejemos las islas, pronto no habrá agua para beber ni menos para lavarnos…

—Confiemos en Dios, sor Rósula… ¿Dónde está sor María, que no la veo?

—Está recluida en la cámara, tiene la «enfermedad»…

—¡Que no se exponga al viento, no se le vaya a cortar…!

Y es que soplaba fuerte el austro.

Estaba la abadesa, con cargazón de cabeza, apoyada en la borda de la toldilla, observando a las gentes que no cobraban sueldo, a las mujeres sobre todo. A la niña boba y la gitanilla que jugaban a las tabas. La María de Egipto echándolas al aire y la otra desbaratando el juego y enfadándola. La madre de la niña boba, también sentada en cubierta, entornando los ojos, adormeciéndose y despertándose sobresaltada. El galeote, encadenado al palo mayor desde que salieran de Sanlúcar, no fuera a hacer alguna pifia, observándola con torva mirada… cuando fue a hablarle Colón pues, como sabido es, no la dejaba estar:

—Mi señora, doña Juana, sabed que me enviaron los reyes en busca del Gran Khan, que quiere decir rey de reyes, por el mar de Occidente. En mi primer viaje tuvimos mar brava. Anduvimos con *La Pinta*, que era muy velera, siempre delante, casi infinitas millas… Vimos aves durante varios días…

53

Rezaban la *Salve* y se alborotaban los marineros, impacientes por llegar, que fueron muchos los padecimientos que sufrimos... Yo les amonesté para que hiciesen buena guardia en el castillo de proa y prometí al primero que viera tierra un jubón de seda... La avistó un dicho Rodrigo de Triana, marinero de *La Pinta*, como a dos leguas, y el capitán me hizo señales... Mandé amainar velas y ponernos a la corda... Y llegamos a una isla, llamada en lenguaje indio Guanahani, que yo bauticé con el nombre de San Salvador... Presto acudió a recibirnos gente desnuda en canoas hechas de tronco de árbol hueco... Decidí bajar a tierra en la barca armada con Martín Alonso Pinzón, el capitán de *La Pinta*, y Vicente Yáñez, su hermano y capitán de *La Niña*, para tomar posesión delante de alguna autoridad, pero no había ninguna... Presto me apercibí de que era gente pobre la que venía a nosotros y desnuda como la madre que los parió...

—Eso vengo yo a remediar, señor don Cristóbal...

—¡Enbuenahora, hermana...! Las mujeres también iban desnudas, incluso las viejas, pues moza sólo vi una... Todo eran mancebos, ninguno con más de treinta años... Eso sí, muy hechos de cuerpo y de buena cara... De cabellos gruesos como crin de caballo, corto por encima de las cejas... Son del color de los canarios, ni blancos ni negros... Se pintan las caras, la nariz y los ojos, unos de blanco, otros de negro, otros de colorado... Llevan aros colgados de la nariz y ajorcas, pendientes y collares de oro...

—Me huelga que los indios estén bien hechos y tengan buenos gestos, señor. Don Duarte hablaba de hombres que tenían cincuenta cabezas, como la Hidra, o de un solo ojo o de hocico de perro, y de unas mujeres guerreras que aseguraba ser descendientes de las antiguas amazonas, las que sobrevivieron, según los antiguos, a la matanza de Hércules...

Todos muy salvajes y carniceros… ¿Acaso los caribes no destrozaron el fuerte de Navidad, en La Española, y se comieron a los soldados que allí dejasteis?

—Los primeros que vi, los de San Salvador, no traían armas, señora… No conocían el hierro… Cierto que llevaban señales de heridas… Los caribes son más salvajes y hasta caníbales, en efecto, y quemaron el fuerte. Los hombres que allí dejé fueron los primeros muertos de guerra en las Indias.

—¿Alzasteis banderas por nuestros señores reyes y ellos las aceptaron de grado? ¿O son salvajes y os quisieron comer?

—No, repito, los de San Salvador son pacíficos… Daban voces y señalaban el cielo, como si fuéramos venidos de él… Tal creímos, pero, entre nosotros, hermana, no nos pudimos entender con ellos… Fue imposible… Ni en castellano ni en latín ni en portugués ni en hebreo, caldeo o arábigo… No obstante, fuimos bien recibidos pues nos trajeron vianda y bebida… Un poco de su pan y una calabaza llena de agua y, cosa extraña, un poco de tierra bermeja amasada, que debían tener por muy excelente…

—¿Y sus mercedes qué les daban?

—Pan de munición, vino y miel…

—Los reyes os enviaron a descubrir y levantar banderas aunque no hubiera ninguna autoridad, pero ¿encontrasteis oro?

—Algo en una isla llamada Samoeto.

—¿Es la Isabela?

—Sí. Allí ya estaban las casas muy barridas y llevaban las mujeres bragas de algodón, aunque las mozas no, que iban enseñando todo…

—¡Qué horror…!

—Pese a no llegar al Catay y a que el oro en cantidad siempre decían estar más allá, fue bueno el descubrimiento… Llevé a España áureo metal, perfumes, algodón, especias, pájaros de los dichos papagayos y loros… Y ni a Dios que volviera en su segunda venida harían sus altezas mayor recepción…

—¡No mentéis el nombre del Señor por cuestión tan baladí! —reprendió la abadesa como si el almirante fuera una de sus monjas.

—Perdonad, que me voy de la lengua, señora Juana —rogó humilde el almirante.

—¡Ea, me retiro ya…!

—¡Escribí puntualmente todo lo que hice, vi y pasé…! —siguió Colón reteniéndola—. Un marinero ciego del Puerto de Santa María me comunicó la existencia de muchas islas que anteceden al Quersoneso Áureo, todas sin explorar ni cristianar… En concreto de la Antilla que tiene siete ciudades pobladas por los godos que huyeron de España cuando la invasión musulmana…

—¿Qué hay de lo que se dice que disteis a los indios cuentas de vidrio y bonetes colorados?

—Sí, ellos me los cambiaban por ovillos de algodón…

—¿Para qué utilizan el algodón, acaso tejen?

—Sí.

—¿Pero no van desnudos?

—Hacen paños, burdos las más de las veces. Estos indios no son los súbditos del Gran Khan, el rey de reyes de la India, que mantiene fuerte alianza con el Preste Juan, está claro…

—Hay noticias desde la más remota antigüedad de un continente desconocido…

—En ese continente hay oro envuelto en la arena…

Al sol puesto, con la mar llana y buena e ida la calima, sor Juana se retiró a su cámara después de mucho hablar, sin haber preguntado al almirante si la isla llamada La Española era la denominada por los indios Haití, ni si los descubridores habían enseñado a hacer a los habitadores de por allá la señal de la cruz.

Colón se retiró a la suya, seguramente a escribir su diario. A poco, las monjas oyeron roncar, rugir mismamente como si fuera león. Esta pertinaz molestia les permitió ofrecer sacrificio al Señor.

A la amanecida, sor Rósula, que, tras santiguarse ante el Calvario, había sido la primera en salir a tomar aire ya que la atmósfera resultaba pestilente en aquel lugar por la estrechez y porque dormían cuatro cuerpos sudados y mal lavados, entró sofocada en la cámara de las monjas contando, entre muchos aspavientos, que la niña boba, que se llamaba Marica, no era hija de la dicha Gracia de Segovia, sino de unos conversos de Sevilla, de los cuales la, hasta el momento presunta madre, había sido criada... Y era muy interesante sí, pero doña Juana la interrumpió con desabrimiento:

—¡Sor Rósula, estamos rezando prima, callad...!

Y continuó con las oraciones a las que se sumó la sor. Y lo que no hubiera hecho en tiempos atrás, a poco de acabar y ya con el cuenco del desayuno en la mano, pidió:

—Cuéntenos, sor Rósula, aquesas cosas tan interesantes...

—La señora Gracia, hermanas, no es la madre de la niñica... La dueña fue sirvienta en una casa de conversos... Pero resultó que, acusados los padres de la niña de judaizar y de guardar el día del sábado, huyeron a Portugal cuando el rey de aquel país aceptó a los judíos previo pago de tributo, pese a que ya se habían convertido al cristianismo... Y sucedió que dejaron a la tal Gracia con la niña con promesa de volver a buscarla... Y así pasó un año y doce... La niña tiene doce y todavía no es mujer...

—¿Os ha dicho que aún no es mujer?

—Sí.

—Lo cuenta todo…

—¡Qué indiscreta!

—Continuad.

—Veréis, señoras, que iban los sevillanos a la puerta de la casa a preguntar por el amo… Y la Gracia les respondía que no estaba, que no había amo. Entonces, las gentes se presentaron ante los jurados del concejo para que requisaran la casa, y éstos le dieron un año para dejarla…

—¡Eso no es justicia, sor Rósula…! —intervino sor Juanota y las otras asintieron.

—Eso dice… El caso es que la Gracia se encaró a los alguaciles con lágrimas en los ojos y proclamó en voz alta que era Gracia, la viuda del sastre Juan de la calle del Perdón que, enviudada y sin recursos, se había puesto a servir en casa del converso, ya excelente cristiano y buen observador de los santos sacramentos… El caso es que nadie en Sevilla se acordaba del dicho sastre, al parecer, y que, firme la sentencia, fue condenada a dejar la casa y por eso se enroló en este tercer viaje del almirante Colón en busca de una nueva vida, siempre con la niña, pues no ha de abandonarla nunca jamás, tal asevera…

—¿Os creéis semejante patraña? —demandó sor María de la Concepción.

—Vos, ¿no decíais que era mujer placera?

—¿La niña está bautizada?

—Ella misma lo hizo…

—¿La Gracia la bautizó? Las mujeres no pueden bautizar salvo que la criatura se halle en peligro de muerte y no haya cura ni otro hombre para hacerlo…

—No sé, la Gracia ha relatado las cosas someramente…

—¡Ea, basta de comadreos…! ¡Recemos por la niña y por la Gracia…!

Y en ésas estaban las cuatro sores, orando, cuando el gaviero gritó:

—¡Tierra a babor!

Y salieron a cubierta y, al cabo de un tiempo, pues que veían mucho menos que el marinero, avistaron las islas de Cabo Verde. Colón abandonó su cámara a la par y casi se chocaron religiosas y almirante, que aprovechó para tener hablas con doña Juana.

La abadesa esperó una lección sobre las islas que surgían en lontananza, pero no, no, aquella vez fue de Plinio, Tolomeo y Estrabón; de los mapasmundo que había conocido el almirante: los de Tolomeo, fray Mauro, Cresques, Behaim, que se basa en un mapa de Martellus, y el de Toscanelli, casi nada... Todo el saber de los libros de geografía y mucho más.

—En el mapa de Martellus —ilustraba Colón entusiasmado— las distancias son navegables... El Cipango se halla a tres mil y quinientas millas en dirección oeste, y mil y quinientas más adelante, el Catay... De esta tierra dijo micer Marco Polo, y no mintió, que hay riquezas fabulosas, templos de oro y muchos castillos; que los trajes de hombres y mujeres son de seda, los atavíos de piedras preciosas y perlas; que hay islas colmadas de especias y que las sillas de montar de los caballeros son de oro. Y, según Cresques, hay cincuenta ciudades muy pobladas...

—La isla de Antilla se encuentra a doscientas leguas al oeste de Canarias... El paralelo lo hemos dejado al norte, señor almirante...

—No la hallé por allí en mis anteriores viajes, mi señora, ahora vamos por otro rumbo.

—¿Qué buscáis con más ahínco, la Tierra Firme o el oro que en ella se encuentre?

—Busco oro para contentar a los reyes, nuestros señores, y la Tierra Firme para satisfacerme a mí, para que los que no me creyeron y me vilipendiaron, crean. Dinero tengo ya, señora, pese a que he pedido prestados cuatro millones de maravedís para este viaje. Tengo el ochavo de la tierra descubierta y por descubrir y de todas las cosas, muebles e inmuebles, además, salario de almirante, de virrey y de gobernador. Y me sucederá mi señor hijo en mis títulos… Pero tengo también ciertas curiosidades, como encontrar en el confín de la tierra el tesoro de Merlín que se dice que está en manos de paganos, mi señora…

«¡Oh, tesoros no!», gritó doña Juana para sí, en razón de que ella había pasado buena parte de su juventud, y doña Leonor toda su vida hasta poco antes de morir, buscando el famoso cofre de un rey moro, lleno de oro, plata y joyas que, según la leyenda familiar, estaba oculto en una de las casas de las Téllez de Fonseca. Es decir, en una de sus casas, de las que fueron sus casas y castillos, pues Juana, después de apartar su dote, renunció, al entrar en el convento, a la media parte que tenía sobre el marquesado de Alta Iglesia en su buena hermana Leonor. Y doña Leonor, que era manca de la mano derecha, no abandonó el empeño. Y, ni derruir el castillo de Alaejos sin encontrar nada valioso, ni volverse a casar con su antiguo marido —porque su primer matrimonio fue anulado por doña Gracia, la bisabuela, que tenía artes para todo—, la había determinado a dejar de buscar. Por eso, ¡tesoros no! No quería doña Juana platicar de tesoros, ni del mago Merlín que fueren. Que ella iba a lo que iba: a repartir los sayos y las bragas que habían cosido sus monjas y a regresar, porque don Cristóbal muchas hablas y más hablas, pero no decía palabra de hacerla gobernadora de alguna ínsula.

El almirante la miraba a los ojos como diciendo: «Mi señora, no he querido contrariaros». Pero no, no, doña Juana no estaba enojada, estaba pensando en tesoros y siempre que reparaba en ellos se le alborotaba el corazón en razón de que había pasado muchas horas de su vida en la infructuosa búsqueda del cofre de un rey moro que, cautivo de don Tello Téllez, cabeza de su linaje, en la batalla de las Navas de Tolosa, entregó, a cambio de su libertad, un tesoro al dicho marqués. Tesoro que doña Leonor no encontró mientras vivió, seguro. En virtud de que, aunque ella, Juana, le había tenido prohibido enviarle recados o cartas, seguro que no hubiera podido resistir la tentación y se lo hubiera comunicado del modo que fuere, pues fue lo del tesoro demasiado importante para ella y, durante mucho tiempo, para las dos. Lo más importante de todo, pues no en vano habían puesto patas arriba la casa de Ávila, y Leonor y la bisabuela habían desmoronado a cañonazos el castillo de Alaejos, como va dicho.

Un tantico aturdida parecía doña Juana, cuando el almirante la miraba a la cara, pero hizo esfuerzo y sonrió dispuesta a cambiar de tema, pues ni por un momento consideró la posibilidad de contar a su interlocutor lo del tesoro de don Tello Téllez, su antepasado, mas ya don Cristóbal pedía a sus criados:

—¡Un vaso de agua azucarada para doña Juana...!

Y, a poco, ella bebía a pequeños sorbos, como si se recuperara de un vahído, a la par que agradecía al almirante sus desvelos con aquellos sus ojos tan parleros. Y hubieran continuado platicando de Plinio o de las siete ciudades de Cibao o empezado a hablar del cacique Caonabó, el peor hombre del Caribe, mucho peor que el diablo, o de otro dicho Guacanagari, también muy malo, cuando la niña boba los interrumpió con sus alaridos, y lo dejaron, no sin que ambos rumiaran para sus adentros:

—¡Nos va a volver locos esta criatura!

Y sí, sí, locos a todos, pese a que el único que se quejaba era el galeote que golpeaba sus cadenas contra la cubierta. Los otros no se lamentaban en voz alta porque eran buenos cristianos. El caso es que don Cristóbal llamó al grumete:

—¡Jácome, ve a entretener a la niña...! —le ordenó.

Y el muchacho fuese y estuvo jugando a las cartas con la gitanilla y con la criatura. Es el caso que la niña dejó de aullar y aliviados quedaron todos, y la primera la Gracia, la madre, o lo que fuere, de aquel ser deforme.

Todo esto comentó doña Juana con sus monjas mientras comían un potaje cada una en su escudilla:

—No es que la niña sea monstruosa...

—Doña Juana, por mucha caridad que queráis hacer con ella es un engendro —atajó sor Juanota.

—Es humano que sus padres no volvieran a recogerla a su casa de Sevilla.

—Además, tiene los dientes negros como los demonios...

—Se echa las manos al cuello del mismo modo que lo hizo Judas Iscariote después de traicionar a Nuestro Señor.

—Aúlla como lobo carnicero...

—Hasta las gaviotas se espantarían de oírla, de haberlas, pues hace días que no vemos un ave.

—Quizá esté endemoniada...

—No quiero hablar de la niña. Haremos por tratarla como a una más...

—Pero, si sois vos la que habéis hablado de ella...

Y asimismo lo que comentó el almirante con sus criados:

—A la criatura y a su madre las desembarcaré en Cabo Verde y les daré dineros para que regresen a la Península.

—Si la madre no quiere, no puede hacerlo su señoría. Han pagado pasaje.

—¡Dadle vino, pues, hasta ahogarla; ¡me saca de mis cabales!

—Teneos, señor, parece que Jácome la ha calmado…

—¡Jácome que no haga otra cosa a partir de ahora!

—A vuestras órdenes, mi señor.

Y lo que gritó el galeote:

—¡Ponedle una mordaza en la boca o arrojadla por la borda, y amén!

—¡A ti te vamos a tirar por la borda, mal hombre…! —se oyó responder a un marinero.

Ni la gitana ni el grumete ni la niña boba dijeron una palabra porque estaban muy ocupados. La María echándole la buenaventura al tal Jácome, escudriñándole la mano izquierda. La niña palmeando la otra mano del grumete, y éste dejándose hacer y sonriendo. La gitana le decía:

—Hay una mujer que suspira por ti, Jácome… Es joven…

—¿Es bella? ¿Tiene buenas carnes?

—Bella, bella, no es, pero es culiprieta… Será tu esposa, Jácome…

—Dicen que en Indias no hay mujeres blancas… No me casaré con india… Yo voy a hacer fortuna y cuando la tenga me volveré a mi tierra, a Venecia, que es la ciudad más bella que el sol alumbra, y allí me casaré con una dama…

—La piel de la que será tu mujer es alba como la leche.

—Pues tú no eres, pues eres casi negra. Luego está la mujer del escudero, la doña Gracia y las monjas.

—En las otras naves hay otras mujeres…

—A mí me van a prestar atención, cuando los capitanes las quieren maridar…

—Eres mozo apuesto…

Y en ésas estaban cuando el galeote gritó lo que gritó y les vino miedo y se retiraron tras del fogón, hasta que el cocinero que iba a preparar la cena los llamó para que le ayudaran a pelar cebollas, y claro, acabaron llorando los dos, la María y el Jácome, y la Marica viéndolos llorar, eso sí, sin volver a aullar como fiera carnicera. La tripulación durmió más descansada aquella noche, a Dios gracias.

Llegados a Buenavista del archipiélago de Cabo Verde, como no había puerto en la isla, don Cristóbal Colón envió barcas, el 30 de junio, cuando la flota castellana llevaba un mes de navegación, para proveerse de sal y carne.

A poco, se presentó en la *Santa María de Guía* un mayordomo del rey de Portugal para saludarle y ofrecerle lo que había en aquella tierra paupérrima. Diole el genovés colación y el hombre hizo grande aprecio, pues que allí, aparte de cabras, tortugas y pescado no había otra cosa y la poca agua que había era de pozo y salobre para mayor adversidad. El hombre, un tantico achispado a causa del vino que le sirvieron los criados del almirante, habló por los codos de que había siete casas de leprosos y de cómo iban allí los infectados a curar su enfermedad porque había grande abundancia de tortugas.

Doña Juana, que escuchaba atentamente, aunque con cierto espanto por el hecho de oír hablar de una leprosería, pudo enterarse de que los enfermos comían tortuga y se bañaban en la sangre del animal resultando curados. Que las tortugas venían de Etiopía, la tierra firme del África, a desovar en la arena. Las cuales, con las manecitas y pies, escarban en la arena y ponen cada una como quinientos huevos, más grandes que los de gallina, y los tapan. Que el sol los ampolla, que nacen los bichos y corren en busca del mar nada más salidos del cascarón. Y pudo ver varias tortugas que rondaban el barco, por vez primera pues no las conocía. Lo que no vio fue a los leprosos pues quedaban lejos de su vista, pero distinguió claramente los edificios, la capilla y el cementerio y hasta oyó las campanillas que tocaban los enfermos.

Partidos de Buenavista hacia Santiago, la principal de las islas, Colón se detuvo ocho días para comprar vacas y llevarlas a La Española, como los reyes le habían ordenado, porque en Indias no había cuadrúpedos de ningún género salvo una especie de perros que no ladraban. Pero como hacía un calor insoportable y la gente se ponía enferma, en razón de que allí se asan los hombres, mismamente como el bienaventurado San Lorenzo en la parrilla, acordó largarse cuanto antes. Atendió a las autoridades que fueron a verle y le dijeron que al sudeste de la isla de Huego, que es una de allí, se veía otra isla que el rey Juan de Portugal quería descubrir y que a ella iban canoas salidas de Guinea. Desechó el almirante dirigirse a aquella tierra sin nombre porque estaba situada fuera de los acuerdos de Tordesillas.

El 4 de julio, miércoles, alzó velas y dejó Santiago con gran alivio de la tripulación, pues todos esperaban encontrar otro clima. Pero no, no. Perdida de vista aquella ciudad, Colón, recogiéndose en sí mismo y santiguándose, rezó de este modo:

—Nuestro Señor me guíe y me depare cosa que sea en su servicio y del rey y de la reina, nuestros señores, y honra de cristianos, que creo que este camino jamás lo ha hecho nadie y sea esta mar muy incógnita.

Doña Juana no lo oyó, pero se lo contó sor Rósula y, como todos, no pudo evitar un escalofrío que le vino al conocer que navegaban hacia la mar desconocida.

—Dios nos bendiga, hermanas —dijo a sus monjas, no obstante.

Y falta hacía que Dios bendijera a todos, a todas, pues que el cielo comenzó a encapotarse y una espesa neblina cubría todo. Presto no se vio ni sol ni estrellas, pero ello no fue óbice para que las monjas fueran víctimas de una broma. Fue que se llegaron a ellas el grumete y la gitanilla, acompañados de la niña boba, que continuaba sosegada, y les propusieron un juego que doña Rósula se apresuró a aceptar.

—¡Yo, yo! —exclamó la monja.

Consistía el asunto en que la sor escupiera por sotavento, es decir, por la parte contraria de donde venía el viento, y claro la saliva que expelió le volvió a la cara manchándole toda. Entonces la embromada encorrió a los críos por la cubierta, pero hubo de oírse:

—El marinero que llega a esta latitud ya sabe que siempre debe escupir por barlovento…

Se escucharon las risas de la vigilancia de estribor y de sus compañeras. A ver, que quien mucho habla, mucho yerra y a veces se encuentra en apuros o hace el ridículo. A la hermana le supo malo porque, después de más de un mes de travesía, estaba capacitada para distinguir la vela mayor de las bonetas, del trinquete, de la cebadera y de la gavia y señalar el bauprés y una charla hubiera podido dar de los obenques o de la cofa, por ejemplo, porque era capaz de retener eso y más en su sesera. Lo que su mente no pudo aceptar fue la broma de la chiquillería, y se enfurruñó. Por eso no contó a sus compañeras ni tomó ninguna determinación sobre un negocio que le había inquietado mientras se preparaba para escupir… Ay, Jesús, María, que el grumete ponía las manos con descaro en las nalgas de la niña boba y en las de la gitanilla. Claro que ésta no le dejaba hacer y era la otra la que se llevaba toda la parte, ay, sonriendo además mientras aceptaba las cochinadas del otro —niño, pero hombre al fin—, y eso, pero hubo de

66

escupir y se llenó la cara de saliva, como es dicho y se molestó. Por eso guardó silencio, o acaso no le dio importancia al asunto.

Colón mandó navegar hacia el sudeste, que es el camino que lleva al austro y al mediodía, sosteniendo que era la misma ruta que siguiera una gente negra que, llevando las azagayas de las lanzas de oro, arribó en La Española, según le dijeran los indios de Caonabó, el cacique de las islas del Caribe.

4

A los pocos días de travesía, el almirante aseguraba que se encontraban en línea recta con Sierra Leona y el cabo de Santa Ana en Guinea, que está situado debajo de la línea equinoccial, donde se dice que hay más oro y cosas de valor en el mundo.

Las monjas y todos andaban angustiados por la calor, que era tanta que no se podía respirar. Salvo la chiquillería que parecía no sentirla, y seguía el Jácome sobando a la niña boba en cuanto su madre le quitaba la vista de encima y la dejaba ir a jugar. Y la gitana mirando. Y todos viendo, aunque el primero en reprender las cochinadas de los chicos fue el galeote, que dijo:

—A ti, mozo, te gusta más andar con las chicas que con las velas, ¡malaje!

Y enterado el maestre de lo que sucedía, les propinó sendas bofetadas al Jácome y a la gitana, y otro tanto hizo el almirante cuando lo supo. Y doña Juana reprendió a los tres, y sor Rósula, por hablar, a la madre de la niña también que, tachada de descuidada, a su vez abofeteó a los tres, y hubo lloros. Las muchachas lloraron. La niña boba como nunca se había oído llorar en aquel barco ni en el mundo entero quizá, con lo cual los navegantes volvieron a sentir escalofríos. A ver, que más parecía que la criatura graznara como los cuervos o rugiera como los demonios, aunque lágrimas arrojaba, sí, lo que indicaba que era mortal —menos mal— porque, de otro modo, hubieran sentido todavía más temores, y eso que no eran gentes espantadizas precisamente.

El almirante, necesitando compartir sus inquietudes, llamó a doña Juana, pero en vez de platicar del incidente de los chiquillos o del agobiante calor, que era la conversación de todos, le comentó:

—Al sur ha de estar la ciudad de Quisay donde vive el Gran Khan, la mi señora.

—Quiéralo Dios, mi señor. Señor Colón —rectificó la monja molesta consigo misma ya que ella no tenía otros señores que el Altísimo, el papa de Roma y don Fernando, el rey.

—Hasta la fecha he descubierto setecientas islas a las que he puesto nombre…

—¿Al principio de oriente?

—Sí, señora. Ahora debo descubrir la tierra del Gran Khan y hacer alianza con él para que los reyes, nuestros señores, puedan restaurar la fe cristiana en Jerusalén, que se encuentra en manos del turco, como bien sabéis. Allí acudirá don Fernando con grande ejército y conquistará la ciudad santa rescatando el sepulcro del Señor de manos infieles…

—Loores a Dios, señor capitán.

En esto corrió por el barco que el escudero y su mujer estaban en la bodega, yaciendo como marido y mujer entre las bestias, exponiéndose a una coz, entre las jaulas de gallinas, bajo las patas de caballos y vacas, que a la sazón viajaban suspendidas del techo mediante cinchas, por razones de la estiba

70

para que de ese modo no se movieran, no desbarataran la carga y no se fuera el barco a pique.

Y llegó el piloto, arrebolado, a Colón para contarle que había bajado el que daba de comer a los animales para hacer su faena y había visto y oído a la pareja y que había salido dando voces, porque no era decencia. Para entonces, ya algunos curiosos observaban la bodega por las escotillas pretendiendo verlos, pero la mayoría miraba a la Gracia de Segovia, a la gitana y a las monjas, con descaro algunos, a las seis mujeres que allí había, mucho más a las dos primeras, claro, pero a todas por ser todas mujeres. De tal manera que la Gracia se ajustó la toca y la María se ahuecó el cabello, y las monjas se ruborizaron las cuatro a la par, aunque nada iba con ellas pues no tenían otro esposo que Dios, el mejor de los maridos.

El caso es que el matrimonio no se atrevía a abandonar la bodega, pese a que el almirante llamaba al escudero a voces:

—¡Pedro de Salamanca!

Y a la mujer:

—¡Catalina de Sevilla!

Pero ni uno ni otro acudía. A ver, que, sorprendidos haciendo el acto carnal, estaban muertos de vergüenza y no querían salir.

Y fue que don Cristóbal Colón estaba rojo, rojo de tez, y fue que la abadesa, que no estaba menos colorada, se retiró a su cámara con sus compañeras para dejar hacer al capitán. Y que éste mandó a buscar por ellos y los trajeron. Y los interrogó:

—¿Qué hacíais allá abajo?

Y fue el hombre el que contestó:

—Estaba con mi mujer y mi mujer conmigo.

—¿En plena luz del día…?

—Hablábamos de nuestras cosas…

—Mira, mozo, este barco es asaz chico y no hay intimidad,

71

si quieres «platicar» con tu mujer lo haces en cubierta, que no te vea yo otra vez en la bodega con ella —ordenó el almirante.

—Te esperas a llegar a La Española, allí tendrás tierra y casa —atajó el piloto.

—¡Estaba con mi mujer! ¡Yo no tengo la culpa de ser el único hombre casado en esta nave!

—¡Cállate o mandaré que te den azotes!

—¡Ballenas a estribor…! —gritó el gaviero, pero nadie siquiera miró pues que andaban todos muy ocupados.

—¡Todos me tienen envidia! —continuó el escudero.

—¡Dadle diez azotes, y si no calla, veinte!

Y a eso procedió Quintero. Llamó a unos hombres que aprisionaron al ballestero y lo sujetaron al palo mayor, retirando al galeote que permanecía allí atado día y noche, como sabido es, y le propinó uno, dos y hasta diez latigazos, y menos mal que el joven no dijo palabra, que de otro modo hubiera seguido hasta la veintena.

La esposa lloraba. La Gracia le daba cobijo entre sus brazos. La niña boba aullaba como otrora. La marinería contaba los golpes y el galeote se reía a grandes carcajadas.

Las monjas se enteraban de todo en su cámara y no necesitaban ver. Sor Rósula les explicó cuando terminó el incidente y volvió de cubierta que la Catalina, la mujer, se había encontrado en el brete de dar satisfacción a su marido, sujeto de miembro inquieto sin duda, en un lugar asaz chico ciertamente, y la disculpó por atender las exigencias de su esposo pues que como mujer casada debía yacer con él y procrear. Pero las otras se le echaron encima y le dijeron:

—Una superficie corrida como es el barco, sin cámaras y, por consiguiente, sin intimidad no es el lugar oportuno.

—El hombre debía haber reprimido su instinto.

—Y ella debió refugiarse a nuestro lado y venir a hacer penitencia con nosotras.

—Lo que han hecho es dar mal ejemplo y suscitar envidias.

—La compostura es la compostura.

—Es menester guardarla en todo momento.

—No sé cómo han podido estar en la bodega; allí hace un calor de muerte y huele que apesta por la bosta de los animales.

Y sí, sí, el ballestero y su mujer dieron mal ejemplo.

A la noche el almirante continuó sus pláticas con doña Juana y, para mejorar el ambiente, hizo servir vino a la tripulación que, vive Dios, lo agradeció; y hasta al galeote hizo que le dieran un vaso. Las monjas rehusaron la invitación, siguiendo a su priora pero, quizá no les hubiera venido mal mojarse un poco el gaznate, mas, a saber si produciría aún más calor. Ese calor que llevaba agobiando a todos durante ya varios días.

—El Paraíso Terrenal está hacia donde vamos... —informó Colón.

—Plego al cielo que no haga este calor...

—¡Quiá, será un lugar deleitoso!

—¿Lo que habéis visto cómo es?

—Son tierras bajas, llenas de verdura y muy húmedas por la mucha vegetación... Se vive todo el día mojado... Te bañas en un río y no te puedes secar, los lienzos no secan...

—¿Me llegará con doscientos sayos para vestir a los miembros de una tribu?

—Os sobrará... Una tribu son cien personas acaso. Cierto que las hay más grandes, las de los caribes algunas son más grandes.

—Los antropófagos ¿por dónde se extienden?

—Por casi todas las islas... Las comunidades grandes subyugan a las pequeñas y se las comen...

—¿Hay carencia de alimentos?

—No. Hay mucha fruta, toda diferente a la de España... Yo, para que podamos comer de lo nuestro, he llevado ya varias semillas y he mandado sembrar.

—¿Qué relaciones tienen los indios entre sí?

—Viven al mando de un jefe, que por allí se llama cacique...

—¿Hay familias?

—Sí, y muy numerosas porque practican la poligamia. Los hombres se casan con muchas mujeres, sin tope. Las que pueden mantener. Además, la sodomía y las uniones incestuosas son vicios arraigados...

—Lo habremos de cambiar, señor Colón.

—Es lo que me han encomendado los reyes...

El caso es que abadesa y almirante andaban en estas hablas y, como no había calma en el barco porque el ballestero se dolía de los latigazos y su mujer lloraba no atinando a aplicar bien el aceite para curar las heridas del marido y los chicos lloraban y la niña boba aullaba de tanto en tanto, habían de alzar la voz.

—¡Habrá que evangelizarlos para que abandonen cualquier práctica pagana! —sostenía doña Juana.

—No quieren. Algo intentamos ya... Tampoco quieren trabajar... Yo lo comprendo porque allí se levanta el brazo, se coge una fruta de un árbol y se puede comer de la naturaleza... Habrá que usar mano dura si queremos sacar partido de aquella tierra, pero la reina no quiere esclavos, sino súbditos. Incluso desea que los indios cobren salario por su trabajo, pero ellos no saben qué hacer con el dinero... Practican el trueque, no han tenido nunca moneda en sus manos y no saben gastarla, si supieran encontrarían placer y querrían ganarla...

—¿Tienen los indios religión o son idólatras?

—No saben qué es el mal.

—¿No saben lo que está bien o mal?

—No. Además, ante un cristiano huyen, como si fuéramos a hacerles daño. Por si acaso, por todas partes que voy dejo puesta una cruz...

—¡Ah, está bien eso, señor!

—Algunos de los indios que he tratado han aprendido a santiguarse. Tuve un criado indio al que llamé Diego, como a mi hijo, y le di mi apellido y quiso ser bautizado... Me hizo grandes servicios, pero falleció va para dos años, Dios lo tenga con él...

—Lo echaréis de menos...

—¡Claro!

—Ya es un paso esto de vuestro criado. Indica que se pueden cristianar. ¿La mayoría sabe al menos que hay Dios en el cielo?

—Algo saben, a nosotros mismos nos toman por dioses. No han visto hombres blancos, ni barcos, ni espingardas ni cañones... Allí es todo extraño porque en noviembre florean los árboles, y mientras en la península es invierno, en el Caribe es verano... Cuando ponemos pie en una isla, los habitadores se llaman entre ellos como diciendo: «Venid, venid a ver a esta gente venida de los cielos».

—¿Cómo andáis de la gota, señor?

—Mal, señora, mal... Parece milagroso, pero no hay indio que tenga mal la cabeza ni los pies y ninguno ha estado en cama por dolencia...

Y en esto, como las cosas suelen complicarse todas a la vez, de súbito se presentó ante ellos el sacerdote, sosteniendo que no podía oficiar la misa porque le habían robado el cáliz de celebrar. Qué quiso oír el almirante que montó en cólera y empezó a escupir disparates, que mejor no mentar, sin recatarse delante de la religiosa que, no se asustó de oír palabras mal sonantes sino que, conocedora de que era una pasajera más, supo estar en su sitio y no intervino. Aunque, vive Dios, lo sintió en lo más hondo de su corazón, porque no oía misa todos los días, no, pues que el sacerdote había de repartirse entre las tres naves, como dicho es, tan importante que era para ella y sus compañeras. Que, por unas cosas o por otras, andaban relajadas en sus obligaciones monjiles, si bien continuaban rezando el Oficio.

—¡Me han robado el cáliz!

—¿Quién ha robado el cáliz? —bramó Colón.

—No lo sé…

Y nadie había robado el cáliz, nadie, al parecer.

—Es una buena copa de plata dorada —informó el sacerdote. Sin ella no puedo celebrar.

Para entonces, toda la tripulación tenía puestos los ojos en la gitanilla, en la María que, advertida del asunto, sonreía con picardía, se llevaba un dedo a la boca y enseñaba los blanquísimos dientes conque Dios la había agraciado, como queriendo ganarse el auditorio, como hacen las mujeres de contentamiento y, pese a que a más de uno de los tripulantes le gustaron aquellos ardides, no fue menester que ninguno le imputara el robo porque la mayoría la acusaba ya con la mirada.

Y, sí, sí, comisionada la Gracia de Segovia por el almirante para que la registrara hasta debajo de la saya, le fue encontrado el cáliz en la braga. El cura se lo llevó a toda prisa para purificarlo, pero el proceso, que ya estaba abierto, continuó, iniciando Colón el interrogatorio a la vista de todos:

76

—¿Cómo te has atrevido, bellaca, a robar el cáliz?

Y la bellaca respondió:

—No he sido yo… Ha sido la Marica…

La niña boba aulló al ser mencionada, quizá porque no era tan boba como se creía, vaya su merced a saber, pero la otra continuó:

—Lo ha robado la Marica a instancias del Jácome…

—Voy a mandar que te den una ración de azotes de la que te vas a acordar toda tu vida… ¡Dadle veinte latigazos! ¡La Marica no entiende, es boba!

—Atienda su merced —replicó la gitanilla con desparpajo—, que no se entera su señoría de la mitad de lo que sucede en su barco…

—¿Qué quieres decir, pardiez? —demandó el capitán.

—Ocurren cosas a sus espaldas.

—¿Qué cosas?

—Doña Juana, ¿habéis visto mayor insolencia?

—Téngase el capitán que la gitana es una chiquilla y la mayor virtud de los hombres buenos es tratar a los inferiores con clemencia.

—Vuesa señoría ha apaleado al escudero y a su mujer, pero hay cola en la bodega para yacer hombres con mujeres —se defendió la muchacha.

—¿Quién yace?

—El Jácome con la Marica… El escudero con su mujer… Y los demás porque no pueden…

—¡Jácome!

—¡Mande su señoría!

—¿Es cierto lo que dice María de Egipto?

—¡No, señor! —contestó el muchacho con el rostro colorado.

Pero, ay, ay, que algo había. Por eso don Cristóbal insistió:

—¿Qué sabe Gracia de Segovia de este negocio?

—Yo nada, señoría, mi Marica es tontica, pero no ha conocido hombre, salvo este Jácome, aunque no sé.

—¡La señora Gracia quiere casar a la Marica con Jácome y por eso ha consentido…! —siguió la gitana.

—¿Y qué tiene que ver para robar el cáliz?

—El Jácome se lo mandó coger a la niña y ha comprado mi silencio con él…

La tripulación estaba estupefacta, lo cual no impedía que los marineros murmuraran entre sí, y el pasaje también, pues que las monjas escuchaban con la máxima atención cuando el almirante, pasmado también, hacía pausas para mantener la calma, en razón de que, si por él fuera, arrojaría a la muchachada por la borda y amén, pero no podía porque representaba a los señores reyes en su expedición al lejano Catay.

—El Jácome le ha dado a la Gracia palabra de matrimonio para su hija… —repetía la María.

El almirante movía la cabeza y preguntaba a diestra y a siniestra:

—¿Tú has hecho eso, Jácome, hijo? ¿Es cierto eso, señora Gracia?

El Jácome y la Gracia guardaban silencio.

Y en aquel silencio se escuchó netamente la voz de sor Rósula:

—El mozo la ha violentado…

Y en voz baja explicó que ella había oído un grito de la niña boba, emitido tal vez en el momento de perder la virginidad. Las otras se le echaron encima y sovoz también le demandaron:

—¿Dó es la sangre de la niña?

Doña Rósula rezongaba para ella misma:

—Todo por tocar unas tetas y algo más… Amargarse la vida por yacer con mujer…

Y claro como en caso de mantener relaciones ilícitas con la niña boba no se podía hacer otra cosa que violentarla, en virtud de que, dado su estado mental, nunca daría su consentimiento, la tripulación se alborotó como no podía ser de otra manera. Y un marinero agarró al chico por los hombros y comenzó a propinarle puñadas mucho antes de que se esclareciera la situación, mucho antes de que se terminara el proceso siguieron otros con los palos. El hecho es que el almirante los dejó hacer por un tiempo, hasta que doña Juana le dijo:

—¡Van a matar al chico, intervenga su merced!

—¡Quietos!

—¡Quietos, por amor de Dios! —abundó la abadesa.

Sor Juanota se quejaba a la puerta de la cámara de las monjas:

—¡Con el calor que hace, mejor sería que hubiera calma en este barco para no hacer siquiera esfuerzo mental!

—Vea, sor Juanota, que los hombres tienen envidia del Jácome como ya la tuvieron del escudero…

—Me dio el Jácome la copa para que guardara silencio, pues que lo vi yacer con la Marica —informó la gitana, continuando con el embrollo—. Me echan la culpa a mí de todo porque los egipcios tenemos fama de ladrones, pero somos como todos los hombres, unos buenos y otros malos… El Jácome no es el peor de los marineros de este barco, algunos me han piropeado y otros incluso pellizcado el trasero y hecho proposiciones deshonestas…

En esto habló el piloto a Colón:

—Sugiero que su merced castigue a todos.

—Ruego a su merced que case a mi hija con el Jácome —atajó la señora Gracia con gruesa voz para ser escuchada—, que lo amoneste y le prive del vino, aunque no del sueldo pues somos gente necesitada, y ordene matrimoniarlos para que se le perdone el pecado que ha cometido...

Y se oyeron otras voces:

—¡El Jácome es un calavera!

—¡Un tarambana!

—¡Tan joven que es!

—¡No ha perdido el tiempo!

—¡Lo que ha hecho es delito, señor, ni con palabra de matrimonio se puede tener ayuntamiento carnal con una criatura tan disminuida! —habló el piloto.

—Ya sea todo verdadero o falso, ya mienta uno u otro, habrá que maridarlos antes o después del castigo —intervino don Juan, el cura.

—¿Estáis seguro de que el chico haya desvirgado a la niña?

—Yo no, ¿cómo he de saberlo, señor?

—Pero, ante la duda, será menester casarlos.

—Necesitaríamos una partera para que entendiera en el negocio —dijo Colón.

—Comadrona no tenemos. En *La Gorda* va el médico, pero no querrá ocuparse de este asunto. Es negocio de mujeres.

—En efecto, es cosa de mujeres, no de médicos.

—Acaso las monjas...

—Deje vuesa merced a las monjas, señor cura.

El caso es que Colón que había surcado mil mares, no había estado nunca en situación semejante.

—En el pecado lleva la penitencia el Jácome, la Marica le habrá contagiado la maldición que padece: la locura... —aulló el galeote.

—¡Por mi padre y por mi madre, por el bendito Dios y su Santa Madre, yo os juro, señor, que el Jácome me regaló la copa...! —se dejó oír la gitana.

Y como no había viento ni barco ni tierra a la vista ni golpe de mar ni de qué preocuparse, pues que sólo había mar y mar por los cuatro puntos cardinales, continuaron comentando durante mucho tiempo aquella enojosa situación. Don Cristóbal se quejaba a doña Juana:

—Lo siento, señora, esta nave más parece un burdel.

Pero la priora no respondió porque no era negocio suyo y porque había un capitán que era el mantenedor de la disciplina en el barco. A más, que una abadesa no hablaba de lupanares ni para bien ni para mal.

El caso es que el grumete sostenía con énfasis que la gitana mentía y otro tanto aseguraba la muchacha del Jácome. Que la niña boba aullaba de tanto en tanto y se llevaba las manos al cuello, como queriendo estrangularse. Que la Gracia de Segovia se las quitaba sin prisa, quizá porque es imposible que una persona se estrangule con sus propias manos aún no estando en su sano juicio, e instaba al señor cura a que celebrara la boda. Que el ballestero y su mujer pedían a viva voz que si a ellos les habían humillado y castigado estando casados procedieran con los mozos con mayor rigor en razón de que no sólo habían pecado contra la decencia sino contra el sexto mandamiento. Y hubo más. Colón ordenó:

—Dadle cincuenta latigazos al Jácome.

Y fue que, cuando Quintero le arrancó de malos modos el jubón al mozo para atarlo al palo mayor y proceder con la pena que había impuesto su superior, el piloto le descubrió una mancha azul índigo debajo de la tetilla izquierda, que no era peca. Un círculo de más menos un dedo de largo. El caso es que el chico, cuando el maestre le preguntó qué era eso, refiriéndose a la mancha, se asustó, pues que no la tenía antes y, sin saber responder, se echó a temblar. Todos lo vieron y por doquier surgieron voces:

—¡Dios ha castigado su indecencia!

—¡Es cosa del diablo, la chica boba está endemoniada!

—¡Tenía que estar encerrada en la cárcel y no venir de pasajera en este barco!

Y preguntas:

—¿Tiene la Marica manchas de ese jaez en el cuerpo?

Y proposiciones:

—¡Que la desnuden!

Porque querían ver si tenía manchas también.

Y el almirante se enfurecía aunque trataba de guardar la compostura delante de doña Juana y de tragarse la ira, pero estaba rojo de sofoco.

—La niña no tiene manchas en el cuerpo —aseveraba la Gracia.

—A las personas no se les desnuda y a las mujeres menos —sostenía sor Rósula.

Pero el Jácome ya estaba desnudo porque el piloto le había bajado los calzones para examinarle el resto del cuerpo, pero no tenía otras manchas, tal dijeron los que se acercaron a verlo.

Sor Juana cerró los ojos por no ver las posaderas del chico, y le comentó al almirante:

—Quizá la mancha del muchacho se pueda lavar, señor Colón.

El hecho es que se estaban embrollando las cosas cada vez más, pues a más del robo del cáliz, la violación de la Marica, la posible boda, el castigo y la mancha del grumete, el escarmiento de las mozas, las mentiras o verdades que habían dicho unos y otros, azotaba el mucho calor, mismamente como si la expedición navegara hacia la boca del infierno. Y no menguaba una pizca de noche, aunque se agradecía la puesta del abrasador sol, por eso los tripulantes no debían hacer esfuerzo ni físico ni mental para sobrellevar aquel agobio y así resistir bebiendo la menos agua mejor, pues, tras doce días de viaje, ya empezaba a escasear y era menester guardarla.

Así las cosas, don Cristóbal Colón mandó al piloto que lavara la mancha azul oscura del muchacho y a la par rogó a sor Juana que sus monjas examinaran a la Marica. No hicieron falta más palabras pues Quintero procedió de inmediato y pidió jabón pero, a poco, como la mancha no se iba por mucho que frotara, solicitó estropajo y restregó con fuerza, con tanta fuerza que le saltó la piel sin que le dolieran los lamentos del joven, que buena la hizo al yacer con la Marica.

A ver, que surgieron voces entre la marinería:

—La locura se contagia.

—La cría está endemoniada.

—Será menester que el sacerdote le saque los demonios…

—Tendrá que practicarle exorcismo…

—A todos habrá de practicarnos exorcismo, ¿acaso no vamos camino del infierno?

—¡Este calor nos ha de matar…!

A la par sor Rósula desnudaba a la niña boba en la cámara de las monjas con ayuda de sor Juanota, que le sostenía con fuerza pues, como si tuviera algún pudor, se revolvía contra ellas.

La madre, la Gracia de Segovia, manifestaba su enojo en voz alta por el examen que sufría la pequeña y pedía matrimonio para su hija, para de ese modo, tan fácilmente —aseveraba—, deshacer el agravio sufrido.

El cura preguntaba a Quintero por la edad de los muchachos, pues para maridar necesitaba tener el chico catorce años y la chica doce, según los sagrados cánones y comentaba:

—Si no tienen estas edades habrá que casarlos a futuro.

El maestre no respondía, dado que ignoraba el hecho, a más que estaba muy ocupado todavía refrotando al chico con el estropajo, y corajudo además porque la mancha, aquel redondel azul índigo, que daba que hablar a los marineros, no se iba.

—La cría es hija de algún pecado inconfesable.

—Su madre, su padre o sus antepasados pecaron…

—Y mira…

—Va repartiendo desgracias.

—Si la niña no es todavía mujer, mayor pecado…

—No habría otra doncella en el mundo para yacer con ella…

—En el barco no hay otra disponible…

—¡Se sigue viendo la mancha, señor almirante, pese a que le he dejado a Jácome el pecho en carne viva…! —gritó el piloto.

—¡Aplíquele su merced hierro ardiente! —bramó el Pedro de Salamanca, el ofendido con anterioridad.

Y claro el Jácome no podía derramar más lágrimas pues de sus ojos manaba ya una torrentera.

En esto, sor Rósula sacó la cabeza por la puerta de la cámara e informó:

—La Marica no tiene manchas ni rastros de sangre… Eso sí, está muy agitada y arroja espuma blanca por la boca.

La Gracia de Segovia se hizo camino entre el gentío y nadie le impidió que fuera en ayuda de su hija, o lo que fuere, pues que ella misma se había encargado de suscitar dudas sobre el parentesco.

El almirante, a instancias de sor Juana y viendo al autor del delito sangrar, le preguntó al mozo:

—¿Cuántos años tienes, mozo?

—Diecisiete —balbuceó el Jácome.

—¡Aplíquele hierro el almirante y santas pascuas! —solicitó el gaviero desde la cofa.

—¡Hierro y azotes! —abundó el galeote.

—¿Quieres casarte con la Marica? —demandóle el virrey, conocedor de que para que un matrimonio fuera válido los cónyuges habían de presentarse libremente ante el altar.

—¡Sí! —dijo el mozo, atemorizado por el hierro ardiente, los azotes y los sufrimientos que había ya padecido.

—¿La Marica quiere casar?

—¡Sí, puede hacerlo, tiene trece años y mi bendición! —se apresuró a responder la Gracia de Segovia.

—¡Que hable ella y lo diga!

—¡No puede, mi señor, es muda! ¡Yo, que soy su madre, la represento...!

—¡Ea, pues, proceda el señor cura! —ordenó Colón.

El sacerdote sacó una mesa a cubierta, extendió un mantel y abrió el libro que llevaba en las manos. Los hombres, siguiendo el mandado de Quintero, desataron al novio del palo mayor y le curaron las heridas del pecho con aceite y lo vendaron. El almirante preguntó a doña Juana:

—¿Os parece bien que se casen los muchachos para remediar el agravio, aunque no tengamos modo de saber si el chico violentó a la Marica?

—¡Sí, es el justo castigo! El mozo cuando menos lo intentó...

—¡Ea, pues, proceda el señor cura!

La Gracia aderezó el cabello de la niña boba que ciertamente estaba congestionada y roja de cara —tanto por el agobio reinante como por el examen que padeciera a manos de las monjas—, y le avió la saya. Ella también se compuso y acercó a su hija de la mano al altarcillo, dispuesta a ser la madrina.

—¿Quién es el padrino? —demandó la mujer.

—¡Yo! —aulló el galeote.

—¡Yo mismo! —dijo el piloto por acabar con aquello; y se acercó.

Así las cosas, el tamborino hizo asonar su instrumento tratando de hacer fiesta y que la gente se animara, cuando ya el cura preguntaba a los novios:

—¿Jácome y Marica venís libremente a contraer matrimonio, según el rito de la Santa Iglesia Romana?

—Sí —respondió el chico con poca voz. Y la chica no dijo nada claro. Lo hizo la Gracia:

—¡Sí!

—Yo os declaro marido y mujer —terminó don Juan, el sacerdote—, en el nombre del Padre, del Hijo y del Espíritu Santo. Amén.

—Amén —contestaron todos de mala gana. Porque, vive Dios, ¡vaya boda!, todos con cara de circunstancias, pese a los sones del tambor. A más, que los asistentes hubieron de soportar el sol que caía a plomo sobre la cubierta. A pesar de que el almirante hizo repartir vino del suyo propio, vaya boda, nadie le arrendaba la ganancia al chico en razón de que cargaba con una mujer disminuida, con un lastre para toda su vida. Allí, la única que mostraba su contento era la Gracia, la madre, o lo que fuere, de la recién casada.

Terminada la ceremonia el piloto advirtió al Jácome:

—Que no te vea yo acercarte a tu mujer hasta que tengas casa en La Española...

5

Su maternidad doña Juana Téllez de Fonseca, abadesa de Santa Clara de Asís de Tordesillas, y don Cristóbal Colón, almirante, virrey y gobernador de las Indias, convinieron, en un punto ignoto del piélago situado más o menos a cuatrocientas millas al oeste de las islas Cabo Verde, en que mejor haber casado a los chicos para, redimido el pecado del Jácome, dejarlos en manos de Dios, y ya pasaron a platicar de sus cosas sin nombrar la mucha calor ni hacer comentario alguno sobre la mancha azul, ahora convertida en roja herida, que surcaba el pecho del grumete. Eso sí, ambos encomendaron aquel matrimonio al Señor, pese a que entre la tripulación se continuara durante bastante tiempo hablando de diablos, de endemoniados, de exorcismos, del infierno y de otros horrores.

—No mentemos a esos desdichados, señor Colón —rogó doña Juana.

Y el almirante, que siempre la quería honrar, entendió perfectamente. Mejor no echar los dramas al viento. La abadesa tenía miedo a la mancha del grumete, a pesar de que lenguas de comadres sostuvieran que gozaba o padecía éxtasis y que incluso había llegado a levitar en algún momento de su vida, tenía pánico, por eso lo comprendió.

Para quitarse los espantos de la cabeza, el almirante propuso a la religiosa echar la corredera para conocer la velocidad que llevaba la nao. Y, en efecto, él arrojó el cabo con la corredera —una piedra envuelta en red— en la proa y lo recogió doña Juana en la popa, hizo los correspondientes cálculos y expresó:

—Navegamos a dos millas por hora.

Lo que era cierto pues, de súbito, había cesado el viento, es más, hacía tiempo que no se notaba adelanto alguno.

—Estamos a cuatrocientas veinte millas de las islas de Cabo Verde, que son ciento veinte leguas. Esta noche tendremos la polar al norte cinco grados. Lo veremos cuando midamos la altura de la estrella con el sextante. Y presto entraremos en el ecuador, mañana al mediodía calcularemos la meridiana, es decir, la recta de altura del sol —informó el almirante.

Y ya se dispuso a relatar a la monja las grandes calmas del mar de los Sargazos, que casi dieron al traste con su primer viaje, pues a punto estuvo la tripulación de amotinarse y él de dar orden de virar de borda y regresar a la Península para acabar con el sufrimiento de los hombres, que fue grande, pero doña Juana, tras hacerle una incómoda pregunta, se le adelantó con otro tema:

—No entiendo, señor Colón, cómo no hemos topado todavía con la isla Antilla; según don Duarte, se encuentra a doscientas millas al oeste de Cabo Verde —tal le dijo pues que, antes de los jaleos, había repasado sus apuntes, en su cámara, a la luz de un candil.

Pero, de repente, sin dar importancia a aquel aserto que podía resultar trascendental en el viaje que realizaban, cambió de conversación, pues no en vano venía observando cada vez que echaban la corredera o medían la latitud con el sextante, que Colón, aun sin quererlo, se quedaba mirando su brazo manco y, como llevaban días de amistad, creyó necesario contarle lo de su disminución física nada más fuera por satisfacer la curiosidad del capitán que, vive Dios, la tenía pues no dejaba de mirar aunque no quisiera mirar, lo que le sucedía a doña Juana con cualquier persona que se apercibiera de su tara física. Por eso dijo apresurada, como si tuviera prisa:

—Las gentes de Ávila, la ciudad donde nací, hablaron hasta la saciedad de que un perro entró en la alcoba de mi señora madre y que nos comió la mano derecha a mi hermana gemela y a mí la izquierda, lo que fue ciento por ciento falso, pues nunca sus criadas, que no eran mujeres descuidadas sino, al revés, muy avisadas, hubieran dejado entrar un can en la habitación ni menos lo hubieran permitido sus esclavas... Dos mujeres moras, llamadas Marian y Wafa que fueron nuestras ayas. Marian la de mi hermana, la magnífica señora doña Leonor Téllez de Fonseca, que en paz descanse, Wafa la mía... Había también una cocinera de nombre Catalina, mujer animosa y competente donde las haya... Las tres, hasta la llegada de nuestra bisabuela, la excelente marquesa doña Gracia Téllez, se ocuparon de nuestra crianza y nos educaron en el amor de Dios, a más de enseñarnos a leer y a escribir, suscitando en mi hermana y en mí interés por el mundo... Nos enseñaron el castellano y el arábigo, de tal manera que doña Leonor, por mandato de la reina Isabel, comprobó que los textos, las estipulaciones escritas en árabe y castellano, para el tratado de la rendición de Granada, coincidían letra a letra, y la soberana no los dio por buenos ni los sancionó hasta que mi hermana finalizó su tarea y dio el visto bueno, prestando un impagable servicio al reino, como podréis deducir fácilmente... Por eso no hubo perro, señor, hubo desgracia por así llamarla, pues que nos valimos las dos, mismamente como cualquier tullido que se sirve de maravilla con lo que tiene y no echa a faltar lo que no tiene, salvo de vista, porque, aunque lo envidie, no sabe lo que es tener el miembro que le falta… No se encontraron nuestras manos al nacer y eso que trajimos sangre y que la partera nos aplicó tratamiento hasta que cicatrizaron los muñones, quedándonos este anillo encarnadino —doña Juana se retiraba la manga del hábito y mostraba poco más arriba de la muñeca el aro rojo al almirante, que abría mucho los ojos quizá para ver mejor aquel extraño círculo—… Si hubiera tenido que realizar trabajo manual seguramente que hubiera echado a faltar mi mano izquierda, como me sucedió por un tiempo al entrar en el convento, cuando doña Teresa, mi antecesora, me encargó tareas serviles, tales como ayudar en la cocina o en el huerto, entonces sí que necesité de ambas manos, pero en cuanto me nombró archivera ya no, y ahora que soy abadesa tampoco y ahora que soy navegante y descubridora tampoco las preciso…

—Lo único que la gente os mira…

—Sí, pero se asume que te han de mirar y se ofrece al Señor, ¡mayores males que no me traiga el mundo…!

—Doña Isabel, la reina, os tiene en mucha consideración…

—Tal se dice y cierto es… Mi hermana y yo nacimos el 22 de abril de 1451, bajo una impresionante luna roja, a la misma hora, día y año que su alteza… Nuestra señora en Madrigal, nosotras en Ávila, y aún nació otra mujer más, una dicha María de Abando, en la villa de Bilbao… Nos conocemos, hemos platicado las cuatro y nos llamamos las Hijas de la Luna Roja…

Ay, que la monja estaba hablando en demasía, pues que el almirante abría más y más los ojos, incluso la boca en atontado gesto, y a cada palabra se mostraba más y más interesado en virtud de que, hombre de lunas y soñador, debía parecerle maravilla aquello de las Hijas de la Luna Roja, porque, sin duda, algo en común tendrían las cuatro mujeres, ¿o no?

—Algo en común tendrán sus mercedes.

—Naturalmente, señor, cuando nos juntamos las cuatro, que ya nunca lo podremos hacer pues mi hermana falleció, al principio no podíamos respirar bien y sentíamos ansia que nos producía cierta fatiga, pero se pasaba presto y lo mejor es que parecíamos amigas de toda la vida... Tal nos sucedió la primera vez que nos encontramos, en la llamada «Farsa de Ávila» donde fue proclamado rey el príncipe Alfonso, el hermano de la reina Isabel, ¿habéis oído hablar de él? Y las otras veces que nos vimos, la última en el campamento de Santa Fe, cuando los reyes recibieron y agasajaron a los nobles tras la entrega de la ciudad de Granada de manos de don Boabdil...

Ay, que doña Juana nunca había hablado tanto tiempo seguido con el almirante de algo que no fuera del reino del Preste Juan o de la isla Antilla o de las perlas del antiguo reino de Ofir... Ay, que don Cristóbal quiso saber más de lo que la abadesa estaba dispuesta a decirle sobre aquellas particularidades que sufrían las cuatro Hijas de la Luna Roja, pero antes deseó aclarar un punto que no había visto claro:

—Mi señora, doña Juana, tengo para mí que la luna sale todos los días y que se va del mismo modo, más o menos colorada, según la humedad del ambiente...

—No sé, no sé... Yo apenas he contemplado la luna, cuando tenía tiempo no me llamaba la atención y cuando entré en el convento ya no lo tuve. Doña Isabel, su alteza, lo hizo muchas veces y la María de Abando también... Ellas eran las que se interesaban por ello y las que se quitaban la palabra de la boca con esto de la luna roja... Por otra parte, ni mis esclavas ni mi cocinera me hablaron nunca de ella por el mucho jaleo que hubo en la alcoba de mi señora madre, pues la partera buscó nuestras manos por todas partes, y no pudieron ocuparse de ella... de la luna, quiero decir...

—Pero, mi señora, la luna sigue al sol, y lo mismo que él nace rojo y se pone rojo, la luna también... El orto y el ocaso son rojos, salvo que las nubes los tapen... Lo veremos mismamente esta noche y mañana al amanecer, si se van las nieblas...

—Yo no sé, señor mío, tal decían la reina y la María...

—¿Quién es esa María?

—María de Abando... Catalina, mi cocinera, aseguraba que era bruja, pero no lo era, a lo máximo era ensalmera... y sobre todo camandulera, pero es, o era, no sé de ella hace años, desde la muerte de mi hermana, buena mujer... Doña Leonor la tomó de criada en los últimos años de su vida, y María la sirvió fielmente; incluso, faltando don Andrés, el marido de mi hermana, y don Juan, su único hijo, hubo de enterrarla ella y hacerse cargo de las exequias... Y se ocupó de todo hasta que me presenté yo...

—Se dice, mi señora, que los gemelos tienen mayor afinidad entre ellos que el resto de los hermanos...

—Yo de hermanos no puedo hablar, pero de gemelos sí... Estuve muy unida a doña Leonor, tanto es así que sentí su muerte a muchas millas de distancia y nadie tuvo que anunciármela...

—Contádmelo...

—Veréis, señor, un día, al despertarme, noté que me habían salido moretones por todo el cuerpo. A más sufría grandes dolores, que arreciaron después del rezo de nona y, pese a que soporto bien y con agrado cualquier padecimiento, ya sean calambres, ya picaduras de mosquitos, que nos azotan dada la proximidad del convento con el río Duero, o la comezón de los sabañones o los reúmas, el caso es que aquel día, como me iba el corazón a trompicones y estaba llena de morados, me asusté...

—Con motivo, mi señora...

—No por mí, pues que si había llegado mi hora y Dios me llamaba, como estoy convencida de que Él se apiadará de mi alma, di el momento incluso por venturoso, sino porque alguna malandanza sucedía a doña Leonor, mi querida hermana...

Doña Juana llevóse la mano a la frente, pero continuó con la voz un tantico temblorosa:

—No obstante, a la espera de que el Altísimo no me confirmara aquellos malos presagios, envié a mi casa de Ávila al mandadero del monasterio y quedéme ayunando y sin probar bocado durante seis jornadas, el tiempo que tardó el hombre en ir y tornar con la mala nueva del fallecimiento de doña Leonor que, Dios mío, terminó atropellada, con la cabeza bajo las ruedas de un carro, el Señor la tenga con Él...

—Seguro, que la tendrá con Él, si era tan excelente como vos... A los cuarenta y muchos años, todos hemos padecido lo nuestro y se nos han muerto muchos seres amados.

E iba el almirante a relatarle a la abadesa sus penas familiares y sus penurias económicas mientras permaneció en Lisboa tratando de ser oído por el rey de Portugal o, puesto en mayores confidencias, a contarle que los señores reyes de Castilla habían roto lo que capitularan con él en Santa Fe negándole atribuciones, pero doña Juana, al aviso de sus compañeras, fuese a rezar completas, casi dejándolo con la palabra en la boca. Cierto que aquella vez don Cristóbal no se podía quejar porque la monja le había hablado largo y tendido, llegando incluso a intimar un tantico con él, claro que de lo que no supo palabra el almirante fue del famoso tesoro de los Téllez, en razón de que la abadesa había guardado secreto y nada le había dicho a aquel personaje ávido de oro, no fuera a proponerle buscarlo otra vez.

Después de los rezos, como en el barco no había otra cosa que hacer que irse a dormir o adivinar el mar infinito en la negrura de la noche, sor Juana, tras comer en el camarote un potaje de garbanzos con unos tajos de tocino, sintió necesidad de confidenciar y habló con sus monjas, ay, que el disgusto del sacrílego robo del cáliz, vaya su merced a saber por qué, le había avivado el recuerdo de su hermana y de doña Gracia, su bisabuela:

—Cuando se presentó doña Gracia, mi bisabuela, en mi casa de Ávila, donde vivíamos mi señora hermana, yo y tres criadas que nos querían a rabiar, resultó un acontecimiento difícil de olvidar…

Pero sor Rósula la interrumpió en razón de que también deseaba hablarle de sus sucesos del día: del cáliz de plata dorada, de la acusación de la gitana, de la boda del grumete con la niña boba, de la mancha en el pecho del susodicho y sobre todo de la Gracia que, casando a su hija, sin duda se había quitado un peso del corazón y andaba diciendo por la nao que ya podía morirse tranquila. Y hablando con la mujer del ballestero, le decía la Gracia: «Me puedo morir tranquila, pues tengo quien cuide de mi niña» y la otra le respondía: «Primero tiene que curar sus heridas el mozo, pues anda harto dolido, creo que el piloto le ha frotado en demasía».

—Yo también lo creo, lo ha dejado en carne viva —intervino sor Juanota.

—Es extraña la mancha y peca no es —atajó sor María de la Concepción.

—Y pringue tampoco.

—Esa mancha ya la tenía el mozo, pues, salvo envenenamiento, las manchas no aparecen de súbito —sentenció la abadesa, pese a que a ella le habían salido moretones la noche en que sintió el fallecimiento de su hermana.

—La Gracia está muy agradecida del señor Colón, dice que le va a coser una zamarra y que se la regalará…

—El almirante ha demostrado que es hombre de talla moral y ha estado clemente, como deben hacer los grandes señores —aseveró sor Juana— ¡Ea, a la cama a dormir…!

—Es un caballero, su actitud no ha tenido que envidiar a la de condes o duques.

—Es persona prudente y de crédito…

Y volvían al calor:

—¡Es imposible dormir con este bochorno…! ¡Es fuego el aire que nos rodea!

—Sus mercedes deben ofrecer estas penalidades al Señor…

—Han reventado los aros de las pipas. Los tocinos y la carne salada se han podrido.

—Dios nos está castigando a todos por el sacrilegio, por el robo del cáliz…

—Se comenta, aunque me parece exagerado, que uno de los gatos se ha comido al perro de la Marica, pero la niña no lo ha echado a faltar, al parecer… Eso me han dicho…

—Acaba de casarse, por boba que sea algo habrá entendido.

—¡Era un can inmundo!

—¡Sor Rósula, era una criatura de Dios!

—¡Las pulgas están muy pesadas…!

—¡Se habrán reproducido con tanta calor y nos picarán a matar!

—Tengo para mí que me corre una por la espalda, ¿querrán mirarme las sores…

—¡No faltaría más!

—¡Ea, hermanas, que el Señor creó el día para trabajar y la noche para descansar, iremos a reposar aunque no durmamos!

—Así, en la cámara, me miran vuesas mercedes lo de la pulga.

Aquella noche el almirante tampoco durmió, nervioso quizá, pues calculaba que ya estaban en el ecuador, cuya línea imaginaria le llevaría a descubrir la Tierra Firme del oriente por el camino de occidente, lo que ningún hombre había conseguido hasta la fecha. Y es que estaba ansioso de que llegara el amanecer para sacar la recta de altura del sol en el momento del orto y así constatar sus apreciaciones: que había llegado al ecuador, y debía adecuar el rumbo preciso para seguirlo. Hubiera querido tener a su lado a doña Juana para darle una lección de astronomía, pese a que la monja no se aclaraba mucho con los meridianos y paralelos, como le había confesado en más de una ocasión, pues tal vez entonces hubiera entendido aquella cuestión para siempre, pero estaba rezando laudes, porque la oía perfectamente, y no se atrevió a llamarla.

Fue él, asistido por el piloto, el que tomando el sextante y teniendo a la vista la estrella polar y el horizonte, buscó con sus ojos las tres estrellas situadas de veinte a sesenta grados, y el que, al cabo de más o menos diez minutos —el tiempo que dura el crepúsculo en aquella latitud—, mintiendo con el mayor descaro para no suscitar suspicacias, pues que se quedó pasmado al observar que la aguja de marear había dejado de señalar el norte, exclamó jubiloso:

—¡Estamos en el ecuador! ¡En el llamado paralelo del oro, en el mismo en que los portugueses sacan el preciado metal!

¡Navegaremos por él sin variar un ápice de rumbo, maestre Quintero!

Y se guardó muy mucho de hacer públicas sus observaciones, y tapó la aguja de marear con la mano para que no la viera el piloto, puesto que, al hacer la medición, la dicha aguja había dejado de señalar el norte; tal contempló con grande espanto y, perdido el norte, aunque se encontraba ciertamente en el ecuador, podía extraviar la línea recta con facilidad y en la inmensa mar perderse. No obstante, se tragó el espanto, como había hecho en viajes anteriores, por no revolucionar a la gente que demasiado hacía con soportar los calores del mar ignoto.

Y, ya de buena mañana, cuando doña Juana se presentó en cubierta, le contó su hallazgo sin entrar en pormenores, creyendo que la monja se interesaría, pero la dama no dio la menor importancia a aquel negocio.

—¿Cruzaremos al largo el paralelo a grande avante...? —preguntó y fuese antes de que el otro le respondiera, a dar de comer a los animales, a hacer algún trabajo servil, la labor más humilde del barco.

Y, en efecto, sor Juana que era mujer añosa ya, bajó la escalera de la bodega como una moza. Saludó a los hombres de oficio que por allí había y demandó:

—¿En qué puedo ayudar?

Los hombres quedaron estupefactos porque ¿en qué podría ayudar la abadesa?, es más, se acercaron de inmediato a ella y le avisaron:

—No se acerque su señoría a los caballos porque cocean...

Y, vaya, que, viéndola, algunas de las bestias que estaban colgadas del techo mediante cinchas por razones de la estiba, como dicho es, comenzaron a relinchar y la monja se separó de ellas.

Los hombres entendieron que la señora quisiera hacer algo y quitarse el aburrimiento que llevare —el mismo de todos los pasajeros de la *Santa María de Guía* que, al no cobrar sueldo y no tener oficio en el barco, de algún modo habían de llenar las horas—, por eso se dispusieron a entretenerla y a enseñarle las gallinas, las ovejas, las vacas, los caballos y las mulas; los barriles de agua y las dos únicas barricas de vino que les quedaban, advirtiéndole que todas menguaban imparablemente, y asustándola al asegurarle que presto habría que reducir las raciones de agua y, lo que era peor, las de comida, pues con tanto calor comenzaba a pudrirse todo y a agusanarse los garbanzos y, lo que peor era, a resquebrajarse las cuadernas del barco, y le enseñaban los hendidos:

—La madera, señora, es atacada por la llamada «broma» y se consume...

—Una especie de termita.

—Entonces el barco se va a pique...

—Rece su merced porque venga viento y lluvia...

—De otro modo pereceremos, que llevamos dos meses y tres semanas de viaje desde que zarpamos de Sanlúcar.

—De momento, no va a llover, os lo digo yo —decía uno.

—¡Esta cerrazón de cielo no trae lluvia...!

—¡El tiempo está muy cargado!

—Nos hallamos en mares desconocidos y todo es diferente...

—Rece su señoría, es el mejor favor que nos puede hacer...

Entendiendo sor Juana que estorbaba allí por las palabras que oyera de boca de los hombres de oficio, abandonó la bodega donde hacía un angustioso calor y, vive Dios, al salir a cubierta siquiera notó un mínimo de frescor, por eso continuó respirando con ansia. Miró en derredor, en busca quizá del matrimonio de jóvenes y de la egipcia pero no los vio por allí; en vez observó a unos marineros jugando a pisarse su propia sombra y apostando entre ellos a la hora del mediodía:

—Doce maravedís a que lo consigo…

—Quince a que no…

Y no, no; ya podía aquel sujeto contorsionarse y apostar, que no se pisaría su propia sombra en razón de que, como le había explicado don Duarte Pacheco: en el ecuador, al estar el sol en vertical, no hace sombra y, como había sostenido don Cristóbal Colón que estaban en aquel punto, en aquella línea, en el paralelo cero, nunca lo conseguiría.

Sor Juanota se preguntaba cómo con tanta calor podían moverse los hombres, porque a ella le costaba trabajo alzar la mano.

6

Las monjas rezaban, arrodilladas ante el Calvario, una oración tras otra pidiendo favor al Señor Dios y a Santa Clara, pasándose la reliquia que llevaban de mano en mano, porque se había terminado el agua y el vino, y se habían podrido los pocos alimentos que quedaban. Sólo había el llamado pan de munición para comer, que, duro como piedra, y sin agua en las barricas ni saliva en las bocas de los pasajeros, resultaba imposible de tragar. A ratos las acompañaban algunos marineros o soldados o la señora Gracia o la Catalina, pero la mayoría de la gente estaba tendida en cubierta, sobre una manta o un trapo, pues que quemaba el suelo, respirando con afán. Más de uno sin poder abrir los ojos por el ardiente sol, más de uno encomendándose ya al Creador, más de uno murmurando contra el almirante Colón, diciendo que por allí sólo se iba a la boca del infierno, y otros sosteniendo que les estaba engañando sobre la situación, lo mismo que hizo con la tripulación en el primer viaje, máxime ahora que andaba empeñado en navegar siempre al austro, es decir, por el mar desconocido. Y todos escuchando los lamentos de los animales que, cada uno a su manera, en la bodega pedían agua sin saber que no había ni gota pues, pese a que se había racionado en las últimas cuatro jornadas, se había terminado…

Y si el tiempo continuaba sin mudar, con tan alta temperatura, con tan grande niebla, sin atisbo de viento, navegando al reparo y barloventeando, sin hallar remedio para las penalidades, sólo les quedaría la alternativa de sangrar a los animales y beberse la sangre, mismamente como si fueran caníbales. Tal decían algunos exagerando, porque la antropofagia es comer carne humana y eso aún no lo habían pensado.

Así iban entre nieblas, asonando la campana de la nave, según costumbre marinera, en vano pues no habían de toparse con barco alguno. Tanto era el calor que los hombres se despojaban de las ropas y se quedaban en bragas, y hasta el capitán se había quitado las calzas. Y la señora Gracia, fatigada como todos, dejaba a un lado la zamarra que le cosía al almirante y abanicaba a la niña boba dándole aire con la mano. Y el Pedro de Salamanca ya no llamaba a su esposa a yacer con él, quiá, demasiado hacía con abrir la boca y respirar el poco aire que había. Y en el barco no se oía una voz, ni el correr de una rata, sólo los lamentos de los animales en la bodega, adonde ninguno osaba ya bajar, pues insoportable era el calor.

Y ocho días llevaban en un banco de espesa niebla, los más diciendo que eran náufragos. El almirante sin oír a aquellos náufragos, sin mandar matar a los animales para beber su sangre, sin cambiar de rumbo, siempre al austro, a ratos gritando —el único que tenía fuerza para gritar en aquella nave—, asegurando que iban en viaje de descubrimiento, no en viaje de solaz. El piloto pidiéndole permiso para virar al septentrión y tomar derrotero a La Española. El navío ardiendo, resquebrajándose como si se quemara.

Colón prometiendo oro:

—Estamos en el paralelo de Sierra Leona, donde más oro hay en el mundo...

Y todos pensando:

—¡Llévanos donde haya agua…!

Y el galeote maldiciendo por lo bajo:

— ¡Agua, agua…! ¡Tanta monja y no sirven para nada…! ¡Dios no las escucha…!

Y los demás callados por no hacer esfuerzo, hasta sor Rósula en silencio. Y sor Juana:

—No hagan caso al galeote, continúen rezando sus mercedes.

Y ya estaban la señora Gracia y la niña boba en enagüetas sin que nadie las mirara ni se llamara a escándalo en razón de que no se podía estar tendido en la cubierta por el ardor de la madera ni de pie porque ya dos días sin beber agua y con aquel calor, las piernas no mantenían a los hombres erguidos… Y era que las que más sufrían eran las monjas porque, quien más quien menos, se había quitado ropa, pero ellas llevaban su hábito de burda lana, que se les clavaba en las carnes y la cofia y el velo que, aunque de mejores telas, les hacía sudar y sudar. Lo que era bueno, al menos de momento, porque podían aliviarse la sed con la propia secreción, como hacían los demás.

Y en esas estaban cuando sor Juanota, sin pedir permiso a su abadesa, se entró en la cámara, rebuscó en su arca, sacó una tijera y se acortó el sayo a media rodilla y las mangas arriba del codo, a más se quitó la cofia y el velo, pero nada solucionó, por eso sus compañeras no la imitaron ni tuvieron fuerza para reprenderla o preguntarle el porqué de su proceder, amén de que estaba claro.

Y allí, siempre al poniente, no cabía esperar la llegada de la noche para que refrescara, aunque mejor porque se iba el sol y no dolía a los ojos… Y ya once días en aquella guisa, con escaso viento, las tres naves sin verse entre sí, sumidas en la niebla roja, señalando su presencia con el toque de campana y balas de salva…

—¡La tierra está muy cerca…! ¡Aviaremos y cogeremos agua…! ¡Después vendrán a recibirnos las galeras del Gran Khan…! ¡Nos entrevistaremos con él…! Cargaremos mucho oro y especias en las tres naves y pondremos rumbo a La Española para juntarnos con nuestra gente…!

Eso decía el almirante, pero no, no. Colón desbarraba, era un visionario… Por allí no se llegaba a ninguna parte, acaso hacia al infierno, en razón de que iban a la corda, que es barloventeando y no andar nada… No obstante, con las hablas que les hizo el capitán algunos se consolaron, pese a que era como si hubiera fuego por todas partes.

—¿Qué sabe su maternidad de estas latitudes? —demandaba sor Rósula a doña Juana cuando descansaban de los rezos.

—Nada, hermana, esta mar es desconocida… No la ha surcado ningún mortal, al menos que haya dejado noticia…

—Acaso este mar sea infinito, doña Juana, como infinito es el firmamento…

—Debería el almirante variar de rumbo y dirigirse a las islas de los caníbales porque por este derrotero no se va a ninguna parte, demostrado está.

—No tema su merced que don Cristóbal Colón navegó por Guinea y dice que la tierra está cercana…

—Plegue a Dios que lleve razón…

—¡No platiquen sus mercedes, ahorren aliento! —intervenía sor María de la Concepción tocándose los labios secos, resecos.

Y sí, sí, menester era ahorrar fuerza.

Pero en esto el navío dejó el banco de niebla en el que llevaban varios días y comenzó a ventear. El almirante, más contento que unas pascuas, ordenó dar vela al norte, cuarta al nordeste, y más que se contentó, pues que el gaviero, a mediodía, subió a la cofa, avistó a las otras dos carabelas a estribor y, lo mejor de todo, avisó que se había posado un alcatraz en lo alto de la verga de gavia, se ve que alzó la cabeza y lo vio. Lo que complugo a todos, en virtud de que era señal de que la tierra estaba cerca, cierto que algunos se adujeron que quizá trajeran al ave desde Cabo Verde y que por la niebla no la habían visto hasta la fecha.

Las monjas se aplicaron más y más con sus oraciones y, a poco, como si Dios las hubiere escuchado por fin, comenzó a llover recio, aunque sin hacer frío ni refrescar. La lluvia fue acogida con vítores por la tripulación. Las gentes todas levantaron los brazos al cielo y abrieron la boca, poniéndose como sopas, pero bendita agua, y se apresuraron a llenar los estómagos y unas barricas. Luego, para celebrarlo, el almirante mandó dar de beber a los animales y matar dos corderos —de los pocos que llevaba a La Española para que criasen y con el tiempo constituyeran cabaña—, y fue grande fiesta aquel lunes 30 de julio porque anduvieron cincuenta y seis millas hacia el sol puesto dejando atrás las nieblas y las calmas, pues que el Señor Dios les socorrió con varios aguaceros.

Y más fiesta hubo el 31 de julio, porque a mediodía cuando ya llegaban muchas aves a los navíos, el gaviero avistó tierra:

—¡Tres mogotes a proa!

Tal gritaba el gaviero, bendito sea Dios, pero en cubierta no veían nada. Es más, tardaron varias horas en ver, y eso que, al fin, navegaban a todo trapo. El almirante vio, el segundo, las tres montañas, pero nadie le creyó pues veía ciudades a lo lejos cuando en cubierta no se apreciaba nada salvo mar por doquiera. Cierto que el gaviero insistía, y a él sí le daban crédito. Es más, terminaron con las dudas cuando el marinero avisó de que el alcatraz iniciaba el vuelo y presto vieron todos cómo se perdía en el horizonte rumbo a las tres montañas. Por eso había fiesta, las gentes se abrazaban y levantaban los brazos en señal de acción de gracias a la par que cantaban la *Salve* a Nuestra Señora, que habían iniciado las monjas, y otras jaculatorias propias de los marineros. Luego ya vieron todos las montañas y volvieron a abrazarse emocionados.

Colón ordenó rumbo nordeste camino de aquella tierra que dijo ser Tierra Firme, aunque continuaba sin ver, pues le lloraban los ojos y los llevaba cada vez más rojos y sanguinolentos, pero era como si viese. Buscó a doña Juana y le dijo:

—Estoy contento, señora, por hallar estas tierras, tanto como lo estuve en mi primer viaje…

—Su Alta Majestad ha tenido piedad de nosotros. Pocos hombres habrá en el mundo a quien el Señor haya hecho tanta merced como a vos.

—¡Es milagro, aunque Dios siempre me ha amparado en los malos momentos…!

—Demos muchas gracias a Nuestro Señor…

—Dad nombre a aquella tierra, doña Juana.

—¿Qué es isla o Tierra Firme?

—Creo que isla —apuntó Colón, desdiciéndose de lo que anteriormente había sostenido.

—Bueno, sea isla o Tierra Firme esa tierra, la llamaré Trinidad por los tres montes, uno por el Padre, otro por el Hijo y otro por el Espíritu Santo…

—Sea.

Y, vaya, que doña Juana cumplió uno de sus anhelos: bautizar la tierra… Pero dejó presto al almirante porque, a la vista de lo que había, llamó a sus monjas, se encaminó a la toldilla, abrió uno de los baúles y quiso hacer unos fardos con la ropa, pues que, como pronto bajarían a tierra, la llevarían mejor que en un baúl. Y eso, a eso se pusieron las monjas a hacer cuatro fardos, para transportar uno cada una. Que así los manejarían mejor, pues que ya los marineros hablaban de arriar las chalupas en razón de que la tierra era acantilada y habría peligrosos arrecifes.

Y estaban nerviosos todos, monjas inclusive, máxime sor Rósula, que se sentía incapaz de descender la escala e instalarse en la chalupa llevando su fardo en la mano con lo que se movía la mar, pues las olas rompían contra el navío con fuerza.

Dijo Colón otra vez que la tierra era una isla y nadie le llevó la contraria. Llegóse a sor Juana y exclamó señalando:

—Vuestra isla, la isla de Trinidad, señora.

La abadesa, que estaba gozosa, creyó entender de primeras que el almirante se la entregaba —recuérdese que llevaba en mente llegar a ser gobernadora de alguna ínsula—, pero de inmediato se adujo que no, que el virrey, aunque quisiera, no tenía autoridad para dar islas enteras, sólo una pequeña parcela para que el viajero, el descubridor, se levantara casa y cultivara huerto, pues que la capacidad de dar la tenían los reyes. Cierto que pensó que, de saber la reina de sus pretensiones, se la hubiera dado de grado, claro que la señora estaba muy lejos.

Y ya surcaban el mar las naves, veleras, pese a que estaban en mal estado, con la madera muy destrozada, hacia la tierra que cada vez estaba más cerca, donde se proveerían de más agua y bastimentos. Los hombres faenaban gozosos por el descubrimiento y por eso con el buen ánimo que reinaba, el almirante y la priora tornaron a sus doctas conversaciones.

En esta ocasión, la noche del 31 de julio, Colón, tras enseñarle el privilegio rodado que le dieron los reyes y escuchar las admiraciones de la religiosa, quiso lucirse ante ella y platicó de las mujeres de Martininó que, perdidas en el Atlántico, el océano que acababan de surcar de punta a cabo, no se dedicaban al ejercicio femenil, a lo propio de mujer, es decir, a traer hijos al mundo, a criarlos y a atenderlos tanto o más que a sus maridos y a sus casas, sino que usaban armas, como las antiguas amazonas, juntándose una vez al año con hombres caribes con fines procreadores en un país llamado Martininó, de imposible ubicación, al menos por el momento:

—Sepa la mi señora que si paren niños se los entregan a los hombres, si niñas se las quedan para ellas, para hacerlas guerreras…

—¿Cómo se juntan unas mujeres con unos hombres tan arriscados como los caribes, máxime cuando comen carne humana? ¿Acaso son más bravas que ellos?

—Es lo que tengo oído…

—¿Quién pudo explicaros semejante necedad?

—Os recuerdo, mi señora, que tuve un criado indio, un dicho Diego Colón, a quien di el nombre de mi hijo… Que el dicho Diego hablaba el castellano a la perfección y que, a más de servirme fielmente, me contaba muchas cosas de estas latitudes…

—No sé, señor mío, tengo para mí que las madres quieren lo mismo a sus hijos que a sus hijas y que no los dan así como así…

—Será una costumbre de por aquí… Me decía Diego que viven en las orillas de un gran río… ¿Cómo os extraña tanto el hecho? ¿No existieron las antiguas amazonas? ¿No quedan de ellas varios nombres como Hipólita o Pentesilea?

—Leyendas, leyendas, señor capitán…

—Si yo no hubiera creído en leyendas, no hubiera descubierto las Indias…

—Vos traéis mucho estudio en vuestra mollera y buenos mapas…

—Sí…

—Debéis curaros los ojos, señor.

—Ha sido el mucho resol… Decidme, señora, ¿hay nubes, hay luna…? ¡Apenas veo…!

—Las nubes son muy altas, luna no hay… Creo que este paisaje se parece al de La Española…

—Sí, sí… Veremos mucha verdura cuando lleguemos más cerca de tierra… Los bosques se extienden hasta las playas y mueren en la mar…

—Será maravilla de contemplar…

—No lo dudéis, señora. Mañana ya veremos canoas con aborígenes…

—¿Es que pensáis que llegamos al país de los caribes en vez de a la tierra del Gran Khan? ¿No dijisteis hace poco que nos saldrían a recibir las galeras de ese rey?

—Creo que hay que pasar las islas, una de ellas la Antilla, y entrarse tierra adentro para encontrarla…

—¡Oh! ¿Habremos de caminar leguas y leguas, quizá?

—¡No sé, no sé! Los primeros súbditos del Gran Khan no tienen cultura, viven casi como los animales en sus madrigueras y en la mayor pobreza… Es menester encontrar a otros que nos señalen el camino del Catay…

—Yo tengo empeño en entregar las ropas, pero nada más… No me llama como a vos el hecho de descubrir ni de platicar con el Gran Khan… He de tornar al convento cuanto antes para continuar allí sirviendo a Dios.

—Yo sirvo a Él y a nuestros señores los reyes por la tierra y por la mar…

—Y de las mujeres esas, las de Martininó, ¿también se cortan el pecho para disparar el arco?

—No se sabe.

—¿Usan arcos los hombres de por aquí?

—Ya lo creo…

—Ardo en deseos de ver indios…

—No sé cómo no se acercan. En la isla de Trinidad veo casas…

—¿Dónde?

—En esa península… Ponedle nombre también a esa punta que tiene la isla, doña Juana…

—¡Oh, no, hacedlo vos!

—La llamaré de la Galea… Vea su maternidad esas tierras verdes que son tan hermosas como las de Valencia en marzo. Vea las muchas poblaciones, las labranzas, las casas y los pescadores faenando…

—No veo casas, señor, ni gente… —explicó la abadesa un tantico confusa, a causa de las palabras de su interlocutor, que tan pronto decía ver como no ver lo que había ante sus ojos.

—Los indios son entre blancos y negros, de buena apostura… A ver si encontramos buen puerto y fondeamos para reponer el agua y coger fruta. A más, nuestra gente necesita descanso pues llevamos mucho tiempo penando, y vos también, y yo que veo apenas, por el resol…

—Nunca había visto nubes tan altas como éstas, señor almirante…

—Son de por aquí… Parecen pacíficas, pero por un tris se juntan y se tornan temibles produciendo grandes vientos, huracanes, como dicen los caribes… Hay que andar ojo avizor, recoger velas y encomendarse al Espíritu Santo ante el menor atisbo… La *Santa María*, la nao capitana de mi primer viaje, se hundió en unos arrecifes a causa de un huracán, con los restos construí el fuerte de Navidad, de triste memoria…

—Los españoles fueron muertos por los nativos. Si nos rechaza la gente de estos países, ¿qué haremos?

—Combatiremos y los cautivaremos.

—¿Qué podremos hacer contra las flechas envenenadas?

—Más vale una bala de espingarda que mil flechas… Estamos seguros… No temáis, en cuanto nos avistan, todos huyen como gallinas, hay que llamarlos y convencerlos para que se acerquen… Además, yo mismo os acompañaré a entregar las ropas en la primera tierra que pisemos, os lo prometo. Lo primero que haremos será tomar posesión en nombre de los reyes y luego repartir vuestros regalos.

—Me honráis, señor.

7

A la anochecida del siguiente día, el almirante, que corría costa abajo rodeando la isla Trinidad, por ver lo que hubiere, cinco leguas aquella jornada, encontró una playa, mandó recoger parte de las velas tratando de evitar un golpe de mar, tan común en aquellas latitudes, y fondeó con los tres navíos.

Se apresuró a enviar barcas a tierra que regresaron prestas, contentos los hombres, con dos barricas de agua que habían llenado en un arroyo, asegurando que no habían visto gente, aunque sí restos de ella por ciertos útiles de pesca que encontraron y rastros como de cabras. Y hablaron de una corriente surgente que venía de arriba, y otra montante, que subía de abajo, a más de otra isla como a veinte leguas.

Y en ésas estaban, el capitán tratando de enterarse de cómo era aquella corriente, cuando el gaviero avisó que una canoa se dirigía hacia el barco. Y, claro, se reunieron todos, marineros, pasaje y monjas, en la borda de babor y, en efecto, una canoa venía hacia ellos, pero cierto que se detuvo lejos, a más de un tiro de lombarda. Dedujeron los navegantes que los indios, pues indios eran, no se atrevían a continuar, así que, los llamaron y les hicieron señales, pero los otros, en oyéndolos, pese a responderles con muchas voces, se largaron más aprisa de lo que habían venido desapareciendo por la recién bautizada punta de la Galea.

Entonces, el almirante, al conocer que había perdido de vista la canoa y habiendo entendido lo de la corriente que le mencionaron los marineros que bajaron a tierra, dijo que, seguramente, habría un paso y no le cupo duda de que la tierra de Trinidad era isla, pero lo que había enfrente era Tierra Firme y navegó al largo de la costa, al sudeste.

Y, en ésas estaban bordeando, observando la mucha verdura de la ribera, cuando los indios de la canoa anterior, u otros, volvieron y, esta vez, se acercaron lo suficiente para que los tripulantes de la *Santa María de Guía* pudieran observarlos mejor y constatar:

—Son veinticuatro hombres.

—Todos mancebos. Llevan armas: arcos, flechas y escudos de madera…

Y, vive Dios, que sor Juana, que andaba con cierto enojo por no haber bajado a tierra con los primeros en razón de que el almirante, pese a la promesa que le hiciere, nada le dijo, y ella no se enteró porque estaba en su cámara rezando vísperas, tras observar igual que los demás, descubrió que aquellas gentes llevaban la cabeza tapada con un pañuelo de colores. Y, ay, que casi le da desmayo y por un momento hubo de sostenerse en sor Juanota, pues que pensó que ya iban vestidos y que su viaje, aunque bien intencionado, había sido inútil en razón de que si aquellos indios se tapaban la cabeza, con mayor motivo se cubrirían las partes pudendas. Pero no que, conforme se acercaban, como se levantaban en la canoa y alzaban las manos contestando a los saludos de los españoles, apreció que llevaban al aire lo que no es grato de ver. Menos mal, pensó la monja, puesto que de otro modo hubiera perdido el viaje, no obstante, bendito sea

Dios, porque, seguro, que allí había mucho quehacer e importante.

Lo primero, entenderse con ellos. Que hablaban los indios de lejos y los castellanos no comprendían palabra. Les hacían señas los castellanos para que se aproximaran más y ellos se llegaban un poco pero reculaban al instante y así estuvieron durante dos horas o más.

Pidió el almirante a los marineros que les enseñaran bacinas de cobre y espejillos, en fin, objetos relucientes al sol, para tentarlos y enamorarlos y que vinieran más cerca, porque tenía mucha prisa en hacer lengua con ellos, pero no había modo ni manera, ni enseñándoles los bonetes colorados que había traído para la ocasión. El caso es que, como última prueba, ordenó al tamborino que subiera al castillo de popa y asonara su instrumento y que los más jóvenes danzasen.

A eso se pusieron el Jácome, que ya estaba bastante recuperado de sus heridas, y la gitana que, sacando su pandereta, tomó de la mano a la niña boba y la invitó, y fueron otros con ellos. La señora Gracia, la Catalina con su marido el escudero, que aprovechó para arrimarse a ella y tocarle las tetas, que lo vio netamente sor Rósula y así lo comentó con sus compañeras que naturalmente retiraron la vista del castillo de proa. Y otros también se les juntaron alegres, y hasta el almirante se movía al son de la música cerca de la borda de babor.

Y muy contentos andaban los tripulantes y pasajeros de la *Santa María Guía*, pero los indios al revés, no entendieron la alegría de aquellas músicas y danzas y, dejando los remos, tomaron los arcos, sacaron las flechas y la emprendieron a saetazos contra los castellanos que no querían hacerles mal. Pero no les causaron daño alguno, pues que, dada la lejanía, los proyectiles iban a dar en la mar, pero, claro, con aquellos malos humores terminóse el tañer y el danzar. A más, que el almirante mandó sacar unas ballestas y disparar al aire por no dar muestra de miedo.

Y, vaya, que los indios, tal vez creídos de que las músicas eran señales de guerra, se alejaron remando y se encontraron con *La Gorda* que, habiendo navegado pareja a la *Santa María*, ya les adelantaba. Y fue que se situaron debajo de la popa de ella y que, llegado el piloto a esta parte de la nave, seguido de cuatro espingarderos, que le cubrían, entró en conversaciones con ellos y entregó al que parecía ser el principal un bonete y una capa, a más de hacerle señas para que lo esperase en una playa que se veía a estribor. No se atrevió a hacer más el sujeto sin licencia del almirante, por eso echó una barca y vino hacia la *Santa María* para recibir instrucciones pero, para cuando llegó, los indios habían desaparecido, se habían resguardado en algún roquedo o, remando bravos, se habían perdido de vista.

Dijo el hombre, un dicho Alfonso Benítez, una vez en cubierta:

—Parecen estos indios pacíficos, señor almirante.

—Buscad una playa para fondear, don Alfonso.

—Nos vendrá bien. Así cargaremos agua y alimento fresco —intervino Quintero.

—Mi tripulación está destrozada, señor almirante, a los hombres empiezan a caérseles los dientes y necesitan fruta fresca. Si me lo ordenáis persigo a los indios y atrapo a unos cuantos para interrogarlos…

—No, tornad a vuestra nave que deseo encontrar un buen lugar para echar anclas. Vamos a doblar ese cabo y ya veremos. Desde ahora ese cabo se llamará punta del Arenal, que tome nota el escribano.

Y llegadas las naves a la vista de la recién bautizada punta del Arenal, todos vieron una boca grande de más menos dos leguas que discurría a levante de la isla de Trinidad y al oriente la tierra, una tierra, seguramente la Tierra Firme.

El almirante, alborozado, llamó a sor Juana y le rogó:

—Dad nombre a esa tierra, señora mía.

—Si es costumbre en los descubrimientos bautizar lo que es posible que tenga nombre —lo dijo porque algún nombre tendría—, llámese Tierra de Gracia —dijo la priora.

—Atinado nombre, señora. Levante acta el escribano.

Cómo no había de llamarle de Gracia a aquella tierra, la señora, si más parecía el Paraíso Terrenal: las altas nubes que, sin duda, sujetaban la morada celestial, los muchos verdes, la cantidad de árboles, las fuentes cristalinas que la regarían, los muchos peces que llenaban el mar, las muchas aves de todos los colores que revoloteaban la nave, la despoblación, pues no se veían casas ni barcas ni hogueras ni personas... En virtud de que debía ser el Paraíso y por allí ya no había cuerpos sino espíritus... Qué mejor lugar que aquel, pues que, llegada la noche, hacía frescura por fin, y se agradecía.

Y fue que el almirante mandó enfilar hacia la boca para entrar y seguir al septentrión, y que, muy presto, entraron en unos hileros de corriente que, Dios de los cielos, traían un rugir muy grande. Y advirtió el gaviero:

—¡Hileros a babor y estribor!

—¿Hay arrecifes? —demandó Colón.

—No veo, señor, es muy de noche... Pero hay muchos hileros...

—Viremos, señor, tornemos a mar abierta —rogó Quintero.

—La canoa de los indios entró por aquí, si ellos fueron capaces para atravesar esa boca, nosotros también... ¿Decidme qué veis? —preguntaba el almirante porque cada vez veía menos, al parecer.

—Corrientes fuertes por doquiera, tanto más avante como más atrás… ¡Es peligroso este camino!

—¿No responde la nao? ¿No sigue el rumbo marcado? Habrá algún río cercano… Esto es como la barra del Guadalquivir en día de avenida… ¡Ea, timonel, avante toda…!

—Viene el agua del oriente hacia el poniente…

—No podemos volver atrás, maestre —gritaba el almirante situado al lado del timonel.

Las monjas en la puerta de su cámara musitaban oraciones, besaban la cajita de la reliquia de Santa Clara, y se agarraban donde podían, siendo zarandeadas por el movimiento del oleaje, lo mismo que el resto de la gente.

—¡No podemos tornar atrás por los hileros y los bajíos! —continuaba Colón—. Coged el timón Quintero y mantenedlo firme y avante…

Y, Dios, Dios, si al menos fuera de día, pero se les había echado la noche encima y no se veía ni para jurar, por eso nadie juraba, aterrados como estaban hombres y mujeres. Y en esto, a punto de repasar ya la dicha punta del Arenal, se oyó un rugir muy terrible que venía de la parte del levante hacia la nao…

—¿Qué veis Quintero, qué veis…? —demandaba furioso el almirante.

—Una ola grande, terrible, delante de nosotros…

—¡En el nombre del Padre, del Hijo y del Espíritu Santo…!

—¡La mar se levanta de poniente a oriente como una montaña más alta que la nao y los hileros rugen por todas partes…!

—¡Firme el timón maestre Quintero…! ¡Rece cada uno la oración que mejor sepa…! ¿No son olas que rompen contra los bajíos…?

—Es una ola inmensa, señor, que nos antecede…

—Gaviero, ¿qué ves?

—La ola corre mucho más que nosotros…

—¡Echen el ancla para retener la nave…!

—¡Se va la ola, se va… Atraviesa la boca y bulle por allí…!

—¡Ea, recojan todas las velas, fondearemos aquí que hay menos corriente…! ¡Esperaremos a la luz del día…! ¡Lo peor ha pasado, a Dios gracias…!

Y sí, la pericia del almirante había evitado aquella ola gigante, sí, pero la tripulación tenía miedo metido en el cuerpo y no se lo quitaría en toda la noche, y con miedo no había medio de dormir ni de descansar, porque ¿de dónde surgían las olas? Porque, si surgía otra ola por la proa y llegaba hasta ellos seguro que los hundiría cuando la nave quedara debajo de ella. ¿Y entonces qué? ¿Qué? ¿Y el capitán veía o no veía?

—No teman ya las gentes, que la ola grande se da muy de tanto en tanto, cuando se juntan muchas… Estas corriente proceden de algún río de poniente que desemboca por acá… Aquí fondeados no hay peligro, pese a que continúen los hileros, unos entrando y otros saliendo… Vayan todos a dormir… —explicó el almirante.

Pero nadie se fue a dormir. Un marinero entonó una oración marinera, al parecer, y la siguieron los que la conocían:

Gran ruido hay en el mar,
Válanos la Majestad,
Válanos la Cruz de Cristo,
Santísima Trinidad
Válanos, válanos, válanos…

Y la repitieron varias veces, quedándose más tranquilos. Entonces volvieron a sus hablas.

—¿Cómo se llamará esta boca, señor? —demandó al terminar el rezo el escribano que ya llevaba en la mano su cuaderno.

—Le diremos boca de la Sierpe, pues es traicionera… Recuerde su merced cómo se nos ha llevado el aguaje.

Doña Juana, confiada en el capitán, expresó a sus monjas, que todavía estaban con los ojos muy abiertos por los pavores sufridos:

—Hijas, ha de estar por aquí cerca el Paraíso Terrenal… Quizá el Altísimo nos permita verlo y hasta quedarnos en él… Tengo para mí que el acceso no puede ser fácil para un mortal, otro negocio es para un alma, que, supongo, ha de surcar el cielo sin dificultades, mismamente como si fuera un ángel del Señor. Y esto, lo de atravesar la boca de la Sierpe, podría ser una de las pruebas para llegar a él, la primera prueba tal vez…

—Esa boca de la Sierpe es traidora…

—Si se hunde la nave moriremos porque no sabemos nadar.

—Líbrenos Dios de la muerte en este momento, pues que hemos de entregar las prendas a los indios…

—Tiene razón su maternidad, hoy no nos podemos morir.

—No teman sus mercedes que mañana de día veremos las cosas de otro color…

—¿Quiere su reverencia decir que veremos las olas en toda su fiereza?

—No. Quiero decir que el sol alegra las cosas… Y si los indios pasaron por aquí en una pobre canoa, mejor lo haremos nosotros a bordo de esta magnífica nao…

—Esta magnífica nao iba casi a la deriva hace bien poco por los hileros de corriente y necesita reparación urgente…

—¡Oh, no, el almirante la dominaba en todo momento!

—Mucho más Dios que también ha ayudado como demostrado queda...

—Con el Señor en el cielo y con don Cristóbal en la nave vamos bien guardadas...

—Las carabelas, que cargan menos toneladas, lo han pasado peor, eran llevadas como cáscaras de nuez...

—Ea, traten de dormir un poco sus mercedes, al menos, tenderse en el catre... Y reparen en que ya somos marineras curtidas, pues ninguna nos hemos mareado pese a las terribles olas... Yo voy a ver al almirante, a preguntarle cómo se encuentra de los ojos... Ved, señoras, que ha resuelto la situación a ciegas, pues casi no ve, y oren sus mercedes por su pronta recuperación...

Doña Juana buscó al señor Colón por el barco y hallólo en la toldilla sentado en uno de los baúles de las ropas de los indios. Preguntóle:

—¿Cómo siguen vuestros ojos?

—Mal, la mi señora, mal... He dirigido la maniobra a ciegas, menos mal que Quintero y el gaviero me han entendido y me han explicado a la menuda la situación...

—Gracias a Dios, habéis salido muy airoso.

—Sí. Mañana veremos todo más claro. Cierto que también me aprieta la gota que padezco, ya salí con ella de Sanlúcar.

—Ruego por vuestra salud y mis monjas también.

—Acostaos, madre, hemos tenido un día muy duro y lleno de pavores.

—No puedo dormir, señor. Id vos a descansar que no lo hacéis en varios días...

—Es ejercicio de mi oficio velar y no dormir, un capitán ha de permanecer vigilante veinticuatro horas.

—Deseo preguntaros algo.

—¿Decidme?

—Sobre el Paraíso Terrenal...

—¿Decidme?

—Decía don Duarte Pacheco, el geógrafo portugués, que no había encontrado mapamundo que lo situara con certeza en ningún lugar...

—¡Ah, no!, varios maestros, como Estrabón, San Ambrosio, Veda el Venerable, Santo Tomás de Aquino y Escoto, lo sitúan al fin del oriente...

—Don Duarte lo hacía en las fuentes del Nilo, en Etiopía...

—¡Quiá, por allí han ido gentes a buscar y no han encontrado nada...!

—¿Qué han de encontrar, señor?

—Unas montañas muy altas, tan altas que no hayan podido llegar a ellas las aguas del Diluvio.

—También decía don Duarte que podía estar en las islas Afortunadas, es decir, en las Canarias, se asegura que allí hay un monte altísimo.

—Vos habéis estado allí, ¿observasteis alguna cosa que lo anunciara?

—No.

—En efecto, hay un monte muy alto, el Teide, en Tenerife, pero no es. Allí sube gente y no ve nada. El Paraíso ha de estar por aquí, al fin del oriente, al final de la tierra...

—Me aseguró don Duarte, coincidiendo con vos, que está situado en una montaña altísima donde no llega la turbulencia del aire y donde no llegó el Diluvio. Que en la falda del monte, en la puerta, digamos, está Elías y un poco más arriba Enoch. No me dijo qué hacían allí estos personajes, digo yo que quizá vigilen la entrada... Añadía que de ese lugar sale una fuente cuya agua cae en el mar, haciendo un gran lago del cual proceden los cuatro ríos, que salen al mundo por debajo de la tierra, es decir, como los ríos subterráneos, haciéndose camino con gran rugir, como el que hemos sufrido esta noche, quizá…

—¡Oh, no!, tengo para mí que ha de haber grandes espantos en la entrada del Paraíso… De otro modo cualquiera podría ir… Ved, señora, mía, que por aquí debió pasar la canoa de los indios sin dificultad porque era de día y conocerían las corrientes… Mañana, Dios mediante, lo haremos nosotros.

—¿Entonces no creéis que sea esta tierra la del Paraíso?

—Ésta, en concreto, no… Tal vez más allá… Tengo para mí que hay mucha tierra al austro y mucha al norte…

—¿Pero creéis que un mortal pueda llegar allá?

—No sé, no sé… A mí me gustaría…

—Yo creo que no, salvo voluntad divina…

—Si alguna vez veis, señora, una montaña en forma de teta de mujer, que se ve desde muy lejos, situada bajo la línea equinoccial, en un sitio de aguas dulces y calmas, de agradables temperaturas y con las estrellas propias de este hemisferio, tomad el talego e id, que no es penosa la cuesta, a decir de sabios…

—Una mujer sola nunca lo podría hacer… Habría de armar una expedición…

—Yo de momento no puedo acompañaros… He de ir a La Española, dejé las cosas mal asentadas por allá…

—Sí, claro, lo primero es lo primero…

Terminó doña Juana con poca voz y se retiró colorada de tez, pues que el almirante había mentado una montaña en forma de teta de mujer, y no estaba preparada para oír semejante símil, en virtud de que don Duarte no le había dicho nada de ello; sin duda, el portugués lo había evitado educadamente para no hacerle subir los colores. Por eso, diciéndose que su rubor era el justo castigo de su curiosidad, fuese a su cámara y oró largo y hasta se azotó las espaldas con el verduguillo, lo que no había hecho en muchas jornadas.

De haberla visto sor Juanota no la hubiera dejado, pero no la vio ninguna de las monjas, dado que, amanecido ya, estaban en cubierta contemplando cómo el almirante mandaba arriar las lanchas para que echaran la sonda en la boca de la Sierpe y pasar o no pasar por allá.

Los marineros dijeron que había siete brazas de profundidad, pese a que los hileros de corriente continuaban su incansable movimiento. Don Cristóbal mandó levar anclas y aprovechó el viento y la bonanza del tiempo. Con ello, las naves, voltejando y volviendo a tornar, atravesaron el peligroso brazo de mar alterada; el capitán, tratando de poner en compás el barco para equilibrarlo y, pasada la boca, bendijo a Dios por haber hallado, al fin, tranquilidad.

El almirante ordenó navegar hacia el septentrión y anduvieron veintiséis leguas. Como hacía menos calor, varios hombres de oficio, por mandato del maestre bajaron a las bodegas para limpiar aquello de animales muertos y de bosta.

Y, en efecto, hubieron de arrojar varios cubos de excrementos y dos mulos, dos vacas y cuatro corderos muertos, por la borda, con pesar, pues mejor hubiera sido que se los hubieran comido entre las calmas y las nieblas que les deparó el océano en vez de padecer privaciones, pues que fue menester racionar la comida, como es dicho. Y en ésas estaban, ponían el mulo, ya lleno de gusanos en una manta, lo cogían entre muchos, lo volteaban y lo arrojaban al mar para pasto de los peces, que eran multitud. Y, al arrojar al segundo mulo, fue que salpicó mucho y que el agua mojó a trabajadores y mirantes, y que uno de éstos exclamó dirigiéndose al capitán:

—¡Esta agua es dulce, señor capitán!

Y claro Colón se levantó renqueando por el mucho dolor que le producía la gota, y mandó echar un cubo limpio al agua, y bebió. Nadie supo si se alegró o no de que el agua fuera dulce y no salada, la natural, pues no habían abandonado el mar, entre otras razones porque tenía todo el cerco de los ojos lleno de pupas y sangre y buena parte de la cara roja, por la enfermedad que padecía. Nada dijo ni explicó aquel marino que había surcado los siete mares y más, se limitó a entregar el cacillo a los demás que bebieron también y nada expresaron al menos en voz alta, mejor. Porque sólo hubiera faltado que alguno, para complicar las cosas, dijera de ir a descubrir aquel enorme río que, desde el poniente, se apoderaba del agua del mar.

El caso es que estaban navegando en agua dulce. En lontananza veían a la izquierda la costa con una tierra muy alta que formaba un cabo, a la derecha otro cabo de la isla Trinidad y, al frente, los mismos hileros rugientes y otra boca quizá más angosta que la anterior. Pero de poblaciones o gentes en canoas, nada.

Y el almirante, que ya no veía, aseguraba que a la siniestra había tierras labradas y pedía a los hombres que aguzaran la vista, sobre todo al gaviero para enviar barcas a tierra y reponer alimento fresco.

—Habrá que buscar, pues —dijo—, tierras más llanas...

Y, en efecto, en la desembocadura de un río, vieron gentes. Y aquellos nativos no se arredraron a la vista de los navíos, al revés, echaron al mar sus canoas, muy ligeras por cierto, y se llegaron a la nave, tanto que el almirante mandó echar la escala y subieron cuatro hombres con el cuerpo muy pintado de rojo, sin recelar lo más mínimo de los españoles y no se retiraron ni trataron de esconderse o darse a la fuga, pese a que los miraban todos como a bichos raros.

Los primeros indios que vieron las monjas de Santa Clara

125

llevaban la cabeza cubierta con un pañuelo de algodón, pero el resto del cuerpo descubierto y, lo que son las cosas, no se tapaban delante las mujeres. Eran de piel entre blanca y negra, de cabeza redonda, de grueso cabello cortado a la oreja, mismamente como la gente de Castilla, los rasgos de la cara angulosos, la frente baja, los ojos chicos pero vivaces, la barba escasa, el cuerpo complexo y bien de formas. Lo único raro, aparte de la desnudez, que traían aretes de oro en la nariz y las orejas y collares al cuello.

Colón comenzó a interrogarles antes de darles la bienvenida:

—¿Sois caribes? ¿Dó es vuestro rey, dó es vuestro cacique? ¿Dó es vuestro poblado? ¿Cómo se llama la tierra dónde vivís? ¿Dó son vuestras mujeres e hijos? ¿Vivís cerca o lejos? ¿Por dónde se va al Catay? ¿Dó está el oro que lleváis en las orejas? ¿Hay perlas por aquí…?

Y los indios hablaban y hablaban, a veces los cuatro a la vez, en un lenguaje incomprensible, y claro no había manera de entenderse.

Y en ésas estaban cuando doña Juana pidió permiso al almirante para entregar unos sayos y unas bragas de los que traía. El hombre le dio licencia de grado, y la dama, seguida de sus monjas, se acercó a los indios que, a la sazón, estaban bajo el castillo de proa y fue entregando un lote a cada uno, a cada uno un sayo y una braga. Los indios las dejaron acercarse sin la menor desconfianza y siquiera hicieron gesto de llevar la mano a sus armas. Es más aceptaron los regalos, los desdoblaron, los miraron y, la verdad, no supieron qué hacer con ellos. Ninguno de los cuatro atinó qué hacer con ellos.

Fue el maestre Quintero el que se acercó también, el que tomando una de las bragas y alzándose la gonela que llevaba, se la puso sobre la suya, y otro tanto hizo con el sayo, que se lo puso encima de la túnica. Los indios no necesitaron más, tomaron las bragas y se las pusieron, tomaron los sayos y se los metieron por la cabeza dejándolos caer por su peso sobre su cuerpo, como había hecho el piloto, todos muy risueños, y presto empezaron a mirarse unos a otros y a reír muy gozosos, lo mismo que los tripulantes de la *Santa María de Guía*. Y es más, aceptaron el refrigerio que les llevó el cocinero: unos panes de munición y unas aceitunas, que se las comieron con gana, pero con hueso y todo.

Sor Juana estaba radiante contemplando a los indios, porque había empezado a cumplir su misión. A más, que sus monjas la felicitaban:

—¡Parabienes, madre Juana!

Y la tripulación no hizo risas ni burlas, al revés, debió considerar que los indios estaban mejor vestidos que desnudos, lo lógico.

Por mucho que interrogó Colón a los naturales sobre el lugar que habitaban, el nombre de su rey, el Catay, el oro y las perlas, lo único que logró entender —tal dijo— es que la tierra de la izquierda se llamaba Paria y que había poblados y mucha gente, pero los demás dudaron en razón de que era él el único entendedor.

A doña Juana le dio un vuelco el corazón al escuchar de boca de los indios el nombre de Paria, pues se adujo que tenía relación con la palabra paraíso, pero acalló los latidos de su corazón, no fuera a empezar a rondarle en su mollera la idea de ir a buscar el Paraíso Terrenal. Y esfuerzo hubo de hacer, pues que el almirante gritaba para alegría de todos:

—¡Hombres y mujeres estamos en las tierras más hermosas del mundo…!

—¡Loado sea Dios! —respondieron las monjas.

El piloto interrumpió:

—¿Será tiempo, señor, de fondear y echar barcas para tomar posesión de la tierra en nombre de nuestros señores reyes?

—Tiempo es, amigo Quintero, de levantar banderas delante de alguna autoridad, pues llevamos días por acá, mañana lo haremos con ayuda de Dios. Las tierras parecen feraces, y los nativos portan abundantes joyas. Además, calculo que aún estamos a trescientas leguas de La Española.

—Llevamos varios días descubriendo…

—Será menester encontrar un jefe y hacerlo delante de él…

Y fue que casi todos pasaron la noche en vela. Unos platicando con los indios, los codiciosos preguntándoles por el oro y las perlas que traían en el gaznate y los brazos, los avariciosos queriéndoselos trocar por bonetes o cuentecillas de cristal, algunos incluso consiguiéndolo. El almirante y el maestre mandando barcas a las otras carabelas para que se dispusieran a desembarcar a la mañana siguiente, y distribuyendo la gente que bajaría a tierra en las dos chalupas. Colón haciendo oído e interrumpiendo la conversación cuando oía mentar el oro. La gitanilla, yendo de aquí para allá, entre los hombres, acercándose a los indios que, viéndola mujer joven, no eran distintos a los españoles y le palmeaban el trasero. El escudero y su mujer, aprovechando el jaleo, en un lado de la bodega, haciendo lo que hicieren. El Jácome, con o sin mancha, a saber, porque llevaba puesto el jubón, con la niña boba en el otro lado de la misma, posiblemente haciendo lo mismo que el escudero y su mujer. El tamborino tocando su instrumento con maestría. Los marineros y soldados danzando al son de las músicas y echando a faltar el vino. Las monjas felices en animadas hablas, en razón de que habían vestido a los primeros indios y a eso habían venido, cierto que con la fiesta se olvidaron de rezar maitines, no se lo tenga Dios en cuenta que vivían una noche feliz.

Y, en efecto, todo fue de mucha amenidad.

8

A la mañana, como hacía un día muy claro, el almirante ordenó arriar una chalupa por babor y otra por estribor, y echar las escalas.

Quintero leyó la lista de los que habían de bajar a tierra: él, Colón con la cruz de Nuestro Señor, el cura, el escribano, diez soldados con el estandarte de los reyes de Castilla, armas y abundante munición, y los cuatro indios.

Doña Juana Téllez de Fonseca reaccionó al instante, se acercó al virrey y le demandó con enojo:

—¿Cómo no voy yo y mis monjas, señor?

—Es peligroso, señora.

—No es peligroso, señor, estos indios son pacíficos.

—Sólo vamos a tomar posesión de la tierra en nombre de nuestros señores don Fernando y doña Isabel.

—No sólo eso, señor, vais a preguntar al cacique dónde se encuentra el oro y las perlas que los naturales llevan en el gaznate. Además, yo quiero estar presente en la toma de posesión, y repartir las vestiduras que traigo conmigo.

—Tomaremos otra tierra en posesión y repartiréis lo vuestro. No es aconsejable que, de momento, vengan mujeres con nosotros...

—¿Por qué, acaso os hemos molestado yo y mis monjas con matracas en esta larga travesía?

—No, al revés, he estado muy honrado de traeros en mi nave...

—¿Entonces?

—No es conveniente, señora... Los nativos, de primeras, parecen pacíficos pero, presto se tornan en fieras salvajes.

—¿No me dijisteis que de sólo ver a los españoles huyen como conejos y que creen a los descubridores venidos del cielo?

—Sí, pero nunca se sabe...

—¿Y mi caridad, qué pasa con mi caridad? Además, me encomendaré a Santa Clara, nuestra patrona, y me protegerá.

—Lo haréis en otra ocasión y ella os ayudará en la próxima ocasión.

—Me prometisteis que me ayudaríais a repartir la ropa en la primera tierra que encontrásemos... ¿Debo entender que no vais a cumplir vuestra palabra?

—No es eso, señora.

—¿Qué es pues, señor?

—Es que yo soy el almirante y hago lo que debo hacer en servicio de los reyes...

—Yo sirvo a Dios, con el beneplácito de la reina Isabel... ¿Dó está el peligro, señor? ¿Dó está? Estos indios son mansos como corderos...

—¡Aquí mando yo, doña Juana!

—¡Yo no os quito el mando, señor, pero os recuerdo que me hicisteis una promesa que ha llegado el momento de cumplir! ¿Acaso vais a desembarcar vos que estáis ciego y no me permitís hacerlo a mí que veo e incluso os puedo ayudar y guiar? ¿Habéis consultado con Quintero, el propietario de la nave? ¿Cuánto quiere Quintero por llevarnos? Le puedo dar cien doblas de oro...

Y, volviéndose a sus monjas, que la miraban atónitas, aunque más de una vez habían contemplado a su señora mandando, ordenando y organizando en el convento de Tordesillas, pues que lo manejaba con mano firme, oyeron:

—Sor Rósula traiga su merced el cofre de los dineros...

La abadesa lo tomó, lo apoyó en su rodilla y luego en su brazo en razón de que no podía sujetarlo con las dos manos porque le faltaba una, como sabido es, lo abrió y mostró el contenido, ante el cual Quintero abrió mucho los ojos y llevóse aparte al almirante para decirle:

—Señor, tomemos los dineros, que nunca se sabe... A saber qué encontramos en La Española y a qué precio están los bastimentos en la isla.

Y, en esto intervino el cura:

—Que venga con nosotros, los indios se han holgado mucho con los hábitos que reparte con la mejor intención. Además, así los hombres no verán a las mujeres de la tribu desnudas y no cometerán pecado, que son malos los pecados de los ojos.

Colón reflexionaba. Vaya con doña Juana, que le había salido mujer varonil y brava, vaya por Dios. Ciertamente que le había prometido ayudarle a entregar con ella los hábitos en la primera tierra que desembarcaran, pero, ¿por qué no hacerlo en la segunda, cuando conocieran mejor a los pobladores y las tierras? No obstante, sus dineros vendrían bien porque, a saber cuál era la situación de sus hermanos que quedaran de gobernadores en La Española, cuando, pardiez, no eran queridos por los castellanos de allá y tal vez estuvieran presos en la cárcel, pues que había un dicho Roldán que les tenía inquina y envidia, lo mismo que a él. Además que disponer de dinero contante y sonante sería bueno porque con él podría acallar a los partidarios de Roldán, que ya habían dejado ver su maldad antes de su regreso a España, y atraerlos a él. Tal ca-

131

vilaba el enfermo capitán, sentando en unos cordajes, en la cubierta, cerca de la chalupa de babor, rezongando:

—Pardiez, pardiez…

Fuese a levantar para decir algo a doña Juana y a todos los que oían y miraban, e fue que le vino un grande dolor al pie y a la pierna izquierda, donde más le atacaba la gota que padecía de tiempo ha, y que, apoyándose en el maestre, hubo de tornar a sentarse, y que, con el gesto torcido por el sufrimiento, se masajeó el pie y la pierna, e fue que la abadesa se inclinó y le ayudó quitándole el sudor de la frente con un pañuelo, como si fuera Santa Verónica, y otrosí hizo con las lágrimas que le producían la enfermedad de los ojos o la rabia del dolor de sus piernas, que es mala la gota y peor la sangre de los ojos, lo sabe todo el mundo. Y es más, doña Juana le musitó al oído:

—No estáis, señor, en condiciones de desembarcar. El maestre Quintero mandará la expedición y hará los honores… Sería una gran pérdida para el reino de Castilla y los otros reinos de don Fernando y doña Isabel que quedarais postrado en el lecho y peor sería que fuera llegada vuestra última hora por no cuidar vuestras enfermedades… Permitid que vuestros criados os curen con paños bien mojados en manzanilla.

—¿Y vos, señora?

—Yo también iré. Es lo que convinimos vuestra señoría y yo, y, como he de repartir bastantes prendas por no dar a unos indios y desairar a otros, me llevaré a mis monjas para transportar los cuatro fardos que tengo dispuestos, no se vaya a organizar jaleo entre los nativos… Quedad con Dios, rezaré por vuestra pronta recuperación…

—¡Ea, Quintero, hágase como dice doña Juana…! Es cierto que convine con ella lo que dice. Ved lo que hay, saludad al cacique que haya, tomad posesión de la Tierra de Gracia,

132

preguntad por el oro y las perlas y volved presto… Os esperaré con el navío listo para zarpar… Ya veremos de regresar por aquí… Antes de partir, llevad a mi cámara el cofre de la señora abadesa…

—No cabemos tanta gente en las chalupas, señor…

—Los cuatro indios que vayan del mismo modo que vinieron, en su canoa. De ese modo cambiamos cuatro indios por cuatro monjas…

—¡Arriad botes…! —gritó Quintero y volviéndose a Colón, le preguntó—: ¿Estáis seguro, señor?

—No puedo romper la palabra que le di a la señora… Prefiero cumplirla a quedar desairado…

—Es mujer terca y empecinada… Pero la palabra dada es la palabra dada y lo principal… Acaso la hermana quiera ser la primera mujer que pise las Indias para salir de ese modo en las crónicas…

—No lo será porque ya hubo otras en mi segundo viaje… Id, amigo, no creo que os estorbe…

—Es obstinada…

—¿Cómo creéis, Quintero, que las mujeres puedan llegar a ser prioras y hasta reinas?

—¿Cómo?

—Con tesón, con mucho tesón y porfiando…

—Id con Dios… Y no olvidéis traer provisiones y llevad dineros y baratijas para regalarlas, y estas joyas que traje de Castilla para que, en viéndolas, os digan dónde está el oro, recordad que lo llaman «nucay»… Y llevad las armas prestas, amigo, no vayan a ser caníbales los pobladores… Partid en buena hora en nombre de los reyes y a gloria de Nuestro Señor… Os aguardaré con la nao puesta a monte.

Largaron los marineros dos lanchas, una por babor y otra por estribor. Las monjas que ya habían besado la cajita del dedo de Santa Clara y se habían santiguado ante el Calvario de su camarote, andando apresuradas echaron los fardos a los remeros y bajaron por la escala a la chalupa de estribor. Las tres compañeras de doña Juana sin decir una palabra, doña Rósula como si un gato le hubiera comido la lengua, en silencio, tanto que nada pudo decir o nada tuvo que decir cuando la priora pagó por bajar a tierra cien doblas de oro, todo un capital, y las otras igual, como si se hubieran quedado mudas también. Y mudas se quedaron cuando su señora se plantó delante del almirante, virrey y gobernador perpetuo de todas las tierras de por allá, tanto de las descubiertas como todavía por descubrir, tanto pobladas como yermas, y le pidió que la dejara ir ante la negativa del interpelado, para exigirle luego el cumplimiento de una promesa y conseguir su propósito, eso sí pagando una buena cantidad de oro. Tal vez, no sólo para vestir a los nativos, sino para ser la primera mujer que pisara aquella tierra ignota, y así salir en las crónicas, y animar a otras mujeres para que fueran a Indias, pues que falta hacía, en razón de que los hombres, los descubridores, necesitaban mujeres para casarse, asentarse allí, abrir casa, formar familia y tener descendencia para poblar aquello. Y, nada dijeron o nada tuvieron que decir, pues que les parecía bien la actitud de su señora, el caso es que se sentaron en los banquillos de la barca, dejando sitio a los remeros y se dejaron llevar. Iban ni alegres ni tristes, porque allí la única contenta era doña Juana, que, sonriendo, miraba el mar, o lo que fuere donde estuvieren, acaso en la desembocadura de un gran río, que no estaba nada claro, y bajando el brazo tocaba el agua con su mano buena y se daba agua a la cara sin mirar a nadie a los ojos, quizá para pasar lo más desapercibida posible.

Y fue que los nativos, que iban delante de las chalupas, remando con bravura, arribaron a una playa y que dieron voces y se reunió gente en torno a ellos, y presto vino otra más de unas chozas que se veían atrás, al final de la playa, bajo la espesa vegetación.

—¿Qué día es hoy? —preguntó el escribano.

—Ocho de agosto —respondió Quintero.

—¿Entienden sus mercedes qué dicen los indios? —demandó doña Juana a los hombres, dado que en la playa se oía mucho alboroto, pues que se había congregado una multitud de gente en la ribera del mar, voceando.

—Preguntarán lo de siempre: ¿Qué gente sois? ¿Qué queréis? Y seguramente dirán: Marchaos y dejadnos en paz...

—No saben, los muy necios, que venimos a traerles la palabra de Dios —atajó sor Rósula.

—Y ropa —abundó sor María de la Concepción.

—No saben nada de nosotros. No han visto a un hombre blanco en su vida. Les producimos miedo —informaba el piloto.

—Parece que nos esperan con gozo pero a saber si nos reciben a saetazos... —terció el escribano.

—¡Carguen armas! —ordenó Quintero y los soldados se apresuraron a obedecer. Y continuó mandando—: ¡Primero bajaré yo, luego los soldados, después el escribano, y las monjas cuando yo les haga una señal, no antes...!

Los hombres desembarcaron mojándose los pies y fue que Quintero, que llevaba la cruz al hombro, se agachó y cogió arena en la mano —lo primero que hizo, quizá porque él también iba en busca de oro—, mientras esperaba la llegada de las barcas de las carabelas. Y, cuando estuvieron todos reunidos, gritó:

—¡En nombre de la Santa Trinidad...!

135

Los indios, al ver a los españoles en tierra se alejaron como dos tiros de ballesta, no más, y los observaron con curiosidad.

El maestre procedió según costumbre y siguiendo las instrucciones recibidas de Colón. Salió del agua y anduvo unas varas con la cruz al hombro. Detrás de él se dispusieron los diez espingarderos que iban, con las armas cargadas. Los capitanes de las carabelas se situaron a su izquierda enarbolando dos pendones de Castilla. El cura y el escribano se colocaron a su derecha, este último dejó el recado de escribir en la arena, abrió el tintero, cogió el cálamo, lo mojó en la tinta, tomó el cuaderno en sus manos y, arrodillado, se dispuso a levantar acta de la toma de posesión.

Las monjas permanecían en la barca, obedientes, pero como los hombres del rey, en el momento en que el piloto levantó la cruz, comenzaron a rezar un tedéum, ellas pusieron pie en la arena, cada una con su fardo en brazos, para sumarse a la oración y, al pisar la tierra sintieron mareo, como así les sucediera en Gomera, pues, tanto tiempo navegando, les parecía que no habían abandonado la nave, y tambaleándose, o pareciéndoles que se tambaleaban, se sumaron al grupo de hombres.

Entonces Quintero se aclaró la garganta y gritó las protestaciones pertinentes lleno de emoción, que no era para menos:

—¡Yo, el maestre Cristóbal Quintero, por orden del almirante, virrey y gobernador de las Indias, don Cristóbal Colón, tomo posesión de esta tierra en nombre de don Fernando y doña Isabel, reyes de Castilla, León, Aragón, etcétera, y de sus sucesores por los siglos de los siglos…!

Y el cura bendijo a todos los presentes y alzó la voz después:

—En el nombre del Padre, del Hijo y del Espíritu Santo. Amén.

Y ya Quintero dejó la cruz en manos de un soldado y asestó las cuchilladas de ritual en la arena, como le había ilustrado el almirante, espantando a las gaviotas y otras aves marinas que corrían por allí, y levantó mucho más la voz para decir, mientras los capitanes ondeaban los pendones:

—¡Si hay algún hombre que quiera desdecirme de esta posesión, salga a defender su propuesta...!

Y, como no salió nadie, el maestre ordenó a los soldados que clavaran la cruz en la arena bien honda, pero unas varas más adelante, no fueran las olas a llevársela. Luego la expedición avanzó como cien varas, las mismas que retrocedieron los indios, que no quitaban ojo a lo que hacían los cristianos.

Tras levantar acta de la ceremonia, el escribano se incorporó. Quintero comenzó a hacer señales a los nativos para que se acercaran, lo mismo los demás. Las monjas no, que dejaron hacer a los hombres y, prudentes, permanecieron en un segundo plano.

Y, como no venían los indios, el maestre mandó traer el arca que llevaban en la chalupa para la ocasión, la abrió y comenzó a enseñar lo que llevaba: bonetes colorados, pulseras de cuentas de vidrio, cascabeles, sonajas de latón, agujetas, en fin, todo lo que aquella gente tenía como excelente. Y, sí, sí, dio resultado pues que los indios se aproximaron.

No sólo se acercaron, risueños, a recibir lo que les llevaban los españoles, sino que presto acudieron otros trayendo pan y mazorcas de maíz. Cierto que no daban por nada, sino a cambio de cascabeles y cosillas de latón. Las tomaban recelando y, lo primero que hacían con ellas, era olerlas.

Llegaron más y más con papagayos, unas aves de por allí de muchos colores y pico curvo, grandes como pollas. El caso es que los españoles presto se vieron rodeados de indios que empezaron a tocarlos, seguramente para cerciorarse de que eran de carne y hueso como ellos. A hombres y mujeres, sin hacer distinciones, comenzaron a tocarles los pies y las manos, y a besarles, y claro las monjas se defendieron, los evitaron como pudieron, incluso retrocedieron hacia la chalupa tratando de zafarse de ellos, aunque bien sabían que no había maldad en aquellas muestras de efusión, sino curiosidad, pero eran religiosas y no podían dejarse tocar. Porque los indios palpaban donde podían: en la cara, en los pechos, en el vientre, en el bajo vientre, Jesús, María... Doña Juanota repartió varios cachetes, pese a que llevaba el fardo en la mano

Llegaron otros con canela y pimienta y las pusieron a los pies de Quintero, sabedores, porque necios no eran, de que era el jefe de la expedición. Pero el maestre sin hacer caso de la ofrenda de especias, les preguntaba por su jefe, por el cacique de aquella tierra y por el oro, llamándolo «nucay», en razón de que traían mucho en pulseras, en ajorcas, en pendientes en las orejas y nariz, y en collares en el pescuezo, y para que respondieran les regalaba ramalejos de cuentecillas de vidrio, que no valían una blanca, pero ellos las tenían por excelentes.

Los soldados, por señas, también les pedían oro, que estaba claro que todos iban en busca del precioso metal. Los indios se quitaban sin ningún dolor ajorcas y pulseras y las cambiaban por bonetes y se los ponían en la cabeza, yéndose muy contentos hacia el poblado que se adivinaba en la espesa selva donde terminaba la playa. Y unos iban y otros venían.

Las monjas observaban junto a la barca, con el agua hasta la rodilla, molestas por haber sido tocadas por una multitud, cierto que un tantico amohinadas, ay, porque aquellas gentes de la Tierra de Gracia, llamada Paria por los nativos, iban medianamente tapadas. No tanto como los cristianos que se cubren de la cabeza a los pies, no sólo para combatir el frío, sino por decencia, pero sí medianamente en razón de que llevaban un pañuelo en la cabeza y otro en las partes pudendas. Y, aunque no lo expresaran, cada una pensaba para sí que tal vez mejor fuera tornar a la nao con los fardos y repartir la ropa en otros lugares de aquellos países donde los habitadores fueran completamente desnudos, que había muchos, como tenían oído. Y, aunque ver nalgas, no era grato de ver, no resultaba tan ingrato como ver colgajos de varón.

Pero, en esto, llegaron unas mujeres completamente desnudas y, ay, que era menester actuar, por eso las monjas se acercaron al multitudinario grupo de españoles e indios, infinitos indios con respecto a los españoles, con sus fardos, pero escuchando a Quintero optaron por posponer el reparto. Pues que el maestre se enojaba con aquella gente que le traía especias de gran precio y le cambiaba el oro que llevaba de adorno por baratijas, pese a ello voceaba fiero:

—¿Dó es vuestro jefe? ¿Dónde está el oro? ¿Dónde están las perlas?

Y tomaba por el brazo a una mujer que llevaba un sartal de finísimas perlas en el brazo y señalaba.

Y los otros, sin molestarse de que tomara el brazo de una mujer que no era la suya, le indicaban a poniente y los soldados, codiciosos, le pedían:

—¡Vayamos, señor maestre!

Y el otro dejaba el tema del oro y volvía a demandar por el jefe:

—¿Dó es vuestro cacique? ¡No puede ser que no tengáis jefe...!

Y en esto se aproximó un mozo de buena apostura, que llevaba un gran collar de oro en el cuello y un pañuelo en la cabeza adornado con un airón de plumas, y los indios cesaron el alboroto.

Dedujo Quintero que aquél era el jefe y, vaya, que, como ya no tenía nada que darle, pues el arca de las baratijas estaba vacía, sacó su espada de la vaina y se la entregó, por darle algo distinto a los demás y de esa manera honrarlo. Y fue que el cacique se holgó mucho e hizo mucho aprecio, incluso empuñó la espada y se puso a blandirla contra la arena, imitando al maestre cuando tomó posesión. Y fue que cogió del brazo a Quintero y quiso llevárselo hacia el poblado, invitándolo con suaves gestos, nunca forzándolo.

Naturalmente el maestre no se olvidó de las monjas pues, antes de partir con el jefe indio, envió por ellas, que acudieron prestas con sus fardos en la mano, e iniciaron la marcha con los soldados bien dispuestos en los flancos y, tras caminar unas trescientas varas, el mozo se inclinó ante un hombre con infinito aderezo de oro que, a ninguno de los expedicionarios le cupo duda, era el jefe supremo, pues a más estaba sentado en una silla, la única que se veía por allí. En un trono hubieran dicho los cristianos de ser una silla buena.

Se inclinó Quintero también, aunque mucho menos que el joven naturalmente, pues que él y todos los que iban con él eran súbditos de don Fernando y doña Isabel, pero de nadie más, y dijo a la par que levantaba el brazo:

—¡Saludos, cacique de la tierra de Paria!

El hombre hizo un gesto con la cabeza —se ve que los hombres se dan la bienvenida del mismo modo en todas las partes del mundo—, llamó al mozo y le habló al oído. El chico tocó palmas y aparecieron unos sirvientes con viandas que llevaban sobre hojas grandes de palmera, y con ademanes les invitó a comer.

Comió Quintero una masa que no sabía lo que era, no por gana, sino por no hacerle desaire al cacique, haciendo esfuerzo, y hasta lo apreció y volvió a comer, e indicó que lo distribuyeran entre su gente. Porque ya había de tomar un cuenco de aguardiente, o algo así, que le ofrecían y no quería desprenderse ni por un momento de la espingarda, pues que los indios de muy mansos se tornan por un tris en muy fieros, y no podía descuidarse, en fin.

Los otros comieron, las monjas también, y a todos les supo a rayos aquella pasta y el aguardiente, bueno, no estaba mal, aunque era muy fuerte. Lo mejor, las frutas de muchas maneras que les dieron.

Y fue, gran Dios, que Quintero le preguntó al cacique, lo que preguntaba a todos:

—¿Dó es el oro, señor cacique?

Y, que el cacique, gran Dios, sacó de debajo de su silla un grano de oro tan grande como una manzana y se lo enseñó a todos. Los cristianos sintieron un escalofrío ante tamaña joya y abrieron ojos como platos, las monjas inclusive pues que en la iglesia del monasterio de Tordesillas no había nada semejante, pero el pasmo duró poco porque el hombre la volvió a poner en su sitio, bajo la silla, bajo su trono. Entonces Quintero le ofreció su espingarda, haciéndole gesto de que se lo cambiaba. El hombre tomó la escopeta, la examinó de arriba abajo, debió de gustarle y se la trocó por el oro, el maestre se guardó el grano debajo del jubón.

Así las cosas, los cristianos pudieron mirar en derredor y hacer balance de su situación: se encontraban ante dos personas principales, una el padre y otra el hijo. En una casa grande con cubierta a dos aguas, y no redonda como otras que se veían en el poblado. En la casa había riquezas, pues, amén del grano de oro, les llevaron sillas para que se sentaran, y les ofrecieron frutas de muy diversas maneras, y vino, blanco y tinto, aunque no de uvas. Los hombres estaban a un lado, las mujeres a otro. En este punto, doña Juana, que estaba sentada en una silla entre los capitanes, se adujo que no estaban en el país de las amazonas y no le importó un ardite, mejor, porque aquellos indios eran mansos y las amazonas guerreras, y mejor era la paz que la guerra. Y todo hubiera sido placentero, a no ser porque ambas partes reconocían que no se entendían, y resultaba vana cualquier habla.

9

En la *Santa María de Guía*, el almirante seguía muy malo de los ojos, tanto que era horror verlo, pues más parecía que habían de romper en sangre y reventarle. Sufría un terrible dolor también en las piernas, por la gota, pero había hecho subir una silla a la toldilla de popa y desde allí pedía noticia al gaviero, que no dejaba de informarle de lo que hacían los que estaban en tierra.

El marinero le contó a la menuda que los expedicionarios habían clavado la cruz y ondeado banderas, que los indios se habían retirado y luego juntado con los españoles, que habían repartido las baratijas y que indios y cristianos habían caminado hacia la selva que estaba situada al final de la arena. Nada le pudo decir más, pues aunque era el hombre de más aguda vista de toda la marinería, era ya imposible ver nada debido a la espesa vegetación.

Y Colón, como tenía los ojos velados, maldecía de tanto en tanto, queriendo saber más, pero imposible. Los que habían permanecido en el barco y estaban arrimados en la borda de babor no le podían tampoco informar de nada. Era como si los españoles se hubieran perdido en el bosque. Por eso el almirante, a causa de la rabia que acumulaba dentro de sí por unas cosas y por otras, se mostraba nervioso y se removía en la cátedra.

Pero no era sólo eso, no. No era sólo la rabia o la impotencia de no saber dónde se encontraban sus hombres, lo que le hacía no parar quieto en la silla, al almirante, no. Era que, como excelente marino que era, aún ciego como estaba, percibía que se aproximaba un temporal.

Y es que había notado que el viento del norte había mudado a nordeste. Y es que por aquellas latitudes la mar se revuelve en un instante. Se enturbia el aire. Las altas nubes que han permanecido dispersas se amontonan de súbito. El sol se torna rojo en pleno día. El oleaje de fondo quiere emerger a la superficie. Las nubes, hace un momento blancas, se trocan en negras aunque conservan sus bordes bermejos, y caen las tinieblas sobre la mar, que enloquece en un momento por las olas que de levante a poniente o de norte a sur, o a la inversa, según sople la ventolera, abren enormes simas con un ruido peculiar. Los truenos se oyen cada vez más cerca, los relámpagos ciegan. El fragor del impetuoso viento, que gira en torbellinos, en círculos haciendo crepitar las velas y poniendo en peligro la arboladura del navío… Entonces es menester arriar las velas y salir del temporal navegando a palo seco, dicho en lenguaje marinero, lo antes posible además… Máxime en aquella ocasión en virtud de que las tres naves de la expedición necesitaban un sinfín de reparaciones y la tripulación estaba agotada.

Y no necesitó ver nada el almirante de la Mar Océana; como era experto marino, lo sintió en el aire y mandó una y otra vez asonar la campana de la nao para llamar a las gentes que andaban en tierra para que regresaran las chalupas cuanto antes.

En tierra, los hombres de Colón continuaban sus pláticas con el cacique, interesados porque el sujeto parecía asustarse, y se tapaba la cara con los brazos, cuando nombraban a los caribes y más cuando mentaban la palabra «caníbal», lo que les venía a decir que aquella tribu de Paria no practicaba la antropofagia. Lo que era bueno.

Las mujeres, es decir, las monjas, que no había otras, se habían alejado un tanto del lugar de la recepción para no molestar pues que había mucho personal reunido, y abriendo sus fardos mostraban los sayos y las bragas que habían traído. Y, a poco, estaban rodeadas de indias que, viendo ropas habían acudido mucho antes que los hombres, pese a que allí iban desnudas algunas, pero no todas y no todas desnudas del todo pues que algunas llevaban el pañuelo en la cabeza y un faldellín en las partes bajas, eso sí, mostrando las tetas y las nalgas.

No le importó a la abadesa que no fueran como Dios las trajo al mundo, entre otras razones porque aún tenía en el barco muchos baúles que vaciar, por eso comenzó a repartir a cada una un sayo y una braga, pero viendo que hacía corto acabó dando a una un sayo y a otra una braga, mientras sus compañeras les enseñaban a aquellas mujeres qué hacer con las bragas y los hábitos. Y lo mismo fue pues, todas, y algún hombre que acudió, se mostraron muy agradecidas y les besaron las manos a las religiosas, a doña Juana la que tenía.

Sucedió que, cuando ya la priora sólo tenía en su mano buena un sayo y una braga, y las otras las manos vacías porque habían repartido todo, una india joven la tomó del brazo y llevándosela de buenos modos y con una enorme sonrisa en la boca, la entró en una cabaña donde había una vieja tendida en una red colgada entre dos palos que hacía de cama y, a gestos, consiguió que doña Juana entendiera lo que le pedía: que diera la ropa a la vieja que, pese a estar enferma, alzó un tanto la cabeza, tentó el hábito y sonrió. Naturalmente que la siguieron todas sus monjas y junto con las mujeres indias alabaron que entregara el regalo a la vieja, en razón de que visitar a los enfermos es caridad en la Santa Iglesia Romana.

Y fue que las monjas, tras rezar una oración por la salud de la vieja, creyéndola muerta, pues ya no respondía a la joven que se paseaba por la choza con el sayo sobrepuesto, con mucha alharaca y gesteando para atraer la atención de la moribunda, deteniéndose de tanto en tanto para zarandearla, a instancias de doña Juana entonaron el salmo *De profundis*, el que se canta a los muertos en toda la tierra cristiana. Y fue que las indias entonaron otro salmo o canción, lo que fuere, y que, dado el jaleo que había en la casa de la vieja, no oyeron que asonaba a rebato la campana de la *Santa María de Guía* llamando a los españoles y aún dieron pésame a las mujeres por la muerte de la anciana. Y es más, bendijeron el cadáver con sus crucifijos y los pusieron en la boca de la muerta una tras otra para que se fuera de este mundo consolada por Nuestro Señor. Cierto, ah, que se sorprendieron casi al momento y celebraron, congratuladas, que la vieja no estuviera muerta sino viva, pues que les había parecido lo que no era, en virtud de que la anciana salió del sopor en que se encontraba, que no muerta y, aunque no echara a andar, como el bienaventurado Lázaro, fue que se incorporó y abrió los ojos, para volver a tenderse en aquella extraña cama colgante y cerrar y abrir los ojos durante cierto tiempo. Hecho que llevó a sor Rósula a exclamar:

—¡Milagro!

—¡No es milagro, sor…! ¡Esta mujer está dormida…!

—Bajo el efecto de alguna medicina. No hay más que verla —apuntó sor Juanota.

Por eso las religiosas se demoraron mucho rato y no oyeron el llamado de la campana. Además que, cuando fueron a abandonar la choza para juntarse con sus compañeros, se encontraron con que caía fuerte chaparrón, como no habían visto otro, y esperaron a que parase para no ponerse perdidas. Por eso se quedaron en aquella tierra desconocida sin que nadie las echara a faltar.

Porque los hombres, pese a sus pláticas con el reyezuelo y al mucho aguardiente de fruta que habían bebido, escucharon netamente cómo llamaba la campana de la nao y, sin pensarlo dos veces ni demorarse, se despidieron del cacique con una reverencia y salieron raudos hacia las barcas ya, más de uno, como buen marino, escuchando en el rumor del viento el temporal que se avecinaba. Sin que los acompañaran los nativos, puede que por la tromba que ya caía imparable, o creídos de que regresaban al cielo, y ellos no podían seguirlos allí. Y todo bajo un fuerte aguacero, como es dicho, mucho más grande de los que sufrieran días ha mientras recorrían el interminable piélago.

Corrían y corrían los hombres, aunque no se veía a dos varas y, naturalmente, hubo jaleo al embarcar, pues encontraron las chalupas anegadas y hubieron de achicar el agua y remar como forzados. Y, en el desorden, unas barcas se presentaron en el barco que les correspondía y otras en el que más cerca encontraron, y unas fueron muy llenas, casi a punto de zozobrar, otras a medio llenar, y unas por babor y otras por estribor. Y, entre que la mar se rizaba cada vez más revolviendo el aguaje peligrosamente con olas arboladas y de dirección variable, y que el viento comenzaba a soplar fuerte, como cada tripulante hubo de ocupar su puesto, y el almirante no veía nada, nadie se dio cuenta de que doña Juana y sus monjas se habían quedado en tierra, Dios les asista.

A la vista de lo que había, don Cristóbal Colón dio orden de alejarse de las fuertes corrientes del golfo de Paria, mandato vano, porque a las naves se las llevó la tempestad hacia la boca de salida, hacia el norte, donde, como sucedió en el sur, en la boca de la Sierpe, las aguas estaban más que revueltas: la dulce empujando a la salada para que no entrase, la salada a la dulce para que no saliese, peleando entre sí y, además, bajo un aguacero de los nunca vistos. Por eso anduvo el almirante muy ocupado, todavía ciego por su enfermedad, mandando largar velas, mandando arriar velas, estremeciéndose, él que era marino curtido y experimentado piloto. No obstante, siempre vigilante, clamando al maestre y a la tripulación que no se descuidaran no fueran a embarrancar en los arrecifes y perder la nave y perderse ellos. Aun así no se despreocupó del pasaje y más de una vez, en medio del fragor del viento y truenos ensordecedores, ordenó:

—¡Las mujeres a la bodega!

Las mujeres obedecieron a la primera, la Gracia rezongando:

—Nos podía haber enviado a la cámara de las monjas como la vez anterior, pues aunque estuvimos muy prietas, es mejor lugar que éste…

Después de varias horas de tenaz lucha contra los elementos y de atravesar la salida del golfo de Paria, que bautizó como boca del Dragón, resultando el nombre harto apropiado, toda vez que las tres naves salieron milagrosamente ilesas del huracán, el almirante, que andaba peor de los ojos, si cabe, se entró en su cámara y durmió veinticuatro horas seguidas. Este sueño le resultó benéfico porque se levantó con los ojos llenos de legañas, pero ya sin sangre e incluso mejor de la gota y de ánimo, entre otras cosas porque, si el Señor le daba buen viento y le quitaba del paso los huracanes, tan frecuentes por allí, en cuatro o cinco o seis jornadas podía arribar a La Española, bendito sea Dios y su Santa Madre.

Las monjas permanecieron buen rato en la choza de la vieja, dándole a besar los crucifijos para que se recuperara presto de aquel sueño profundo que la mantenía inerte, aunque a ratos moviera los brazos y se retorciera con frenesí, turnándose en asomar la cabeza por la puerta por ver si la lluvia remitía. Emplearon el tiempo en hablar con las indias y malempleáronlo, pues otra cosa no hicieron debido a que no hubo modo de entenderse con ellas, y mejor hubiera sido rezar como pretendía doña Juana, pero, en aquel momento, sus compañeras no estaban en disposición. Doña Rósula preguntaba:

—¿Qué día es hoy, sores?

—Ocho de agosto, lunes, hermana. Recordad que el once será Santa Clara —respondía sor Juanota.

—Y mi cumpleaños, señoras...

—¡Os felicitaremos, sor Rósula!

—¿A mi edad, felicidades?

—A todas las edades... El Señor, bendito sea, nos hace la merced de vivir...

—Y a nosotras de ser descubridoras, ¿qué dirán, qué pensarán, otras monjas de España de las cuatro Clarisas de Tordesillas que anduvieron por las Indias...?

—Vistiendo a los pobladores.

—Haciendo una caridad nunca vista...

—No especulen sus mercedes que la caridad se hace con una mano para que no se entere la otra.

—¿Se han holgado estas mujeres con las ropas?

—Por supuesto, doña Juanota, miradlas, andan albriciadas de lo más...

149

—Esta vieja, la dormida, debe ser importante porque la joven ha querido darle un hábito…

—Debe serlo, pues tiene muchas mujeres en derredor.

—La están velando. Salvo la joven que nos ha traído, las demás parecen criadas.

—¿Sigue lloviendo, sor María?

—¡Jarrea, señora! ¡Han empezado los relámpagos y se oyen los truenos cada vez más cerca!

—Llueve recio por acá, don Cristóbal me lo dijo… De repente, dijo, de súbito, dijo, se juntan las nubes y comienza un viento huracanado que trae un ingente aguacero y es menester cobijarse pues los torrentes corren como ríos bravos y la mar se encrespa cosa mala…

—Esperaremos a que amaine.

—Con tanta lluvia no es extraño que haya tanta verdura en esta tierra y que los árboles crezcan tan altos.

—¿Han visto sus mercedes algún animal de cuatro patas en este poblado?

—No.

—Dice el almirante que no hay, salvo una especie de perros con pezuña de cabra que no ladran.

—Por eso traemos caballos, ovejas y gallinas.

—Aves hay, aparte de las marinas, esas de colores…

—Las que dicen papagayos…

—¡Qué truenos!

—Son hermosas criaturas…

—¡Qué relámpagos!

—¡Santa Bárbara bendita!

—*Ora pro nobis.*

—No teman las hermanas…

—Las aves esas tienen pico curvo, como las águilas, deben de ser peligrosas, guárdense sus mercedes de ellas.

—¿Continúa lloviendo, sor Juanota?

—Sí, señora, más fuerte incluso, y tronando y relampagueando.

—Ya lo vemos y oímos, sor Juanota.

—¡Oh, par Dios!

—¿Pregunten las hermanas a estas mujeres cuánto dura una tormenta?

—¿Moza, cuánto tiempo dura la lluvia por estos parajes?

Y algo dijo la moza, pero, por supuesto, no la entendieron las religiosas, y eso que tomándola del brazo la sacaron fuera de la choza, le señalaron el cielo y le hicieron gestos como si cortaran con una tijera, pero la otra continuó con sus hablas, y lo que comentó sor Juanota:

—Estas mujeres no saben lo que es una tijera, de donde se deduce que no cosen.

—¿Cómo no han de saber coser?, todas las mujeres del mundo saben hacerlo. Es más, es lo que mejor hacen —sentenció sor Rósula.

—Pues, vea su merced cómo llevan el pañuelo, cortado a jirones…

—¿Amaina, sores?

—Parece que sí, señora.

—¡Ea, despidámonos de esta gente…!

—¡Todavía nos chipiaremos, doña Juana!

—No importa, sor María, que nos mojemos un poco…

—Con Dios, señoras.

Con tales palabras se despidieron las cuatro y salieron de la cabaña para encaminarse a la del reyezuelo donde suponían que estaban resguardados los españoles. Llegaron ensopadas, entraron sin llamar y sin ser anunciadas ya que habían desaparecido las multitudes, para encontrarse, ay, que no había ningún español, que, salvo los indios, todos, ay, habían desaparecido.

Doña Juana, sin perder el aplomo y sin que le temblara la voz, pese a que los nativos las miraban con extrañeza, se dirigió a sus compañeras:

—¡Síganme sus mercedes!

Y se encaminó a la playa a paso raudo, a la carrera conforme avanzaba, seguida de sus monjas, corriendo también, y eso que eran mujeres añosas. Las cuatro desesperadas, desafiando a la noche que campeaba en aquella latitud, para encontrarse, ay, que no había barcas, que no había hombres. Para no ver nada, pues no se veía a dos varas. Clamaron sí:

—¡Ah, del barco…!

Mil veces lo gritaron pero, ¡Santo Dios!, nadie les contestó.

Allí permanecieron, ensopadas, durante infinitas horas, o tal se les hizo, sin hablar una palabra entre ellas, sin rezar una oración, como si se hubieran quedado mudas, como si hubieran perdido el seso, incapaces de ordenar un pensamiento, incapaces de ejecutar un movimiento, arrodilladas en la playa, muy cerca de donde rompían las olas, sin alegrarse de que el temporal fuera retirándose paulatinamente, sin contemplar la belleza del crepúsculo, que resultó hermosísimo, aunque, curioso hecho, breve, muy breve. Sin enterarse que era ya de día, sin preguntarse por qué las naves de la flota española habían desaparecido…

Sin haber visto, naturalmente, cómo los barcos del almirante se habían perdido en el horizonte a poco de atravesar la peligrosa boca del Dragón a causa de un súbito huracán, sin haber oído la campana que las llamaba. Y de esa guisa hubieran muerto, quizá, a no ser porque los indios del poblado fueron a ver qué les sucedía, qué pardiez hacían allí arrodilladas en la arena mojada, mirando el mar.

10

Lejos de allí, a doscientas leguas del golfo de Paria, una tierra como no había otra tan bella y hermosa en el mundo todo, según escribía el almirante Colón en el cuaderno que redactaba para los señores reyes y en el que les contaba casi día a día su tercer viaje a Indias, mismamente como había hecho en el primero y en el segundo, en la *Santa María de Guía*, había jaleo.

El que más gritaba, el almirante, que era hombre de rabietas, pero como aquel enojo ninguno, si no que les preguntaran a Quintero y a los capitanes de las carabelas a quienes había hecho llamar.

Pues fue que, curado de los ojos y mejorado de la gota, aunque aún renqueara abundantemente, tras olvidar los malos ratos del huracán que, inmisericorde, azotó las naves, tras oír varias veces de labios de Quintero lo de la toma de posesión, lo del jefe indio padre, lo del jefe hijo, las honras que ambos hicieron a los españoles pues que les dieron de beber y comer hasta la hartura. Mucho vino, aguardiente por más señas, y unas pastas incomibles, y cómo al mozo le dio su propia espada, cuando ya había terminado con las cuentas de vidrio y los bonetes, y al otro, al padre, su propia escopeta, regalo que le holgó sobremanera, aunque no supiera qué hacer con ella, fue que le preguntó:

—¿Y doña Juana entregó los sayos?

Y claro el maestre enmudeció, como no podía ser de otra manera, en razón de que no había visto a la abadesa ni a ninguna de las monjas en varios días y no recordaba que hubieran repartido nada en Paria, siquiera a qué barca subieron, y le dio un vuelco el corazón.

El almirante observando que el piloto demudaba la color, se levantó airado de la silla y gritó:

—¿Dó es doña Juana?

Lo oyeron todos. Unos se miraron a los ojos y se encogieron de hombros, otro miraron por acá y por acullá, y otros ni miraron, siguieron con lo que estaban haciendo. Entonces el almirante, que a la sazón estaba en proa, recorrió la nave en cuatro zancadas, cojeando menos que nunca, se presentó ante la puerta del camarote de las monjas y llamó pon, pon. Y, como nadie le respondiera, tornó a llamar, pon. Y nada. Por eso aulló:

—¡Doña Juana Téllez preséntese aquí ahora mismo!

Y nada.

Entonces dio una patada a la puerta, que se abrió en razón de que las maderas del barco estaban carcomidas, como sabido es, penetró en la cámara y la halló vacía. No obstante, antes de salir miró debajo de los catres, y nada, otra vez nada.

—¡No están, no están…! ¡Buscadlas por toda la nave de la cofa a la bodega…!

A eso se pusieron los hombres de oficio, a buscar a las monjas. En la cofa y en los palos vieron enseguida que no estaban, a más, ¿qué habían de hacer allí unas mujeres? En la bodega también pues que se alcanzaba toda con dos golpes de vista, uno a la diestra y otro a la siniestra, pese a ello miraron debajo de los animales, sin que les doliera mancharse de bosta, y entre las barricas, sacos, fardos, cofres y cordajes.

154

—¡Aquí, no hay nadie!

Entonces cundió un rumor por el barco, pues todos supieron que las religiosas, Dios las ampare, por ce o por be se habían quedado en tierra contra su deseo. Y fue cuando Colón llamó a los capitanes de las carabelas y les pidió, muy airado él, lo mismo que a Quintero, que le narraran paso a paso hasta el más obvio detalle lo que sucedió en la tierra de Paria el maldito 8 de agosto próximo pasado, es decir, cuatro días atrás. Y ya, poniéndolos enfrente suyo, se sentó en una silla y llamó al escribano.

Los tres hombres, más muertos que vivos, le repitieron lo de la toma de posesión, lo de los jefes indios, lo de la manduca, lo de la bebida, lo de la campana, lo del aire que se levantó, lo del aguacero, lo de las lanchas en las que hubieron de achicar el agua, lo de la mar encrespada y lo del sálvese quién pueda. Y ya entraron en suposiciones:

—Quizá las monjas quisieron quedarse allí para servir a Dios en aquel lugar.

—Tal vez se emborracharon, pues que los indios les dieron de beber como a nosotros.

—Es posible que tantos días malcomidas, les cayera el aguardiente como piedra en el estómago.

—El vino de los indios era asaz fuerte.

—Es factible que acabaran haítas de tanta comida que nos ofrecieron los nativos y que, dolidas de estómago, se entraran en la selva a vomitar y se perdieran por allá, pues se veía vegetación muy espesa.

—Tal vez las raptaran los indios para hacerlas sus esposas...

—¿Distinguieron los indios que eran mujeres? —demandó el almirante con recia voz.

—A primera vista no.

—¿Las quisieron tocar o hacer daño?

—Nos tocaron a todos, señoría, nos palparon de arriba abajo.

—¿Notaron que eran mujeres, pues?

—No.

—Yo las vi al principio, luego ya no.

—Yo también.

—Lo mismo yo.

—Luego, borrachos de aguardiente erais incapaces de ver...

—No, señor, fuimos capaces de llegar todos vivos a los navíos pese al terrible huracán.

—Abandonando a las monjas.

—No, señor, acaso las sores se quedaran allí por su voluntad.

—¿Sin decir nada a nadie, sin advertir?

—Es posible que no oyeran la campana...

—Acaso Dios no quiso que escucharan la campana y les reservó una vida santa queriendo que le sirvieran allí...

—¿Con los caníbales, verdad?

—El Señor anda por caminos torcidos...

—Y mis capitanes borrachos.

—No tema el almirante que aquella gente era mansa y no caníbal precisamente y, es más, es enemiga de los caribes que son los antropófagos...

—No debimos traer mujeres en la expedición, señor don Cristóbal.

—No causan más que problemas.

—No se saben cuidar.

—Sí, pero bien que valen para otras cosas.

—Cierto, señor, y sin ellas no habría Humanidad...

—¡Tornaremos a buscarlas...!

—¡Señor!

—¡Los navíos están deshechos, demasiado haremos si conseguimos llegar a La Española…!

—¡Estamos a ochenta millas, en dos jornadas llegamos, arreglamos uno de los barcos y, como ya sabemos el camino, en quince días volvemos a buscarlas…!

—Yo me ofrezco.

—Y yo.

—Y yo, pardiez.

El almirante dio por terminadas las pláticas, movió la cabeza, despidió a los capitanes con gesto despectivo, se levantó, amohinado, de la silla, recorrió con la mirada al pasaje que lo observaba atemorizado y se le oyó musitar:

—Al fin de sus días hallen las señoras monjas gloria en el Paraíso.

Algunos respondieron «amén», pero Colón, tras santiguarse, se encaminó a su cámara con la cabeza gacha y se encerró para darse golpes en el pecho, para lamentarse en privado de haber estado ciego en el maldito día en que las religiosas se quedaron solas, sin gobierno de varón, en tierra de infieles. Para, seguramente, matar las horas mirando las cosas que llevaba en su arca: su escudo de armas, varios cartulanos, tres libros y los cuadernos que escribió en sus otros viajes, o escribiendo la malandanza de las monjas en el del tercer viaje o, quizá, recordando sus largas pláticas con doña Juana o cuando abría un serón y la invitaba a comer bizcocho o sacaba vino de un tonel y olivas y alcaparras… No salió de su cámara hasta que la *Santa María de Guía* atracó al sur de La Española, en un punto cercano a la ciudad de Santo Domingo, donde, ay, Jesús, María, no le esperaban precisamente buenas noticias.

Una compaña de indios, formada por hombres y mujeres, se presentó ante las monjas, que estaban arrodilladas en la playa sobre la arena húmeda todavía por el aguacero, con frutas y unos cantaricos de su vino y fueron ofreciéndoles una a una, pero rehusaron las cuatro. Quizá porque el disgusto que llevaban les había quitado el hambre, quizá porque esperaban que de un momento a otro surgiera en el horizonte la flota española para recogerlas y terminar cuanto antes con la desventura que se cernía sobre sus cabezas, dejándola sencillamente en susto, en susto enorme. Tan quietas y ensimismadas estaban que más parecía que no se hubieran enterado de que había amanecido ni de que lucía espléndido el sol, cuyo beneficio comenzaba a secarles el hábito —cosa bien de agradecer debido a que habían pasado la noche mojadas—, ni de que los indios estaban situados a su vera, algunos imitándolas, arrodillados también. Quizá los veían sin ver, como si les diera un ardite que estuvieren en derredor suyo, como si ellas no se encontraran en el país de Paria, poblado exclusivamente de indios, como si se hallaran en la capilla del convento de Tordesillas recogidas en sí mismas, orando por sus pecados y los del mundo todo.

Tal parecía, pero no, no, se encontraba cada una en sus pensamientos y la procesión iba por dentro.

Doña Juana, hasta que se hizo de día, estuvo con los ojos muy abiertos tratando de adivinar en lontananza los fanales de las naves españolas, no la cogieran dormida como les sucedió a las Vírgenes Necias en el Santo Evangelio, cuando se presentó el Señor. Luego, cuando se hizo la luz, contempló la tierra inmensa que se extendía al occidente y la no menos inmensa mar que discurría a oriente para morir en la isla de Trinidad. Todo el tiempo además, en enconada lucha contra el Maligno, que la había estado tentando para que se rebelara contra Dios y para que le preguntara por qué. Para que le demandara en voz alta o en voz baja el porqué de aquello. ¿Por qué se habían quedado allí solas las cuatro monjas en lugar ignoto? ¿Por qué?, lo que ya hiciera una vez, años atrás, cuando su única hermana, gemela con ella por más señas, falleció atropellada por unas bestias desbocadas, en una estrecha callejuela de la ciudad de Ávila, y cometiendo pecado de soberbia del que se arrepintió ciertamente y por el que se aplicó penitencia durante varios meses para ser perdonada. Pero, no, esta vez no volvería a cometer tal pecado y sería capaz de rechazar la tentación y no hacer preguntas al Altísimo, por eso tras rezar un buen montón de oraciones, todas las que sabía, a todo el santoral, Santa Clara incluida, para que se remediara su situación y la de sus compañeras, cuando ya no le quedaba a quién pedir, solicitó favor a sus seres queridos:

—Leonor, hermana mía, tú que eras persona tenaz ruega por mí. Abuela, doña Gracia, tú que eras capaz de enderezar las malas situaciones, ilumíname en este fatal momento. Catalina, mi buena Catalina, tú que eras la mejor cristiana de todas las moradoras de la casa de Ávila, tira del manto del Señor para que vuelvan los navíos del almirante Colón. Moras, Marian y Wafa, que tanto me amasteis, pedid también por mí al señor Alá…

Lo mismo que hacía en su niñez, pues que educada por Catalina en la religión cristiana y por las moras en la musulmana, no había hecho distingos entrambas y, aunque los hacía desde que se entró monja, se hallaba en situación apurada, no se lo tenga el verdadero Dios en cuenta.

A ratos, sin hacer caso a las tiritonas que le venían, pues era mujer enclenque, miraba con el rabillo del ojo a sus religiosas, por ver qué hacían y, contemplándolas recogidas, tornaba a sus oraciones.

Sor Juanota también rezó lo suyo. Por ella, por sus compañeras, por los navegantes españoles, a quienes creía ahogados a causa del fuerte temporal, pero sobre todo por doña Juana —pues ya se dijo en algún lugar de este libro que doña Juanota era el ángel de la guarda de la priora, en este mundo—, pues que la veía tiritar de frío o de miedo, lo que fuere. En virtud de que si había alguna persona capaz de salvarles en aquel momento era la abadesa, su señora a la par que protegida, pues no en vano era santa, o casi santa, bendita, por decirlo pronto, pues recibía toda la gracia que se pueda alcanzar del Señor en esta tierra. Ya que levitaba —ella lo había visto con sus propios ojos— para estar más cerca de Dios y de la Corte Celestial, y a veces tenía morados en los pies, en el costado y en su mano buena, como el Señor Jesucristo y algunos Santos muy principales. Y, durante la noche, hubiera querido cubrirla con sus brazos para paliarle el frío, pero no se atrevió, la observaba tan recogida que no se decidió a decir una palabra ni a hacer propuesta ninguna.

Doña Rósula, que era la dinerera, algo rezó, algo. Pero lo más que hizo durante la larga noche fue lamentar que su abadesa entregara cien doblas de oro por bajar a tierra para terminar abandonadas en una playa, eso sí, rodeadas de indios. Y, entre lamento y lamento, contaba las pocas monedas que, antes de abandonar el barco, se escondió en la faltriquera, pese a que conocía bien que en Indias no corría el dinero, salvo entre españoles. Lo hizo por si acaso, que nunca se sabe. Y, como tan pronto contaba treinta y tres, como treinta y cuatro, por los nervios que llevaba, volvía a sumar y le daba treinta y cinco, y era que no podía contar en aquella guisa, de noche, con los nervios aflorados, a más que de tanto en tanto le venían tembladeras, con motivo, con el mayor de los motivos. Y también alzaba la vista, esperanzada, para ser la primera en atisbar las naves del almirante Colón, que regresaban con todas las velas desplegadas. Y, aunque rezaba por ello y no era escuchada, no abría la boca, ella que era tan parlanchina, por no abrumar con más pena a las hermanas, que andaban recogidas en sí mismas. Y, aunque no se presentó voluntaria para acompañar a doña Juana y sor Juanota en su viaje a Indias, y no hubiera abonado ni un maldito maravedí por bajar a tierra, ni un mal pensamiento cobijó en su mente ni una mala palabra salió de su boca.

Doña María de la Concepción, que había visto más mundo que las otras monjas, pues había sido la portera del monasterio y, de consecuente, conocía la maldad de los hombres (a más que había estado malmaridada con un monstruo, que fue llamado por Dios tempranamente para mandarlo al infierno, que no podía estar en otro lugar, el dicho), de primeras, se malició que el piloto de la *Santa María de Guía* las había dejado en tierra a posta, debido a los celos que le tenía a la señora abadesa, ya que el almirante prácticamente sólo había hablado con ella y no con él, que era la segunda autoridad de la nave y, en teoría, el único hombre capacitado para sostener las doctas pláticas que mantuvieron almirante y priora durante todo el viaje. Pero presto, como tenía buen corazón, se desdijo de todas sus especulaciones contra Quintero, aduciéndose que a todas las religiosas las había tratado con respeto, con cariño incluso. Para terminar sus reflexiones con lógica, pensando que a las naves se las había llevado la furia del huracán, la misma furia que las había retenido a ellas en una choza. Y, pese a que tampoco se presentó voluntaria para acompañar a las dos Juanas a las Indias y a no ser porque le tocó en suerte nunca hubiera salido de la casa de Tordesillas, ni un lamento salió de su boca, y sí muchas oraciones. Cierto que algo era menester hacer, que no podían permanecer *sine die* arrodilladas en la playa y sin comer, porque, ella al menos, tenía ya un gusano en el estómago. Por eso se incorporó con esfuerzo, y dijo:

—Coman alguna cosa sus mercedes, que estos indios están deseando agasajarnos…

Y con esas sencillas palabras de sor María reaccionaron las otras monjas, se alzaron con esfuerzo, y movieron brazos y piernas para desanquilosar los huesos, a ver, tantas horas quietas, quietas. Pero no comieron, que no tenían gana. Eso sí, hablaron:

—Esto es lo que nos manda Dios, aceptémoslo con buena cara, hermanas —musitó sor Juana con un hilo de voz.

—Algo terrible debió suceder…

—¿Algo, algo? ¡El temporal…!

—Subieron a las barcas y, en el jaleo, unos creyeron que íbamos delante, otros que íbamos detrás…

—Las naves deben de estar hundidas en este mar…

—No lo permita el Señor…

—Si así fuera, se perderá cualquier memoria de nosotras…

—¡El almirante es excelente marino, si se ha salvado volverá a buscarnos, aprecia mucho a doña Juana!

—Lo mismo haría con un marinero o un hombre de oficio, es buen cristiano…

Y más hubieran dicho sobre el particular, pero hubieron de cambiar de pláticas porque los indios, a más de ofrecerles comida, las palpaban, lo que ya habían hecho el día anterior, el de la desgracia:

—¡Ea, indio, quieto, no me toques…!

—Paciencia con ellos sor Juanota que nos creen seres superiores, y están comparando las diferencias que tenemos con ellos.

—¡Ea, india, deja a mi señora!

—¡Doña Juanota que esta gente no distingue donde toca...!

—¡Fuera, indio! ¡Doña Juanota, ayúdeme su merced, que éste me quiere tocar los pechos!

—¡Ténganse las sores...! —ordenó doña Juana.

—¡Que nos defienda sor Juanota, ella puede contra todos!

—¡Déjense hacer!

—¿Cómo hemos de dejarnos hacer?

—Es su manera de darnos la bienvenida...

—¡Pues, vaya manera!

—¡Santa Clara, sálvanos!

Tal llegó a gritar sor María cuando indios y monjas llegaron a la cabaña del jefe, que no estaba, que estaba durmiendo al parecer, pues tardó mucho rato en recibir a las primeras habitadoras de piel blanca de Paria y sus alrededores. Y mientras esperaban, todos sentados en unas hojas de palma que había extendidas en la tierra, los indios, a más de asonar los cascabeles y de lucir los bonetes que recibieran de los españoles, algunos con las bragas puestas en la cabeza a modo de sombrero, les ofrecían de comer y claro las monjas, amén de que todas sentían ya runrún en el estómago, optaron por aceptar la vianda por no hacerles más desprecios y probaron unas frutas de extraños sabores, sosas la mayoría, a las que no pudieron ponerles nombre.

—¡Coman sus mercedes, que a buen hambre no hay pan duro...!

Era sor María la que invitaba a sus compañeras y la que se aplicaba a la manduca en razón de que era la que más llamaba la atención de los nativos. Sucedía que alguno de los indios se había dado cuenta de que tenía los ojos azules y hermosísimos y había corrido la voz. Y claro los demás iban a ver el prodigio de los ojos azules, pues que no habían visto nunca otro tal, y le tocaban el rostro y se lo levantaban para ponerla de cara al sol y que refulgiera el azul, y se iban admirados a contarlo a los otros. Por eso la religiosa trataba de detenerlos cogiendo rápido un trozo de fruta color naranja o verde o roja, de la bandeja, de la hoja de palmera —que debían usarla para muchas cosas—, que llevaban en la mano. Y, a poco, entre bocado y bocado, comenzó a zafarse y a quejarse:

—¡Me están tratando como a un títere!

—Como a puta, hija mía… ¡Prepárense sus mercedes! —avisó sor Rósula dejando pasmada a la abadesa.

Entonces, doña Juanota, que era mujer muy gruesa, se levantó y no fue menester que empezara a dar empellones o cachetes o golpes, que los indios recularon, en razón de que se necesitaban dos indios de los más altos que hubiere por aquellas latitudes para lograr una sor Juanota. Cierto que la religiosa hubo de escuchar de pie, por si acaso, las preguntas que les hizo la señora abadesa, que ya había salido del pasmo, las que le vinieron a la mente después de las últimas palabras de doña Rósula, aquello de la puta:

—¿Qué saben hacer sus mercedes que resulte útil a estas gentes y que les haga prosperar y salir de la incuria en que viven?

—Aquí, a lo que parece no tenemos oficio válido… Yo soy dinerera.

—Yo portera.

—Yo vuestra asistente personal.

—Pues algo habremos de hacer porque los indios no nos darán de comer de balde durante mucho tiempo y nada tenemos para dar ni para trocar…

—Podemos barrer, limpiar, fregar, eso lo hace cualquiera…

—Parece que se barre poco por aquí, sor.

—Habremos de acostumbrarnos a vivir con ellos y como ellos, si nos lo permiten…

—Quizá sea menos complicado que en Castilla.

—Yo he traído unas monedas, más o menos treinta doblas, quizá les gusten —informó sor Rósula.

—No usan dinero...

—Las guardaré bien, no obstante.

—Podemos enseñarles nuestra religión, nuestra lengua, con ello les haremos inmenso favor...

—Y pagaremos la manutención...

—Hemos de ir con mucho tiento...

—No olviden sus mercedes que haremos lo que nos dejen hacer —apostilló doña Juana cuando ya el cacique salía de su choza vestido con un sayo de los de las monjas y con un bonete rojo de los españoles, y se sentaba en su trono, trono por así llamarlo.

Entonces la priora se levantó, y sus monjas con ella y, tras inclinarse, dijo:

—¡Os saludo, rey de Paria en el nombre del Padre, del Hijo y del Espíritu Santo...! Yo soy doña Juana Téllez de Fonseca, abadesa del monasterio de Santa Clara de Asís, en la villa de Tordesillas, un lugar de la lejana Castilla, donde son reyes, por la gracia de Dios, don Fernando y doña Isabel... Me acompañan mis compañeras: sor Rósula de Santa Gorgonia, sor María de la Concepción y sor Juana de San Juan Bautista... Hemos venido con el almirante y virrey de las Indias, el magnífico don Cristóbal Colón, a traeros sayos, bonetes y cuentas de vidrio, lo que llevan puesto vuestros hombres y mujeres, y vos, que mejor andar así que desnudos —y dejó de enumerar las bragas intencionadamente, quizá por no mencionar prenda tan íntima.

El rey indio alzó la mano para saludarla, y no dijo palabra alguna. Se levantó, fue hacia sus mujeres, les dijo adiós, al parecer, y encaminóse hacia la selva seguido de muchos hombres. Todos muy armados con lanzas hechas de caña y con cestos a las espaldas, como si se fueran para largo, siendo despedidos por todo el poblado, monjas incluidas, con muestras de alegría hasta que desaparecieron en la espesura.

Pero los otros, hombres y mujeres, los que quedaron en la puerta de la tienda, rodearon a las monjas y tornaron a tocarlas, a manosearlas, lo que a las religiosas les resultaba harto enojoso y trataban de zafarse de ellos a cachetes, a empujones, como podían, en fin. También atosigaron a doña Juana, pues que se habían apercibido de que era manca y asombrados del anillo encarnadino que llevaba cinco dedos arriba de la muñeca, el que le quedó de la mordida del perro, querían tocárselo, pero retrocedían ante el grosor de sor Juanota, a la que miraban alzando la cabeza y con abundante miedo en los ojos.

Y fue, y falta hacía, que se presentó la india joven y bella, llena de cascabeles, la que el día anterior les había pedido el último sayo que tenían para llevárselo a una vieja que, tendida en una extraña cama, les pareció muerta, aunque luego resucitó. Y que, detrás de la joven, llegó la vieja, la que parecía muerta, porque, a Dios gracias, sólo estaba dormida bajo el efecto de alguna hierba, también con el sayo puesto. Las dos a voces mandaron a la gente a sus trabajos, que los tendrían pues no se vive del aire en ninguna parte.

Las religiosas se compusieron los hábitos y se holgaron de que ambas mujeres, sus salvadoras, hubieran apreciado los hábitos que trajeron de Castilla y se hubieran vestido con ellos, máxime porque se los mostraron muy ufanas. Y se dejaron llevar a la choza de la vieja, creídas de que iban con sus protectoras. Mientras caminaban, sor Rósula preguntaba:

—¿Cómo saben que somos mujeres y no hombres? Es curioso, pero lo saben porque nos han dejado ir con las mujeres, de otro modo, se nos habrían llevado los hombres a la selva…

—Se nota enseguida, hermana, por los andares.

—Además, nos han tocado por todo el cuerpo, como si fuéramos bichos raros.

—Estas gentes son muy generosas, nos han dado ya tres veces de comer...

—Y de beber.

—¡Es fuerte el aguardiente!

—Les gusta dar.

—Son hospitalarias.

—A los españoles les cuesta más regalar...

—No digáis eso, sor, porque a nuestro convento llegan muchas limosnas y mandas testamentarias.

—La mujer joven es un ángel. He pedido al Señor que vinieran los ángeles a salvarnos y...

—¡Qué ángel ni qué ocho cuartos...!

—¡Es la mujer del jefe, que no os enteráis de nada, sor María!

—¡Quizá tenga varias! ¿No se lleva por aquí la poligamia?

—Desde luego ésta ha de ser la preferida, pues es muy hermosa...

—La anciana también goza de prédica en esta tribu. Ved cómo la saludan las gentes.

—Tal vez tengamos suerte con ellas.

—Hay que tratarlas con el mayor respeto...

—¿Por quién dice tal, su maternidad?

—¡Por las cuatro, sor!

Y llegadas a la tienda de la vieja, las dos indias les dieron más comida, más vino y unas hojas secas que ellas se metían en la boca, las ablandaban con la saliva, las mascaban y luego las arrojaban al suelo hechas una bola, pero las hermanas no tenían hambre, y declinaron la invitación. Eso sí, sonrieron las cuatro a las otras dos, y aceptaron las sillas que les dieron, unas sillas rústicas, pero sillas, al fin y al cabo. Sonreían todas, como amigándose.

Y allí, dentro de una choza, en la tierra que doña Juana había bautizado como Tierra de Gracia y que los dueños del lugar llamaban Paria, hubo seis mujeres, cuatro españolas y dos indias, sonriendo todas, cuando bien poco tenían en común: que iban descalzas, que llevaban hábito y que todas eran pobres como las ratas. Pues no había más que mirar en derredor: cuatro pucheros de barro; las extrañas camas hechas de algodón entrelazado, que no guardaban la horizontal sino que se combaban, y se colgaban de unos palos para dormir y se descolgaban de día para que hubiera espacio en la choza, resultando muy aptas para preservar al durmiente de alimañas de todas las especies; unos muñecos de barro en forma de zanahoria, que pronto conocieron representaban a los espíritus de los antepasados de los nativos, y un fuego fuera de la casa con un caldero de barro.

Y eso se sonreían unas y otras, hablaban las indias entre sí, y las monjas entre sí, y no entendían palabra. Sor Juana ilustraba a sus compañeras:

—Si queremos sobrevivir, habremos de comer lo que ellos comen, aunque no nos guste, y hacer lo que ellos hacen… Siempre y cuando no vaya contra los votos que prometimos al entrar en Santa Clara ni contra nuestra religión… No pretenderemos cambiarlos, si acaso enseñarles, si aceptan nuestras enseñanzas… Y nos comportaremos con humildad…

—El sentido común habla por vuestra boca, señora…

—¡Chis!

—¿Habremos de vivir, pues, en la época de las cavernas?

—¡Chis!, no cogerán ninguna cosa sin permiso, aunque lo vayan a devolver… Quiero decir que, antes de coger cualquier objeto, aunque sea para mirarlo y tornarlo a su sitio, por prudencia, deberán pedir permiso con un gesto, no vayan a creer que se lo queremos robar...

—Parecen buena gente, sin los aretes que llevan en la nariz, serían casi como nosotras...

—Más oscuros de piel.

—No me acostumbro a los anillos de la nariz, han de resultar asaz molestos...

—No quieran sus mercedes que se quiten los aretes o que dejen de pintarse. Déjenlos en sus costumbres...

—¿Y si nos quieren tocar?

—¿O peor, llevarnos a la cama?

—¿Qué haremos, señora?

—Primero, rezar porque no suceda tal. Segundo, encomendarnos al Señor si ocurriere y, por supuesto, resistirnos...

—Como somos las cuatro mujeres añosas, no nos querrán tomar. Aquí tienen unas mozas muy galanas y, al existir la poligamia, tienen cuantas quieran —sentenció sor Rósula.

—No creáis, sor, que nuestra piel blanca les llama mucho la atención...

—Y mis ojos azules, parece que no han visto nunca otros —sostuvo sor María, que había sufrido la que más el acoso de los indios.

—Y mi manquedad... quizá sea que matan a los que traen taras de nacimiento para evitar una boca más —apostilló sor Juana.

—Se cansarán de veros a las dos...

—Cuando os hayan visto todos, no os mirarán, señoras.

—Tenemos suerte de ser viejas en esta circunstancia.

—Si tuviéramos la reliquia de Santa Clara para poder besarla...

—¡Nos reconfortaba tanto!

—Precisamente la dejé en la nave para que no sufriera extravío —informó la abadesa.

—Del equipaje que trajimos, no tenemos nada: quedó en el barco.

—¿Qué llevan sus mercedes en las faltriqueras?

—Yo unas doblas de oro y un pañuelo.

—Yo otro moquero y una tijerica para cortar las uñas.

—Yo nada.

—Es pena, yo tampoco llevo nada…

—¿Yo quiero saber, doña Juana, qué hacer si algún hombre me violenta?

—¡No lo permitirá Dios, sor María! Si observáis que alguno os tiene malquerer, me lo advertís enseguida! Seguro que estas mujeres nos ayudarán… ¿No ven sus mercedes cómo nos sonríen y hacen gestos amables con la cabeza?

—No sé, señora, no sé…

Al caer la noche, las dos indias protectoras volvieron a dar comida a las monjas, luego las acompañaron a una choza cercana a la suya, donde había instaladas cuatro hamacas y, con un gesto de cabeza y llevándose las dos manos juntas a la oreja, es decir, haciéndoles ademán de dormir, les dieron las buenas noches. Las religiosas, agotadas de cansancio se durmieron al instante, doña Juana ordenó después de rezar una jaculatoria:

—Durmamos, hermanas, y sea lo que Dios quiera.

11

A los tres días de estancia en la tierra de Paria, precisamente el día de Santa Clara, las cuatro monjas de Tordesillas se habían encomendado sobradamente a su patrona y habían recibido múltiples regalos: perlas, caracolas de mar; ovillos de algodón, pañuelos para la cabeza; cucharetas, cuchillos de madera y una piedra de moler; lebrillos de barro, calderos; dos peines de hueso y, en otro orden de cosas, mazorcas de maíz, tortas, yuca, bayas y raíces, frutas de mil colores y variedades, huevos de ave, etcétera. Y, aunque no se habían quitado el miedo, ya sor Juanota andaba remangada en la puerta de la choza trajinando con los pucheros, fregándolos con arena en un lebrillo que había llenado de agua, y a la hora de la comida se la podía ver dando vueltas a una pasta de harineta que, vive Dios, no se podía comer.

Habían recorrido la playa donde desembarcaran de punta a punta, tratando de encontrar alguna cosa que hubieran perdido los españoles en su recogida o algún resto del naufragio de las naves, pero no hallaron nada. Además, que hasta la cruz que había clavado el maestre Quintero cuando la toma de posesión había desaparecido a causa de la furia de las aguas, con lo que tuvieron gran pesar. No obstante, todos los días muy de mañana, se llegaban esperanzadas a la orilla del mar, siempre acompañadas de una multitud de indios, porque tenían oído que el mar devuelve todo lo que se lleva, pero volvían desesperanzadas, cada una con su penar, sin hacerlo saber a sus compañeras, que bastante tenía cada una ya con el suyo. Eso sí, se quedaban mirando rato y rato a la lejanía por ver si avistaban las velas del almirante.

En la corta estancia que llevaban no habían visto animales domésticos. Ni una gallina ni una oveja ni un pato ni un perro, que no ladraba ni un gato paulo, de los que mentara Colón a la abadesa que no tenía garras sino pezuñas, aunque sí muchas aves marinas y cantidad de loros y papagayos, que, al parecer, eran domesticados por allí. Además de plagas de insectos: moscas gusaneras, enormes polillas, mosquitos como puños, las dos últimas especies en cantidad inusitada, y, ay, monstruosos tábanos que les dejaban habones de un dedo de circunferencia, y que ellas, a sugerencia de la vieja india, que no había dejado de ampararles, combatían con apósitos de barro, apósitos que hacían con los pañuelos que les habían obsequiado los nativos; y escuchaban a los grillos y el croar de las ranas. Y había también ciertas culebrillas, y escolopendras, unos animales semejos al escorpión, y ratas o topos o conejos, lo que fuere aquello, y lagartos que tomaban el sol, inofensivos, al parecer. Y habían visto a los hombres salir a pescar con redes hechas de hilo de palma y volver con unos cestos planos llenos de camarones, ostras de gran tamaño que llamaban nácaras y que a veces contenían una perla, y unas caracolas enormes, las cuales, tras retirar el bicho para comerlo, usaban como trompetas.

Doña Juana, a la vista de la pesca, explicaba a sus monjas, que eran mujeres del secano de Castilla, como conocido es, que las ostras se abren, y le pedía a sor María la tijera, el único instrumento que le vino a las mientes:

172

—Deme vuesa merced la tijera…

Y, vaya que la sor se la negaba:

—Señora, esta tijera hemos de guardarla como si fuera oro, es muy chica y endeble, recuerde su maternidad que con ella habremos de cortarnos las uñas y el cabello… Use su maternidad estotro…

Y le puso en la mano una azagaya de las que les habían regalado los indios, pero la abadesa no pudo abrir el molusco porque le faltaba la otra mano, entonces tomó el relevo sor Juanota y, como no disponían de limón para echar unas gotas y comerlas a la usanza de España, echaban lo mismo que los indios: pimienta molida, poca, porque picaba harto.

Y bueno, bien, se podía llevar aquella vida, siempre y cuando no se le pidiera mucho, pero, vaya, al quinto día las cosas empeoraron. No con los indios, no, que seguían obsequiosos de lo más, ni con las indias, no, que les sonreían siempre y hasta les llevaban a sus hijos para alegrarles la estancia. Fue por la comida, demasiado especiada, que ingerían. Fue que les vinieron colerines y fuertes dolores de vientre, y que no les daba tiempo de ir a desaguar a la selva, lo que mejor era incluso, pues que si salían de la choza o de los alrededores de la misma, ya se les juntaba un tropel de indios para acompañarlas, y no, que ellas querían hacer los menesteres ineludibles del ser humano en privado, y no había modo, quizá porque aquellas gentes se extrañaban de que se escondieran para hacer algo tan natural. Por eso lo estaban pasando muy mal, además que no sabían qué remedio tomar pues, amén de no ser ninguna de ellas herbolaria, no conocían ninguna planta de por allí, ninguna planta ni fruta, cierto que algunas les resultaban parecidas a las españolas. A más, que los nativos fabricaban venenos majando fino hojas y raíces, y no podían aventurarse a probar cualquier cosa. Lo único que acertaron a hacer fue a mantener dieta absoluta y a beber agua a sorbitos, y a tenderse en la hamaca. Cierto que a poco no pudieron siquiera levantarse, ni pensar en acudir a la vieja india.

Pero suerte tuvieron porque, percatada su benefactora de su ausencia, fue a ver qué les sucedía y se encontró con lo que se encontró: con una insoportable pestilencia en la choza y con un lebrillo lleno de heces. No necesitó ver más la buena mujer, ni preguntar, sencillamente, salió y actuó enseguida. Y rápidamente les llevó un cocimiento de lo que fuere que les llevara, y las monjas no le hicieron asco, al revés, veneno que les hubiera dado, se lo bebieron de inmediato, dando gracias a Dios y la anciana, pues que ambos habían vuelto a salvarlas como se demostró después. Y, tras lavar los hábitos solamente con agua pues allá no había jabón, pronto pudieron reunirse con ella y la joven a la noche, cuando refrescaba, unas veces en la puerta de su choza, otras en la de la otra, para sonreírse que era lo único que hacían. Sor Rósula comentaba:

—Hemos tenido suerte con estas mujeres.

—Ya lo creo, nos han curado el cólico.

—Han debido darnos almáciga, porque contra el dolor de estómago y el cólico, almáciga.

—Son como nuestros ángeles de la guarda.

—Son gente doméstica y amigable.

—Nos tratan con mimo incluso.

—¡No os fiéis, sores!

—¡Plegue a Dios que dure su actitud hacia nosotras!

—Tienen mucho mando, los hombres las respetan.

—Quizá reinen las mujeres en esta tierra...

—¡Quite, quite, su merced, aquí manda el cacique...!

—Lo vimos claramente... En la recepción y saludos él estaba sentado en su trono, los hombres a su derecha y las mujeres a su izquierda. Y la derecha siempre es lugar preferente...

—¡Bueno, lo mismo da, todos nos tratan bien!

—Si no llevaran los aretes que traen en la nariz, me parecerían iguales a nosotras.

—Tenéis razón, sor, se hace muy extraño de ver...

Fue sor Juana la que empezó a preguntar a las nativas, a sabiendas de que no la entenderían, lo que suele demandar la gente en el momento en que se conoce: el nombre, ora dirigiéndose a la anciana, ora a la joven:

—¿Cómo te llamas? Yo Juana...

Se señalaba cerca del corazón y repetía:

—Yo Juana.

Y, como las otras le respondían: «Yo Juana», eso sí con dificultades para pronunciar la jota, ella negaba con la cabeza:

—Juana yo, ¿tú cómo?

Y a poco, como sucede cuando las personas desean entenderse y porque los gestos son muy parleros, ya sabían que la vieja se llamaba Arabara y la joven Canacó, o algo así, o así lo entendían. Y las nativas conocían que entre las extranjeras había dos Juanas, una María y una Rósula, o algo así, pues tal lo entendían.

El caso es que podían llamarse entre ellas, que había empezado la comunicación entre ellas, siempre a Dios sean dadas muchas gracias.

A los doce días, las monjas, superados los cólicos, asentados los estómagos e ida la mala gana, ayudaban a acarrear agua del río, a moler el maíz o frutas o raíces en un mortero de piedra con un largo y grueso palo hasta convertirlo en harina fina para hacer las tortas que las indias rellenaban de pescado o de carne —las sores se guardaban muy mucho de probar la carne, no fueran a ser caníbales aquellas gentes y aún no lo hubieran descubierto—, y comían lo demás que les daban con agradecimiento, y hasta jugaban con los niños de la tribu, les prestaban sus pañuelos para que se limpiaran el moco pues no se atrevían a hacerlo ellas por los aretes, no les fueran a hacer daño, y les cantaban canciones de su tierra, que ellos repetían a frases, demostrando agudeza y sutil ingenio. Mucho más que ellas, pues, aunque ya sabían el nombre de sus benefactoras, todavía ignoraban cómo llamaban al sol o a la luna o al mar o al río. Y eso que pasaban tiempo con aquellas mujeres, el que les permitía el rezo de sus oraciones que nunca descuidaron, salvo durante los primeros días, el del naufragio —que mismamente tal se podía considerar la desgracia que les había sucedido— y los del posterior desengaño, cuando se encontraron solas en un país desconocido y poblado de gentes extrañas, casi desnudas, con aderezos de oro en la nariz y orejas, y con el cuerpo pintado muy prieto, de colorado, y, en los siguientes, en los de los cólicos.

Pero al mes, las monjas, y que nadie les preguntara cómo, conocían que los benévolos indios que las habían acogido y que incluso las servían, pertenecían a la tribu de los arawacos. Que, en la costa, hacia el oeste vivían los totunas, más allá los píritus y mucho más allá los caracas. Que los caribes que habitaban al norte, en las islas, eran muchos y temibles, y que se llamaban cumanas y guaraquíes, o algo así. Que al sur, caminando por la tierra, había un gran río, dicho Orinoco, uno de cuyos brazos vertía precisamente junto a ellas, en lo que doña Juana llamaba el golfo de Paria —pues abandonó el nombre de Tierra de Gracia que ella misma le diera a fin de entenderse mejor con los nativos—, furioso, hasta el punto de convertir el agua salada de la mar en agua dulce y con gran estruendo, pues tanto brío llevaba el río cuando llovía en los pantanos, es decir, más al sur. Y todavía más al sur —el sur de aquella latitud más parecía no tener fin— había grandes montañas custodiadas por hombres que, a más del miembro propio del varón, tenían cola como los animales.

Y eran conscientes de que vivían en un país de humedad constante y suave temperatura durante el día, de unas noches claras y deliciosas, aunque a las mañanas hiciera frío como para ropón enforrado. Que estaban rodeadas de árboles de mil maneras, cada uno con su fruto, muchos de los cuales llegaban al mar formando lo que llamaban manglares, por donde corrían corrientes de agua que anegaban la tierra, y otros se espesaban por la tierra formando selvas, tanto que caminar por ellos era luchar contra la maleza, un horror, máxime yendo descalzas. Y mirando a lo alto, a las colinas del norte, veían rocas llamativas, y observando el sol contemplaban espléndidos amaneceres y atardeceres, eso sí, en un espacio de tiempo visto y no visto, pues el astro se recogía y salía en un santiamén. Eso cuando no habían de permanecer resguardadas en su casa, soportando los fuertes aguaceros que caían por allá aunque no estaban todavía en la estación de las lluvias.

En otro orden de cosas, habían aprendido que la cabaña de hoja de palma donde vivían se llamaba churuata, el taparrabos de hombres y mujeres, guayuco, y la torta, que comían a toda hora, arepa. Eran capaces de llamar a sus mentoras, una de las cuales, la vieja, era la madre del cacique, y la otra, la joven, la primera esposa o la preferida del mismo, y que por eso las dos tenían tanta prédica en el poblado. Dormían en la hamaca de un tirón, salvo para levantarse a rezar maitines y laudes, y entonces, si asomaban la cabeza por la puerta de la choza, a semejantes horas podían ver a los hombres laborar, cuando Dios creó el día para trabajar y la noche para descan-

177

sar, y se extrañaban de tal costumbre. Comían, porque necesitaban alimentarse para sobrevivir, las dichosas tortas de harineta, procedentes de una planta llamada maíz, y uvas, manzanas, higos y otras especies desconocidas en la península como la yuca, que se comía hervida y luego asada. Y sabían que en aquel lugar también había ley, pues que al indio que sorprendían robando le cortaban las orejas y la nariz, lo que les congratuló.

Lo vieron con sus ojos. Sucedió que un nativo robó, al parecer, a otro una piel rayada de cuadrúpedo, muy buena, pues tuvieron oportunidad de tocarla con sus manos, perteneciente a un animal de nombre desconocido para ellas, dicho jaguar, que debía de ser tan grande como león por el tamaño que tenía y que, sin duda, habitaba en la espesura de la selva. Y debían de tenerlo los indios en mucho aprecio, lo que no sorprendió a las monjas porque la piel del bicho de la cabeza a la cola medía casi tres varas y, en consecuencia, había de ser difícil su caza, máxime con las armas tan primitivas que tenían. Y fue que un hombre robó y que otro fue robado —lo que sucede en todas los lugares del mundo para desgracia de la Humanidad—, y que al ladrón, puestos de acuerdo los hombres del poblado, le cortaron la nariz y las orejas para conocerlo en el futuro y para escarmiento de posibles delincuentes. Lo mismo que se hacía en Castilla, lo mismo que le había sucedido al galeote que habían llevado atado al palo mayor en la *Santa María de Guía*.

El almirante, después de abroncar a los capitanes de la expedición, pasó dos semanas encerrado en su cámara. Sin salir, sin dar una orden, matando el tiempo con la escritura de su diario y pintando un mapa de la tierra de Paria —para él la

Tierra Firme— y de otras islas del Caribe para enviarlo a los señores reyes, dolido hasta la médula por la pérdida de las monjas; pero el día 20 de agosto, ante la insistencia de sus buenos criados, salió a cubierta pues que la expedición tenía a la vista La Española. Y ya, como buen marino, ordenó lo que fue menester.

Mandó lanchas a tierra para llamar a los indios que se veían por allá y que fueran a la ciudad de Santo Domingo, situada a unas pocas leguas al oriente del lugar donde echó anclas, para que le llevaran misiva a su hermano don Bartolomé, que quedara con el cargo de adelantado, para tener vistas con él cuanto antes. Se presentaron los nativos, les dio cartas, pero fue vano pues que los españoles, viendo pasar las naves, coligieron que eran las del almirante y zarparon con un barco en su busca para encontrarlo, saludarlo, abrazarlo y embarcarlo en el navío que traían rumbo a la ciudad, tras dar de comer a marinaje y pasaje, para que descansaran él y los que con él iban.

—¡Albricias, almirante, gobernador, virrey de las Indias…!

—¡Parabienes, don Bartolomé, mi buen hermano y adelantado de estas tierras…!

Los hermanos se abrazaron. Y comenzaron a platicar, primero don Cristóbal:

—Sorprendióme un terrible huracán en la tierra que llamé de Gracia… Sacóme el viento de un golfo… Atravesé una boca con terribles hileros de corriente y salí a la mar… Recorrí unas costas y unas islas… Con los navíos rotos… Sin nada que comer, con los animales agonizantes y con los hombres extenuados, no pude continuar el descubrimiento, pues que, señor hermano, descubrí una extensión infinita de tierra, que, tengo por seguro, es la Tierra Firme… Pero lo peor, que cuatro monjas Clarisas, que llevaba entre el pasaje, se quedaron en tierra a causa de una enfermedad que me aquejaba los ojos y no me dejaba ver, debida quizá al mucho resol que padecí en el ecuador... Y tengo grande pena por ellas en el corazón...

—Oí hablar de ellas... Los capitanes de las tres naves que enviasteis derechas desde Canarias me dijeron que llevaban ropa para vestir a los indios... He de confesaros, señor, que reí con ellos...

—¿Vos reísteis porque fueran a hacer caridad?

—Lo siento, señor.

—¿Y aquí, cómo andan las cosas?

—Mal. Sufro de continuo la rebeldía de los indios que no quieren trabajar ni cobrando salario y la enemistad de los españoles que quieren hacer trabajar a los indios sin abonarles un maravedí... Además, corren por ahí que yo, que vos, que nosotros los Colón, queremos hacernos reyes...

—¡Santa María, qué necedad!

—También ha habido cosas buenas... Merced a la autoridad que me otorgasteis, he fundado la ciudad de Santo Domingo, va para tres años, en la desembocadura del río Ozama, en una aldea donde vivía el aragonés Miguel Díaz de Aux, que casó con una cacica, hija de cacique, ahora llamada doña Catalina, y muy cristiana ella... Dispone de plaza, iglesia, casa del gobernador, caserío, corrales, huertos y sembrados... La bauticé con el nombre de nuestro señor padre, que en Gloria esté...

—Debisteis llamarla Nueva Isabela...

—Ya está hecho, señor.

—Sugeriré a los reyes que nombren obispo a nuestro hermano Diego. ¿Dó está don Diego, por cierto?

—En la ciudad de Isabela.

—¿Tenemos naves?

—Esta que llevamos, las que habéis traído y una que están terminando en Isabela…

—Mis naves están para entrar en astillero…

—¿Dó anda Caonabó, el gran cacique, el dicho «Señor de la Tierra del oro»?

—Muerto, señor. Le ha sucedido su hermano, un tal Behechio, y su viuda, la brava Acanaona… Ese reino de Xaraguá alberga mucha riqueza… Me presenté allí con unos cuantos soldados y me recibió una multitud de mujeres, a lo menos treinta, llevando ramos verdes en las manos, que eran las de Behechio, y luego otra multitud de doncellas y ya el rey con la Acanaona a su derecha, y nos dieron de comer pan de cazabí, esa especie de conejo, que no sé si es topo o rata, y pescados… A mí me alojaron en casa del cacique y a los hombres en las chozas del poblado…

—Y la Acanaona, ¿qué?

—Se muestra muy amigada con nosotros y es prudente, a más de graciosa de cuerpo… Fui a pedirles tributo para nuestros señores los reyes…

—¿Os lo dieron?

—Oro no me dieron, dijeron que no tenían. Me entregaron algodón que no vino mal para hacer vestidos…

—¿Y los otros caciques?

—El de Guarionex me traicionó…

—Bien, señor adelantado, continuaremos estas hablas, que tiempo habrá.

—Hay más cosas, señor…

—¿Qué cosas?

—Enfermedades…

—¿Qué enfermedades?

—Mal francés, señor, o parecido. A lo menos han muerto ciento cincuenta españoles… Los indios lo han contagiado a nuestros hombres, cierto que ellos mueren de viruela o de cualquier resfriado... Tosen un poquico y mueren...

—Será menester levantar un hospital cuanto antes y traer médicos y enfermeros...

—No me obedece nadie, señor hermano, y no tengo una blanca... Dios me oculta el oro...

—Yo pondré coto a la desobediencia... Pediré a sus altezas los reyes frailes para misionar y un magistrado para que imparta justicia...

Llegados los hermanos a la ciudad de Santo Domingo, el almirante fue instalado en la casa del gobernador, que era la suya. Tras descansar de las penalidades de su tercer viaje, mandó desembarcar los baúles de las monjas, los guardó en su propia habitación y reposó de cuerpo por un tiempo, porque de mente no descansó, no. En razón de que no pasaba día que no hubiera de resolver múltiples problemas y que no se acordara de sor Juana.

Al mes y medio de estancia en el poblado, las monjas, que desconfiaban de su mala cabeza, decidieron colocar una piedrecilla por cada día que pasaba dentro de la choza en el suelo, bajo la cabecera de la hamaca de doña Rósula, para saber la fecha de cada jornada y poder celebrar las festividades religiosas.

Para entonces, ya conocían las generalidades de los habitadores del lugar, y casi habían olvidado los grandes espantos que sufrieron al llegar porque, a Dios gracias, eran consideradas por los indios como unas mujeres más. Como unas mujeres más, no, como unas mujeres especiales, puesto que, aunque continuaban manoseándolas a la menor ocasión y, pese a que se admiraban de los azules ojos de sor María de la Concepción, de la manquedad de sor Juana, del grosor de sor Juanota y de la piel blanca de las cuatro, ningún hombre se atrevió a entrar en la choza que les había dado la anciana Arabara ni a hacerles proposiciones deshonestas, que se entienden perfectamente aunque se hablen diferentes lenguas. Ni, lo que peor fuera, osó raptarlas y llevárselas a la selva, donde moraban a su aire, entre otros monstruos, el jaguar, el cocodrilo y dos serpientes venenosas, entre ellas la mapanare y la anaconda, o algo así

Mediado octubre, doña Juana, consciente de que había recibido más de los indios que dado, pues que el día del naufragio ella y sus compañeras repartieron treinta hábitos y otras tantas bragas, que ciertamente les habían enseñado a utilizar y que las receptoras usaban con alborozo aunque más de noche que de día, que todo es menester decirlo, queriendo hacerles mayor favor e iniciarlos en la doctrina cristiana escribió, con la pintura con que los indios se adornaban el cuerpo, en una tabla desbastada que encontró tirada en el suelo después de lavarla bien, un cartel con unas letras: Casa de Santa Clara. Tal hizo y ella misma, arreglándose muy bien con su única mano, lo sujetó con unas cuerdas en lo alto de la puerta de su choza. Además, sor Juanota, por su cuenta, aparejó una cruz con dos palos, que quedó bastante lucida y con ella montaron un altarcillo, ornándolo con pañuelos y con perlas. Los nativos fueron a ver el letrero y el altar, hicieron algunos comentarios y no debió de parecerles mal, porque ninguno lo arrancó ni dijo de quitarlo o quemarlo ni mal gesto hizo.

Para entonces, la abadesa ya había relevado a sus monjas del voto de silencio, aunque lo suyo le costó tomar semejante determinación. Pero es que, no se podía observar en razón de que a cualquier hora, en cualquier momento, un indio o

183

una india les preguntaban tal y cual y no era cuestión de permanecer calladas y no responder, habían de contestar aunque no las entendieran, pues de otro modo lo hubieran tomado a desaire, y no era negocio de desatender a nadie. Lo hizo con la aquiescencia de sus compañeras, que respiraron aliviadas sobre todo sor Rósula, aunque sabía muy bien que la abadesa no tenía potestad para hacer lo que hizo, pues obispo no era ni lo podría ser por su condición de mujer.

Y fue en aquel momento cuando las religiosas, que ya podían hablar libremente, comenzaron a plantearse ciertas cuestiones, máxime la noche en que nació un niño y falleció a las pocas horas:

—Estas gentes son paganas y será difícil cristianarlas...

—Adoran esos muñecos que tienen en las casas...

—Que más parecen zanahorias.

—Son primitivos, pero tienen rostro.

—No les proporcionan virtud... Al niño le han puesto los diosecillos en el pecho y ha muerto, Dios se apiade de él...

—¿Qué esperaba su merced?

—Si nos hubieran avisado, hubiéramos acudido con nuestros crucifijos y tal vez...

—Además, el niño se ha ido de este mundo sin bautizar.

—¿Habrá ido al Limbo siendo indio?

—¡Por supuesto!

—Mejor hubiera estado en la Gloria por toda la Eternidad.

—De este modo, hasta la segunda venida de Jesucristo su alma permanecerá en el Limbo...

—No se estará mal allí, lo único que no gozará de la presencia de Dios.

—¿Os parece poco?

—No, no, pero las monjas no podemos impartir sacramento ni predicar la palabra de Dios.

—Sí, pero aquí no hay sacerdotes, somos las únicas representantes del Señor.

—Podemos bautizar.

—A falta de cura, bautiza el varón, a falta de varón, la mujer...

—Sólo en caso de peligro de muerte.

—Todo niño al nacer está en peligro de muerte, sea indio o blanco o negro... De hecho, muchos mueren, si no véase éste.

—¿Bautizaremos a los nacidos, pues, doña Juana?

—Yo lo haría, hijas.

—No creo que los indios pongan inconveniente... Nos dejan hacer...

—Son gentes sin Dios.

—No sabrán lo que hacemos, pero haremos bien.

—También podemos ir enseñándoles poco a poco hasta que nos pidan bautismo...

—¿Cómo?

—Llevándolos a nuestra casa, ante la cruz...

—O cantando salmos...

—Las canciones les gustan, sí.

—Pasarán años hasta que pidan el sacramento.

—¿No haremos mal?

—¿Creen sus mercedes que por ser la mayor autoridad eclesiástica de estos países, voy a hacer lo que no deba? Pues no —respondía tajante la abadesa.

—Bautizar podemos, doña Juana.

—Tenemos iglesia. Una iglesia pobre, pero iglesia, y un altar.

—¡Está sin consagrar!

—¡No hay quien la consagre!

—¡Ea, no se enojen sus mercedes, volveremos a tratar este asunto en otra ocasión...!

Pero sin cambiar de tema continuaban:

—Su maternidad ha tenido buena idea con poner el cartel y levantar el ara.

—El hecho es que por estas tierras los nativos han oído hablar antes de Santa Clara que de la Santísima Trinidad. ¿Os parece bien, hermanas?

—¿Por qué no?

—Las Clarisas de todo el mundo estarán contentas.

—¿Cómo?

—No se han enterado ni llegarán a enterarse. Nosotras, si Dios no lo remedia, moriremos aquí...

—¡Dios lo remediará, que aprieta pero no ahoga!

—¡No sea ceniza sor Rósula. Tenga esperanza.

—El almirante Colón volverá o enviará a buscarnos, no os quepa duda.

—Los indios rezan levantando las manos al cielo.

—Podemos enseñarles a hacer la señal de la cruz.

—Nada malo hay en ello...

—¡Cómo ha de haber malo, hay bueno!

—Entiéndanme su mercedes...

—No ponen trabas a que practiquemos nuestra religión cristiana.

—En otras tierras nos hubieran perseguido y asesinado...

—O arrojado a las fieras...

—O comido.

—Esta tierra es pobre, pero no tanto como para comer carne humana. Hay mucha cosa.

—¿Mucha cosa?

—Siempre lo mismo: las tortas de maíz, la yuca y esas frutas sosas...

—Y las almejas, las ostras, los muchos peces... No es pobre esta naturaleza.

—Lo que pasa es que los hombres no le sacan partido…

—¿Dónde están los campos?

—Acaban de sembrar el maíz en poco espacio, ciertamente.

—No necesitan más. Son escasos los habitantes.

—Pocos e indolentes, ¿cuánto trabajan, una hora al día?

—O menos. Sólo hacen que estar tendidos en la hamaca masticando esa hierba que les pone negra la boca…

—Esas hojas de extraño nombre.

—¿Las probaremos, doña Juana?

—Nunca, hermanas, producen malos sueños. Recuerden a Arabara, la anciana, el día de la desgracia… Nosotras no podemos estar dormidas más de la cuenta. Hemos de vivir vigilantes, no sea que se tronque esta bonanza por cualquier cuestión, o de repente, que no conocemos las reacciones de la población.

—¿Es cierto que vamos hacia el verano, madre Juana?

—Tal me dijo el almirante, que, cuando en España es invierno, aquí es verano, pero que el invierno es benévolo… La primavera, que está a punto de dejarnos, es la estación de las lluvias…

—Allí, en abril aguas mil.

—Ay, añoro el convento, nuestra casa…

—Las muchas imágenes que tenemos, las capillas, el coro largo, el refectorio, el dormitorio común…

—Las otras monjas, nuestras hermanas…

—¡Ah, el río Duero surcando la vega camino del mar…!

—¡Dejen sus mercedes los recuerdos…! Hasta la fecha hemos predicado nuestra religión con el ejemplo, es hora de pasar a la acción —propuso doña Juana.

—Sin hablar su lengua, es imposible, señora.

—¿Cómo hemos de explicarles el misterio de la Santa Trinidad?

187

—No lo entenderían jamás. Sería como hablar al viento.

—El misterio de la Santísima Trinidad no se comprende, se cree en él y basta. Tal hace el buen cristiano.

—Empezaremos por negocios más sencillos, por el Niño Jesús y Santa María Virgen...

—Tampoco me parece sencillo, hermana.

—¡Ah!, ¿no os parece simple lo del portal de Belén, lo del buey y la mula, lo de la estrella, los pastores y los Reyes Magos?

—Ni mucho menos... Aquí no hay cuadrúpedos ni pastores, con que aprendan a santiguarse me conformaría...

—Ya lo hacen bien... Nos imitan...

—Han de aprender por qué lo hacen y hacerlo cuando es menester.

—Roguemos al Señor para que nos otorgue gracia suficiente y poder de persuasión para convertir a esta gente, del mismo modo que lo hicieron los Santos con los pueblos bárbaros muchos siglos atrás, logrando incluso que se convirtieran al cristianismo en masa...

—¡Qué suerte!

—¡Suerte no, los Santos se lo bregaron y muchos sufrieron martirio!

—¿Cree doña Juana que podemos predicar el Santo Evangelio?

—Sí, sor María, opino que podemos hablar de la vida de Jesucristo y del ejemplo que dio.

—¿No sería mejor que antes les enseñásemos a construir una rueda, por ejemplo, que tan útil les resultaría? —demandó doña Juanota.

—¿Sabe sor Juanota hacer una rueda? ¿Una rueda que sirva para lo que sirve, que gire y que sostenga lo que ha de sostener?

—No.

—Pues entonces hagamos lo que sabemos… Hemos de enseñar la doctrina, con rezar sólo, hacemos poco…

—Salvo en cuestiones de la mente, que la tenemos más desarrollada por los siglos y siglos de civilización que consiguieron nuestros antepasados con su trabajo, en lo demás somos mujeres de las cavernas, como los indios.

—Lo bueno sería convertirlos y ya pasar a fundar una ciudad en este lugar para servir a nuestros señores los reyes.

—¡Soñáis, doña Juana, soñáis!

—¿Y qué, sor Rósula, y qué…?

Pero también hablaban de otras cosas como del insoportable clima de la zona, y de cosas menudas, particulares, a veces relacionadas también con el calor, como en aquella ocasión, cuando sor María informó a sus compañeras:

—Con estos calores y con los sofocos que me vienen, no sé cuánto resistiré…

—Se os está yendo la «enfermedad», sor —advirtió doña Juanota.

—Del susto, hermana, del susto de quedarnos, pues aún sois joven —aseveró doña Rósula.

—Mejor, doña María, mejor, pensad que no tenemos jabón para lavar ni braga ni camisa de repuesto… Ofreced vuestra mortificación al Señor…

Dando por acabadas tan altas pláticas, las monjas decidieron dejar su casa y pasear por la orilla del mar, entre otras razones porque a sor María le vendría bien la brisa. Y, como se les juntaron muchas madres con sus hijos, jugaron con ellos, sor Juana tomaba de la mano a una niña y la ponía boca abajo en su regazo para tocarle la espalda con un dedo, dos o tres, y cantando con sor Juanota:

Recotín, recotán,
de la vera vera van.
Del palacio a la cocina
¿cuántos dedos hay encima?

Pero no había modo de que la criatura dijera, dos, tres o cinco, los dedos que tuviere en la espalda, por lo que aseveraba sor Rósula que primero habían de aprender a contar. Lo que era ciento por ciento verdadero. Pero, ¿por qué empezaban? ¿Qué empezaban a enseñar?

Y claro a las religiosas se les hacía un mundo aquel mundo. Entre otras razones y muy poderosas, porque eran mujeres, náufragas además, por explicarlo presto, y no habían llegado a aquel país, como los hombres a La Española, con poderosas armas de todas las clases ni mandando ni ordenando ni acogotando ni esclavizando ni matando. Y eso.

12

La verdad, y así lo reconocían las cuatro monjas de Santa Clara, que la vida en Paria era tediosa por demás. Que rezaban, por supuesto, durante el día y la noche y sin que nadie les incomodara, pero, a pesar de ello, les quedaba mucho tiempo por llenar. Se levantaban al alba, se peinaban y desayunaban pasta de maíz aderezada con un chorro de aguardiente. Se llegaban a la playa de la desventura, la recorrían de parte a parte, siempre observando la arena por si había llegado algún resto de las naves del almirante en caso de que hubieran naufragado, sin encontrar nada; y se metían en el agua con el hábito puesto para asearse como podían, algunos días incluso se lavaban la cabeza unas a otras con huevos de gaviota, se cortaban el cabello con la tijerica de sor María, y estaban a remojo rato y rato, hasta que se les iba el negro de las uñas. Mediada la mañana, miraban cómo los pescadores de la tribu echaban sus redes y sacaban peces grandes y pequeños y, cómo luego los distribuían sobre hojas de palmera para llevarlos al poblado, y cómo devolvían algunos al mar. Con el tiempo entendieron, por las señas que les hacían los pescadores, que los que arrojaban al mar eran peces carniceros, y se horrorizaban claro y hasta miraban bien antes de pisar el agua de la orilla. Luego contemplaban cómo los mariscadores sacaban almejas del tarquín, una especie de almejas, vaya —porque allí todo era una especie de: de almeja, de atún, de higo, de uva, de cualquier cosa—, y cómo los pescadores de perlas se sumergían en el agua tiempo y tiempo y salían a punto de ahogarse con enormes ostras llevadas en una redecilla, algunas con perlas grises, las más excelentes de todas, según los marinos españoles. Comían yuca o torta de maíz rellena de pescado, de fruta, de lo que fuere, y se tendían en la hamaca para descansar de nada, pero con motivo pues que allí, después de mediodía, no se podía respirar por la mucha calor. Y a la tarde se dedicaban a recorrer el poblado observando que no había hombres de oficio ni herreros ni carpinteros ni zapateros ni tintoreros, y a sonreír a hombres y mujeres que estaban sentados a la entrada de sus casas. Y unos les daban un trozo de torta ya cocinada para que se la comieran allí mismo, otros una calabaza con aguardiente, otros una rama de canela, otros un pañuelo de hermoso color, otros un cesto de frutas, o les regalaban un loro o un papagayo (otro, cuando ya tenían uno en casa, que vivía en un palo que sor Juanota había clavado en un hendido en lo alto de la choza para no tropezar de cabeza con él). Y habían de aceptarlo de grado pero enseguida le daban suelta para que se largara, pero el muy ladino no se quería ir en virtud de que al lado del hombre tenía sustento asegurado y mejor que irse a la selva a comer y ser comido, por eso se los daban a los niños, que se juntaban con ellas para que les cantaran canciones, momento que ellas aprovechaban y, entre canto y canto, les enseñaban a santiguarse y a rezar el avemaría.

Poco antes de anochecer, ya cenaban en la puerta de su choza lo que les habían dado, los «manjares» nativos, rezaban completas y, tras inclinarse una vez más ante el altarcillo que habían dispuesto y revisar que no hubiera alimañas en el suelo, se iban a la cama, a la hamaca, eso sí para volver a levantarse a maitines. Y si alguna vez se adentraban un poco en la selva, volvían rápidamente, porque era muy umbrosa y llena de maleza, como si no hubiera sendas, e iban descalzas, y por el pavor que les venía no fueran a pisar una serpiente venenosa.

Con todo y con ello, como no sucedía nada y todos los días eran iguales a los anteriores, a más que las cuatro habían sido mujeres activas por sus respectivos oficios en el convento, podían decir y decían que se aburrían mortalmente. Pues que no valía que hablaran entre ellas, que ya se lo habían dicho todo al parecer, ni que pretendieran cristianar a los indios, que no les hacían el menor caso aunque las dejaran en paz y les dieran de comer, cosa que era muy de agradecer. Ni que discurrieran cómo podrían enseñarles a fabricar útiles de labranza: un arado, por ejemplo. Era vano, porque ellas no sabían hacerlo por rudimentario que fuera; a lo más podían dibujarlo en la arena de la playa pero, ¿para qué, pardiez, si allí no había campos que arar, pues que el maíz lo plantaban mata a mata, arrancaban las mazorcas cuando estaban en sazón y dejaban que los cañizos se pudrieran hasta el año siguiente para repetir la operación?

A más, pese a haber terminado la estación de lluvias e iniciado el verano, según las lecciones que doña Juana recibió del almirante Colón, llegó un aguacero tras otro, y hubieron de quedarse en casa, estando a veces mano sobre mano. Fue entonces cuando doña Juanota comenzó a enseñar al loro a hablar en castellano a la manera de los nativos, que no es que hablaran con los pájaros —lo que hubiera sido negocio de brujas y digno de ver—, sino que aquellos bichos eran parlantes en exceso incluso, por su natura.

Y ya decía el pájaro «Dios», pues que la hermana le estaba enseñando a decir «Dios bendito», cuando, traído por sus soldados en una tosca silla de manos, regresó el cacique indio de sus correrías de por donde anduviere, si lejos, lejos, si cerca, cerca.

Volvió, asonando caracolas, en un día claro, y con inmenso botín. Con una cuarentena de banastas llenas de perlas grises, con varias de pepitas de oro grandes como huevos de gallina; con plantas que no eran de por allá, entre ellas las hojas que mascaban los indios, pese a que les pusieran la boca negra, renegra; con pieles de serpiente y de jaguar; con varios indios de otra tribu, ensogados, y con una nueva mujer muy galana. Y naturalmente hubo mucha alharaca y alegría en el poblado.

Máxime cuando repartió lo que traía entre los cabezas de familia y viudas, en razón de que allí no había propiedad privada; aunque se quedó él con la mejor parte: la bella mujer y los hombres, que eran esclavos por el maltrato que se les daba, como vieron enseguida las monjas. A ellas nada les dio, pero tampoco nada le pidieron.

Durante mucho rato estuvo el cacique narrando sus andanzas sentado en su trono, comiendo, bebiendo lo que le servían sus criados, mascando hojas en grandes cantidades y dando de comer a todos, que celebraban su retorno entre grandes risotadas. Luego, llamó a su madre y la saludó. Poco después, entre trago y trago, pasó a hacer guiños a la moza que había traído y a sus mujeres anteriores, entre ellas la dicha Canacó y a llamarlas por su nombre para que fueran a él, y ellas yendo y dejándose palmear el trasero. Él tomándolas de las manos y haciéndoles que giraran con los ojos llenos de lascivia, como eligiendo mujer para yacer con ella, rápido, rápido, porque debía tener prisa. Los otros, los vasallos, llamando también a sus mujeres y haciendo otro tanto, eligiendo, y ellas yendo mismamente y dejándose hacer.

A más, que iban todas aderezadas, como de domingo en España, ¡qué de domingo, de fiesta, de boda! ¡Qué de boda, de mujeres placeras de burdel fino! Pues, enteradas las mujeres, por el sonido de las caracolas que se escuchó con antelación, de la llegada de los hombres, habían pasado horas enteras acicalándose. Pintándose los ojos con azulete y el cuerpo todo con pintura colorada, y la cintura con un aro de negro. Y, ay, se habían quitado el hábito y las bragas de las monjas sin ningún pudor y aparecían casi desnudas, salvo el faldellín que llevaban en la parte baja y el pañuelo de la cabeza, propio de aquel pueblo. Y hasta el cabello lo habían dispuesto en trenzas menudas, ornadas con perlas e hilos de oro. A más, se habían puesto mil collares en el cuello, mil ajorcas en los tobillos y mil pulseras en los brazos, resultando preciosas.

Tal hubiera dicho cualquier hombre, tuviere la piel del color que la tuviere y viviere donde viviere, pero las mujeres de España nunca hubieran dicho tal, y las monjas menos. Por eso las cuatro Clarisas se retiraron a su choza, habiendo pasado vergüenza ajena, como en su vida, y eso que vieron poco, apenas nada, pues fueron capaces de prever lo que venía y pusieron pies en polvorosa sin que nadie las echara a faltar. Claro que escucharon y, aunque se taparon los oídos para no oír, oyeron, entre otras razones, porque las casas no tenían puertas, como sabido es. Rezaban, por supuesto, una oración detrás de otra para que terminara aquella bacanal, que otra cosa no era, pues danzaban ora hombres y mujeres, ora mujeres solas y ora hombres solos al son de flautas, pitos y tamboriles en un baile frenético, primitivo. Y, a momentos, a las monjas el pavor que acumulaban en su corazón les impedía hablar, pero también a momentos necesitaban hablar precisamente para quitarse el miedo:

—¿Es lo que se oye el Diablo con su corte de demonios, señora? —preguntaba sor María a doña Juana.

—No. Es una bacanal, una orgía…

—No hacen tal los cristianos.

—Lo hacen en las casas de lenocinio.

—Si les dejaran lo harían en cualquier parte, nosotros no somos mejores que los indios.

—¿Quién se lo impide?

—La religión, que ata corto. El ejemplo de Nuestro Señor Jesucristo y el de muchos Santos y Santas que pueblan la Morada Celestial, y las leyes de los reyes, que luchan por atajar el vicio aunque ellos, a veces, no den buen ejemplo.

—¿Qué haremos si vienen por nosotras?

—No vendrán.

—Les sobran mujeres jóvenes.

—Gracias a Dios somos viejas.

—Sí, alabado sea.

—Es el vino, las hierbas y las músicas lo que les hace salirse del decoro…

—No crean sus mercedes; que la maldad habita en todos los mundos, y los cristianos también violentan a mujeres por los caminos, y a las moras, cuando conquistaban una ciudad de Andalucía. Y los sarracenos a las cristianas cuando sucedía al revés, y los turcos igual que los moros. Y supongo que los negros también…

—¡Callad, por Dios!

—En la Cristiandad existe moral…

—¡Moral hipócrita! ¿No rezamos millares de monjas por los pecados del mundo?

—Razón lleváis, sor Juanota.

—La religión trata de sujetar las pasiones de la carne, que es débil por su natura…

196

—Tuvimos suerte de nacer donde nacimos...

—Infinita suerte.

—Allí los maridos tratan mejor a las mujeres que a estas pobres desgraciadas.

—¿Pobres mujeres?, se han acicalado y llenado de afeites para recibir a sus esposos...

—Y se les veía la mar de contentas.

—A éstas no las están forzando, quiá.

—Son otras costumbres.

—Creo que hasta se ayuntan hombres con hombres, y que trocan las esposas...

—¡Ah!

—Son gentes sin credo.

—Doña Juana, ¿nos podíamos ir a vivir a la selva? Buscar un claro, levantar una choza y quedarnos allí...

—En soledad...

—En mucha mayor soledad de la que teníamos en el convento.

—Moriríamos sin remedio, hijas... Para vivir en la espesura hace falta preparación, y carecemos de ella. Dependemos de los indios y de su generosidad para sobrevivir...

—San Antón vivió cuarenta años en el desierto.

—¡Nosotras no somos San Antón, somos unas pobres monjas perdidas en una tierra extraña y desconocida...!

—¿Si levantáramos nuestros crucifijos y fuéramos con ellos al centro del holgorio tal vez terminara la fiesta?

—¡No diga necedades su merced...!

—¡Tal vez nos tomaran por lo que no somos...!

—No se enoje su maternidad...

—El almirante Colón tarda en volver a buscarnos.

—Tenía problemas en La Española, dejó allí mal las cosas, los hombres se sublevaron contra él, no gustaban de sus leyes, tal me decía a menudo durante la navegación —informaba la abadesa.

—Además, arreglar los navíos lleva tiempo, los tres, si no sucumbieron en el temporal, estaban para entrar en astillero. Recuerden sus mercedes, lo aseguraba desde el capitán al grumete.

—¡Ah, Jácome! ¿Qué habrá sido de él?

—No hizo buena boda el chico.

—El mozo quiso aprovecharse de la niña boba, pero le obligaron a casarse...

—¿Qué otra cosa se podía hacer?

—Tenía que lavar su pecado...

—Yo no sé, si todo fue añagaza de la señora Gracia que deseaba encontrar un marido para su hija, lo que haría cualquier madre, máxime con la que tenía, tan disminuida la pobrecita...

—Fue todo harto confuso.

—La gitanilla lo lió todo.

—Para mí que robó el cáliz y se inventó la historia, pues era mujer de mañas y artera.

—Vaya vuesa merced a saber...

—¡Parece que afuera ha disminuido la orgía, señoras!

—¡Silencio!

—¡Oh, sí!

—Gracias a Dios estarán ya durmiendo la borrachera...

—Voy a ver, que nadie se mueva —ordenó sor Juanota saliendo de la choza.

Y, al regresar, expresó, alborozada, que el poblado entero estaba dormido, unos en la dura tierra, otros en sus cabañas, y alzó la voz para alabar a Dios:

—¡Bendito sea el Señor!

Palabras que secundaron las otras tres, pues se contentaron

sobremanera al constatar que a ellas, a las monjas, pese a ser mujeres, los dueños del lugar las dejaban estar, quizá porque eran añosas o porque, impresionados de que hubieran llegado en unas naves altas como castillos, las consideraban seres superiores. Así que mejor que mejor, y se holgaron y dieron gracias al Altísimo como no podía ser de otra manera.

Y cuando, dos días después, las llamó el cacique a su presencia, ya recuperado del vino, para saludarlas, que tal hizo, se alegraron mucho más, pues que, además de una pepita grande de oro, que añadieron al ornamento del altar de su choza, les regaló uno de los esclavos prisioneros que había traído, a un tal Guo, de la tribu de los totunas, no porque les entregara un esclavo, pues no habían de llevarlo a palos como los trataban por allí, sino porque les diera un sirviente, mañoso además. Y porque pronto constataron que el muchacho cocía mucho mejor el maíz que ellas y las tortas que hacía se podían comer. Además que, para entonces, doña Juana ya llevaba en la cabeza restaurar la cruz que había clavado el maestre Quintero en la playa, la que se había llevado el huracán, y, quién sabe si clavar otra en la boca de la Sierpe y otra en la de salida del golfo, como se llamare, que no tenía nombre cristiano, para aviso de españoles y para acercar a los indios a Dios.

Y a eso puso al indio Guo, a hacer una cruz, sabedora de que lo haría mucho mejor que ellas, pues todas se reconocían torpes para los trabajos manuales.

Sucedió que las monjas se entendieron mejor con Guo —y eso que hablaba el totuna, lenguaje que, tuviera o no tuviera raíz común con el arawaco, les resultaba mismamente ininteligible y rudo al oído—, cuyo nombre verdadero no era Guo simplemente, sino una palabra larga de sílabas, a cual más impronunciable. Tal vez porque pertenecía a la tribu de los totunas, quizá gente de otro talante, mientras los del poblado eran arawacos, como es dicho. Tal vez porque era más despabilado que los otros o más trabajador, o que al muchacho le gustaron sus amas, o que comparó el trato que recibía él con el que sufrían sus compañeros, que eran llevados a golpes, el caso es que sor Juana le dibujó en la arena de la playa lo que quería, le mostró unos palos y no fue menester, de primeras, que añadiera nada. Luego sí, hubo de explicarle mucho más, pero con Guo y las cruces, las religiosas acabaron con el aburrimiento que las había perseguido días atrás, loado sea el Señor.

Primero juntó Guo dos ramas de árbol, una más corta y otra más chica, para formar los brazos de la cruz, tal como le había indicado la abadesa, y las sujetó con un trozo de liana de las muchas que colgaban de los inmensos árboles que iniciaban la selva. Pero no, no, que la señora la quería sin nudos y descortezada, es decir, lisa, aunque no le importara que no fuera cuadrada. Y a eso se puso Guo a cepillar los nudos de la madera y a quitarle la corteza con una azagaya que le suministró sor Juanota.

Las cuatro estuvieron viéndole trabajar porque para eso tenían criado, lo que solicitaban las Clarisas de Tordesillas a su priora: que les permitiera disponer de una sirvienta al menos, como ya tenían las Huelgas de Burgos de tiempo ha, pagándolas ellas naturalmente.

Fabricada la primera, doña Juana dijo de reponerla en el mismo sitio donde el piloto Quintero había fijado la que trajo del barco, la primera que vieran los arawacos, en la playa, en el lugar del desembarco, aduciéndose, otro tanto que sus compañeras, que Colón o sus enviados irían a buscarlas allí, donde las habían dejado.

Y sí, sí, llegadas a la orilla del mar con el indio, le mandaron hacer un pozo bastante profundo, que luego hubieron de rellenar con arena, pues que, hundida la cruz hasta los brazos, apenas se veía de cerca y menos de lejos. De donde dedujeron que habrían de hacerlas más grandes.

Y, vaya, que, puestas a hacer cruces, llevaron la pequeña a la puerta de su casa e hicieron, hizo Guo, otra más grande, tan grande como la del Señor Jesucristo. Y resultó que las cruces gustaron a los nativos y ayudaron a la hechura sin que nadie se lo tuviera que pedir y, lo que son las cosas, trabajaron con diligencia nunca vista, aportaron herramientas que facilitaron la labor, algunas de hierro, sin duda procedentes del trueque con otros pueblos, porque en el poblado no había herrero ni herrería, y la instalaron en el mismo lugar. Pero lo mejor fue que el cacique se llevó el trono a la cruz de la playa y lo instaló allí por un tiempo, bajo un ramaje que le guardaba del sol.

Por un tiempo. Porque sor Juana, que llevaba en mente disponer más cruces por allá, discurrió instalarle una cruz más chica en la entrada de su casa —se podía llamar casa a la choza del cacique en razón de que era la mejor del poblado, pues era más grande, cuadrada y con tejado a dos aguas, como dicho es—, y tal hizo sin que nadie se lo impidiera, es más, ante la alegría de toda la población. El reyezuelo, el más contento, pues que tenía, sobre su cabeza la cruz, bajo su trono la enorme pepita de oro, a su derecha la espingarda que le había regalado Quintero, y a su izquierda la espada de acero que el mismo maestre había obsequiado a su hijo y, sin duda, la había trocado con él. Y, traía puesto siempre el sayo de las monjas, un airón de plumas en la cabeza y múltiples collares y pulseras que eran símbolo de su poder y realeza. Amén de que comenzaba a santiguarse de maravilla, como el resto de los habitadores.

A causa de las cruces, creció el crédito de las Clarisas en aquella parte del mundo. Doña Juana aprovechó la circuns-

201

tancia y, dispuesta a llenar de cruces la costa, sugirió lo que ya llevaba en la cabeza. Y, mira, que entendieron los indios que deseaba poner una en la boca de la Sierpe —por donde entraron los españoles al golfo de Paria—, y otra en la boca de salida, arriba en el monte. Olvidó, de momento, la idea de cruzar a Trinidad en las canoas de los nativos y plantar tres, una en cada uno de los tres mogotes que tenía la isla. Lo dejó, se conformó, no fueran los hileros de corriente a asustar a los aborígenes o vivieran allí gentes enemigas, y se fuera todo al traste.

Dijo doña Juana de clavar la primera cruz en la boca de la Sierpe, a poniente. De buscar los troncos en aquel lugar por no cargar a los indios con la cruz a cuestas, pues que había maderos por todas partes. De llevar provisiones para el camino, que era largo, en virtud de que las naves de Colón anduvieron navegando varios días por allá. De ir todas las monjas, las cuatro, y el indio Guo, a más de los que quisieran sumarse a la expedición, que fueron diez hombres con sus arcos y flechas de punta de hueso.

Por ir a la boca de la Sierpe por tierra, tuvieron unas palabras las religiosas por primera vez:

—Pensadlo bien, doña Juana, descalzas como vamos, no se puede caminar por las selvas y hay muchas millas que recorrer —aseveró sor Rósula ante el estupor de las demás.

—¡Quedaos doña Rósula!

—¡No me atrevo, señora, no me quiero separar de vuestras mercedes!

—¡Está más que claro que estos indios son pacíficos!

—¡Han tenido mil ocasiones de matarnos!

—¡No sólo son mansos, nos ayudan, nos dan de comer, nos hacen regalos y nos aprecian incluso...! —sostuvo la madre Juana.

—Además —intervino doña Juanota—, vamos en misión sagrada… A clavar una cruz, símbolo de nuestra religión, en el lugar más recóndito del mundo…

—¡Holgaos por ello, sor…!

—O permaneced aquí, hermana, doña Arabara os atenderá, como ha venido haciendo con todas nosotras. No temáis nada malo.

—Yo sola no me quedo…

—Imaginad que sois la única náufraga, que nosotras no existimos…

—Yo no puedo imaginar tanto como vos, doña Juana.

—No os voy a pedir que me obedezcáis ni obligar a venir, aunque podría porque soy vuestra abadesa, pero nunca lo haré…

—Los hombres pueden hacerlo solos…

—¡Ah, no, no dejaremos a los paganos con la cruz de Nuestro Señor, iremos también porque somos las únicas hijas de Dios en estos pagos!

—Entended, sor Rósula, que pueden cometer con ella sacrilegio…

—Que pueden arrastrarla por la tierra o quemarla o escupirla o vejarla…

—No está bendecida… La cruz sólo sirve para avisar a los mareantes de que estamos aquí nosotras…

—¡Ah, no, sirve para ambos negocios!

—Vos misma os santiguáis y rezáis con fervor ante la que está en la playa y en la del altarcillo de nuestra choza, ¿o no?

—Acaso podamos hacernos unos zapatos con cuero, hay ratas o topos, lo que sean esos bichos —continuó la dinerera.

—Las Clarisas van descalzas, señora, en todas las partes del mundo.

—Además, no hay tiempo; partimos mañana al albor —terminó sor Juanota.

Sor Rósula, aunque un poquico se quejó, no se lamentó más. No se la oyó rezongar porque era una excelente Clarisa, y eso que maldurmieron las cuatro por el calor y la emoción.

13

Al amanecer partió la expedición sin despedirse de nadie, pues, los que no habían de ir, descansaban aún.

Al momento ya recorrían la selva, todos en fila de a uno, por un angosto camino que, a trechos, escondía el espeso bosque. Los hombres con algunos cestos y los arcos a la espalda; las monjas, en el centro de la hilera, con las manos vacías, mirando el suelo por ver dónde pisaban, tratando de poner el pie donde lo hacían los nativos, observando a diestra y a siniestra, asustadas, no fuera a aparecer una serpiente venenosa o una araña, venenosa también, que las había, además, grandes como puños. Más atemorizadas conforme avanzaban por los muchos ruidos de la espesura, donde había un guirigay compuesto por la infinidad de animales que poblaban las copas de los árboles, la propia tierra y las entrañas de la misma. Al principio, caminando a buen paso pero, pronto, acusando fatiga, pues que los hombres, encontrándose en su elemento, andaban ligeros como ciervos. Y allí, en lo alto de una altísima palmera cuyo final se perdía en el cielo, descubrían un mono, allá, otros, y escuchaban pasos de bestias salvajes, de un jabalí acaso, o de un toro, o rugidos de león, o siseos de serpientes, tal comentaban las religiosas entre sí. Y, claro, marchaban sobrecogidas, amén de extenuadas, disminuyendo el paso, dejando espacio entre los que iban delante que se detenían a esperarlas con gesto de disgusto e interfiriendo a los que iban detrás que se paraban a la fuerza y les daban a beber agua, la que llevaban en unas calabazas colgadas a la cintura, y hojas para mascar.

El hecho es que a las pocas horas, las monjas, Dios les dé ánimo, no podían con su alma y se decían de buscar un claro donde descansar un ratico que fuera, pero los hombres parecían no darse por enterados y murmuraban y despotricaban de las mujeres. No había más que oírlos:

—Las mujeres en casa.

—Debimos venir solos.

Tal decían los nativos, aunque lo dijeran con otras palabras, pues no era menester conocer su lengua para comprenderlos, dado que, se les veía en la cara, sostenían lo mismo que hubiera afirmado cualquier español en situación semejante.

Y, vaya, que, de repente, los indígenas tornaron de ánimo, pese a que se habían incorporado voluntariamente a la expedición, o tal creían las monjas, y comenzaron a inquietarlas mostrándoles los misterios de la selva. Lo que guardaba la espesura a vista de quien no supiera ver... Una serpiente verde y larga que parecía talmente una rama; un enorme insecto que posaba en un arbusto como si fuera consustancial con la planta; una flor roja, roja, bella por demás, pero carnívora pues que le ponían entre los pétalos un insecto que cogían al vuelo con la mano y ella, la flor, se lo manducaba en un tris; un hormiguero enorme con unas habitadoras gruesas como dedos; unos murciélagos gigantes colgados de las ramas de los árboles en una umbría. Todo eso les enseñaron a la vera del senderillo en pocos minutos y con lo cual entraron en pavores, aunque no eran mujeres espantadizas y aún peor fue que los hombres hicieran risas de sus miedos.

Pese a ello, las religiosas consiguieron detener la compaña en un pequeño calvero para recuperar el aliento, quitarse el espanto y recuperarse de los pies, pues era de ellos de lo que más se dolían.

Y mientras permanecían en el claro, las monjas, muy sudorosas, como estaban y quejándose de la mucha humedad y de la mala compañía que habían, se aliviaban bebiendo de la calabaza, dándose agua a la cara y mojándose los pies en una charca, amén de hacer votos para poder llegar a la boca de la Sierpe por su propio pie. Los hombres charlando de sus cosas, parecíales que cuchicheaban contra ellas, riéndose de los miedos que les habían producido; alguno quizá albergando ya malos pensamientos en su corazón, pues que las miraban demasiado. Y así empiezan los hombres cuando desean lo que no se pide a mujer honesta, siguen con miradas descaradas y terminan pasando a la acción. Pero sucedió que, uno de ellos, dio la voz de alarma en razón de que el indio Guo, el totuna esclavo de las religiosas, se había escapado aprovechando la distracción de los arawacos que, sin pensarlo dos veces, salieron tras él a la carrera abandonando a las mujeres en aquel lugar solitario.

Las monjas, que lo entendieron todo, tardaron un tiempo en reaccionar, la primera en hablar fue doña Juana que entonó una jaculatoria:

—¡Te adoramos Cristo y te bendecimos!

—¡Que por tu santa Cruz redimiste al mundo! —respondieron las demás.

—Tal vez no debimos venir —siguió la abadesa—, pero no podía dejar que unos paganos hicieran una cruz, símbolo de todo el orbe cristiano.

—Cierto, señora —concretó sor Juanota—, pero es que nos hallamos aquí muy menguadas, que nuestra civilización no nos sirve en esta tierra, que no sabemos hacer nada.

—De consecuente, se nos pueden comer de un momento a otro las fieras carniceras que habitan en este lugar y hasta las hormigas o los murciélagos, pues eran ejército.

—No hay fieras, sor María, hay aves, monos, ratas y, eso sí, serpientes, hormigas y multitud de insectos...

—Hay jaguares, hermana, recordad aquella piel rayada que vimos...

—Pero viven muy lejos...

—¿Cómo lo sabéis?

—Porque en el poblado sólo hemos visto una piel de jaguar, una, acaso dos... De andar cerca, los indios tendrían muchas.

—La fieras de por aquí no comen personas, eso sí, muerden y pican produciendo habones... Bien que sabemos de habones...

—Hay nubes de mosquitos...

—Démonos barro en el rostro, quizá sea bueno...

—Y no tema, sor María, que los indios volverán a buscarnos...

—No me fío nada de estos sujetos.

—Pasar la noche aquí será de espanto...

—Pues mejor será estar solas que con ellos.

—Dios está en todas partes, sor María, y no nos abandonará...

—¡Ay, madre abadesa, yo no sé ya qué pensar...!

—Recemos, hermanas, recemos... Señor, ten piedad...

—Cristo, ten piedad...

—Señor, sálvanos...

—El Guo de los mil diablos nos ha complicado la existencia...

—¡Es un traidor!

—¡Es un prisionero convertido en esclavo, que ha huido a la primera ocasión que se le ha presentado, lo que haría cualquier nacido!

208

—¡Oh!

—Éste nos ha complicado la vida.

—Por estos andurriales es imposible que lo encuentren…

—Mejor que no lo encuentren y se vayan millas y millas detrás de él, porque los arawacos ya nos miraban con lascivia, ¿lo habrán visto sus mercedes?

Y sí, sí, claro que lo habían visto sus mercedes.

—¿Sabremos volver al poblado?

—¡No lo creo! No he visto referencias, sólo hay espesura por doquiera…

—Mejor será que vuelvan… Nos dejarán estar porque andarán distraídos con él, vigilándolo.

—¡Ay, no sé, no sé, sor!

—¡Quíteme su merced las hormigas de la espalda, por favor…! —rogó sor María a doña Juanota.

—Acabo de ver un caracará…

—¿Qué es eso, sor Rósula?

—Un ave rapaz que bebe sangre…

—No desbarre su merced… Es imposible ver una mosca por el mucho follaje…

Y en ésas estaban las religiosas, cuando, por supuesto, que regresaron los indios y antes de que transcurriera una hora; contentos como unas pascuas, con el fugitivo más muerto que vivo, pues lo traían a empellones.

De inmediato, entraron en acción: uno trepó a un árbol, cortó una liana con su cuchillo de madera, la anudó como para ahorcar a un hombre, la colgó de una rama y esperó a que sus compañeros acercaran al prisionero que se dejó llevar sin oponer resistencia, y le ajustó el lazo al cuello.

Y ya fuera porque el sentenciado no se arrodilló para pedir clemencia ni se encomendó a ningún dios, pues siquiera alzó los ojos al cielo ni dijo palabra ni hizo gesto alguno pese a estar a las puertas de la muerte, o fuera porque era de su propiedad y no de los otros, doña Juana intervino. Y, ante el estupor de sus hermanas, largó a los indios un enfatizado y prolongado discurso en el cual les aseguró que tomaba al reo bajo su responsabilidad y aún se perdió en disquisiciones filosóficas, en teorías sostenidas por algunos clérigos en Castilla, pues que les regañó sosteniendo que la pena impuesta al delincuente debía estar en consonancia con el delito cometido, y que ahorcar a un esclavo por tratar de escaparse para tornar a su poblado donde quizá fuera hombre libre, era demasiado castigo y muy superior a la infracción cometida, que siquiera podía considerarse delito, sino ley natural. Y dijo todo lo que dijo enojada y, a momentos, enarbolando el crucifijo que llevaba colgado del cordón con que las Clarisas se ceñían la cintura. Y fue que los justicieros, aunque no comprendieran palabra, le hicieron caso, quizá porque alzó la voz y, obedientes, le quitaron al sentenciado la soga del cuello y se lo entregaron a la monja que, con sosiego, lo recibió. Y, acto seguido, le propinó un sonoro bofetón con su mano buena —lo que entendía ella por justo castigo, al parecer—, mientras sus sores, rojas de tez, la contemplaban atónitas. Pero menos sorprendidas que los indios, que miraban y remiraban a doña Juana con los ojos abiertos como platos, sin saber qué hacer pues, que tal vez se lo habían devuelto creyendo que lo ahorcaría ella, ya que el totuna era esclavo suyo. O sin poder entender cómo una mujer era capaz de abofetear a un hombre. O porque sintieron miedo ante ella, o ante su manquedad, pues doña Juana les dejó ver, cuando levantaba los brazos para enseñar el Santo Cristo, el anillo encarnadino que llevaba cinco dedos arriba de la muñeca. O porque Nuestro Señor hizo lo que tenía que hacer en aquel momento sin que ninguna de las monjas, perplejas como estaban, se lo rogare. El caso es que terminado el episodio sor Juanota pudo exclamar:

—¡Habéis salvado una vida, albricias, doña Juana!

—Dios nos ha ayudado, hijas.

Tal respondió la priora, dispuesta a seguir el sendero y sólo se detuvo ante Guo que, hincado de hinojos en la tierra, le pidió perdón juntando las manos y llevándoselas a los labios, del mismo modo que ella lo solicitaba a Dios en la magnífica capilla de su convento y en la paupérrima choza del poblado de los arawacos.

Le perdonó naturalmente, y se echó al camino. La siguieron todos, los nativos sin reír ni sonreír y sin enseñarles monstruos, que mejor era no verlos. El indio Guo con las manos atadas a la espalda, la única precaución que tomaron los naturales con él.

Y fue que, a partir de allí, el camino empeoró. Que el sendero desapareció, y que los hombres, Guo el primero, que a eso lo pusieron liberado de las ataduras, habían de abrir paso a golpes de palo, tanta era la espesura del lugar. Que las monjas se rozaban con plantas de todas las especies y, Jesús, María, siquiera veían dónde pisaban ni si aplastaban a su paso insecto o gusano o sierpe, pero se destrozaban más y más los pies, que ya eran un amasijo de sangre y barro. Además, ora trocha arriba, ora trocha abajo. Eso sí, siempre con el mar a la izquierda, por buen camino pues, aunque doloroso.

Fue sor María la que queriendo consolar a sus compañeras, entre jadeo y jadeo, dijo con voz cortada:

—Recuerden sus mercedes la Pasión de Nuestro Señor Jesucristo y el sufrimiento que padeció… Los azotes, la corona de espinas, los clavos de la cruz, la lanzada, la sed…

211

Sor Rósula, que respiraba fatigosamente también, se admiraba de doña Juana que, siendo la más menuda de las cuatro, andaba detrás de Guo azuzándolo para que fuera más aprisa, y lo mismo hacía con cualquier otro indio que, por lo extenuante del trabajo, relevara al esclavo en abrir camino, mandándole y mandando a todos, pues volvía la cabeza y miraba a los hombres con fiereza, como preciso era. Que aquella gente, los arawacos, se amilanaban, y tal era menester, en razón de que iban en misión especial, en una expedición sagrada, nada menos que a clavar una cruz en lo alto de un acantilado, a mayor gloria de Nuestro Señor Jesucristo.

Sor Juanota, que no podía con su alma por su mucho peso —y eso que en la tierra de Paria, por el malcomer a que estaban sometidas, había adelgazado unas cuantas libras, aunque en proporción menos que las demás monjas—, situada detrás de la abadesa, a veces levantaba los brazos para librarle de hojas, del ramaje, y vaya su merced a saber si de serpientes venenosas pues, dicho está, que en aquellas selvas se confunden con las ramas de los árboles y pasan desapercibidas a la vista más aguda.

Doña Juana respiraba con afán al igual que sus compañeras, pero se quitaba con resolución los mosquitos de la cara, que acudían a su blanco rostro, pese al barro que se había dado. Tarea vana porque volvían más y más a martirizarla, y se paraba y dejaba pasar a los indios, o se anticipaba a ellos, o se volvía a contar cuántos iban, siempre dirigiéndolos. Y ella decía cuándo habían de parar un rato y cuándo beber agua, o cuándo llevarse un bocado a la boca. Lo hacía para que los nativos conocieran quién mandaba en aquella expedición, pues que, tras las burlas que sufrió y la lascivia que, al igual que sus hermanas, adivinó en los ojos de los hombres, hubo de tomar el mando so pena de fracasar en su empeño, y sufrir peores cosas, que, al parecer, no estaba dispuesta a soportar.

Y sí, sí, allí no alentaba nadie, salvo cuando subían cuestas, que jadeaban todos.

Así anduvieron siete jornadas, durmiendo en los calveros, donde doña Juana decía. Las monjas vigilando invariablemente una de ellas, la señora dominando siempre, los indios inclinándose ya cuando le ofrecían hojas para mascar o la calabaza del agua para que bebiera. Pardiez, queriendo honrarla, al Señor sean dadas muchas gracias. Ellas sin reconcomio en su corazón, pues que, antes de dormir en la dura tierra o con suerte sobre un lecho de hojas que se llenaba de hormigas, les cantaban canciones u oraciones para mantenerlos contentos: la *Salve*, en latín y castellano, y otras de su niñez, como la del corro de la bola o el romance del conde Arnaldos, poco rato porque, salvo la centinela, se dormían. Se dormían al momento de tanta fatiga acumulada, sin rezar completas, sin fuerza para comentar el milagro que estaban viendo y viviendo: que unos hombres, por primitivos que fueren, obedecieran casi a ojos ciegas a una mujer, a doña Juana, que no había demostrado siquiera pertenecer a la civilización del año mil y quinientos reinante en Europa, con lo que lleva de comodidad, florecimiento y prosperidad, pues que nada práctico les había aportado ni enseñado ni, en otro orden de cosas, había hecho portentos ni magias ni conjuros ni milagrerías para ganarse sus ánimos, sino, al revés, que había ido con el quiero, mando y ordeno en este viaje, obligada por la necesidad. Lo que, en efecto, podía considerarse milagro.

Doña Juana, que también veía prodigio en aquel hecho y se admiraba de él, se decía que mejor no hacer comentarios a la cuestión, no fueran sus compañeras a sacar los pies del tiesto y comenzar a hablar de que estaba bendita de Dios y otras necedades, pues que lo que se platicaba de sus estigmas era falso, ¡qué más hubiera deseado que gozarlos...! Una contarella de las muchas que corrían por el convento, pues eran simplemente moretones causados por algún golpe, y debía ganarse la vida eterna jornada a jornada como cualquier cristiano. Y merced a esos pensamientos u otros, la abadesa era capaz de permanecer en vigilia, a más de maravillarse del brillo de las estrellas, del de la luna llena y, de consecuente, de la grandeza de Dios.

Supieron las monjas que habían llegado al lugar adecuado para clavar la cruz, cuando escucharon el fragor del mar. Cuando mirando por el cortado, a su derecha, observaron la desembocadura de un gran río, el Orinoco y, a su izquierda, la boca de la Sierpe con sus temibles hileros de corriente y sus enormes olas. Y no les cupo duda, la instalarían allí.

Doña Juana se hizo entender a gestos. Hizo con las manos una cruz, mejor dicho, hizo con su mano derecha y con su antebrazo izquierdo una cruz, mostró su crucifijo y no fue menester explicar más en virtud de que los nativos sabían a lo que iban. Puso a Guo al frente de la operación. Eligió, entre varios troncos de los que había por el lugar derribados por el viento, dos que le parecieron apropiados. Mandó sujetar el corto encima del largo, consiguiendo una cruz latina casi perfecta, y ordenó clavarla en un hendido profundo que, buscando, halló en el roquedal.

Cierto que fue menester actuar con tiento porque, aunque estaban en lo alto del acantilado, el espacio para maniobrar era chico y la cruz enorme, de a lo menos cuatro varas de alta, y pesaba arrobas mil, y era menester levantarla e hincarla en el hendido de la roca. El trabajo fue arduo, pero los hombres, muy animosos, laboraron con ardimiento y lo consiguieron tras varias intentonas, tirando de las lianas por la diestra, por la siniestra, forzando aquí, sosteniendo allá, hasta encajarla para acabar rellenando de tierra y piedras el hueco que había entre las rocas.

Y, Señor, Señor, se quedaron muy albriciados y orgullosos, conscientes quizá de que no había obra semejante por aquellos pagos, y más que se contentaron cuando las monjas, que estaban también gozosas a rabiar, estallaron en vivas y sor Juana, a más de darles a besar su crucifijo, lo que no había hecho hasta el momento, les dio la mano, lo único que tenía para dar, apretando la de ellos con calor. Lo que hace un jefe tras ganar una batalla. Y fue que los diez arawacos sacaron de sus cestos un diosecillo cada uno, de los que parecían zanahorias, y lo colocaron al pie de la cruz.

La abadesa nada tuvo que decir ni sus compañeras tampoco, porque los nativos habían llevado a cabo un duro trabajo y, si querían dejar un recuerdo o señalar el lugar, derecho tenían. Que lo hicieren, que, además, aquellos dioses nada eran, nada significaban.

Descansaron y, al día siguiente, tornaron al camino.

Y allí quedó la cruz de las cuatro Clarisas de Tordesillas y de un piquete de indios para gloria de Nuestro Señor Jesucristo, para aviso de navegantes y andarines, desafiando al viento, surgiendo enhiesta en una tremenda escarpadura, muy bien asentada, bendiciendo la tierra de Paria y a todos sus moradores.

Si el viaje de ida a los altos occidentales de boca de la Sierpe fue malo para las religiosas, que no estaban acostumbradas a caminar por trochas y quebradas, máxime yendo descalzas

—pues que una cosa es andar de ese modo por el convento o hasta por la huerta del mismo cumpliendo la Regla de la Orden y otra, muy otra, recorrer una selva espesa donde no haya otra—, el regreso fue peor.

Ay, que las cuatro llevaban los pies hechos una carnicería: llagados, sangrantes, dolientes y no valía que se los lavaran en todas las charcas que encontraban, que rezumaban un humor sanguinolento de continuo. Y habían de desandar el camino, siete jornadas a buen paso, trocha arriba, trocha abajo, por el boscaje y, ay, que, para mayor desgracia, sor Rósula y sor María se habían puesto pálidas de tez, pues, vive Dios, no había más que mirarlas, y estaban afiebradas, cada vez más afiebradas y temblonas.

Así las cosas, pese al gozo que pudieran llevar en sus corazones por la gesta realizada, el ánimo de las monjas se vino abajo. El de las enfermas por la mucha fiebre que les aquejaba, que les llevó a temblequear y a desvariar de inmediato; el de la madre Juana de ver a la enfermas y el de sor Juanota de ver a su señora. Y no se hubieran movido de allí, se hubieran quedado a morir, bajo la cruz, que no era mala muerte para una religiosa en ningún lugar del mundo, pero fue que los indios se portaron con generosidad y haciendo dos parihuelas montaron en ellas a las dolientes y a las otras, menos dolientes de cuerpo, pero muy dolientes de alma, las ayudaron cuanto fue menester, presentándose en el poblado en cinco días, dos menos de los que habían empleado en la ida, bendito sea Dios y bendiga a aquellos hombres que, con su buen hacer, estaban muy cerca de Él.

—Gracias, muchas gracias…

Tal les dijo sor Juana al entrar en la aldehuela con los pies desollados, y volvió a darles otro apretón de manos, lo poco que les podía dar. Y ya entre ella y sor Juanota tendieron en sendas hamacas a las enfermas, que fueron asistidas por la vieja Arabara, que prefirió atenderlas a escuchar lo que contaban los recién venidos por el campamento, donde hubo mucho alborozo. Por lo de la cruz, que la hicieron suya, holgándose, seguramente, de ser los autores de un monumento —digamos monumento— singular. Y muchos se llegaron a verla por tierra y otros por mar, en sus canoas. Y fue todo muy celebrado y conocido en las comarcas de alrededor.

14

Cierto que, con el hecho de clavar la cruz y dejarla en el acantilado occidental de la boca de la Sierpe, las monjas adquirieron mucha mayor prédica, si cabe. Y no tuvieron ninguna dificultad para instalar otra, más grande incluso, al norte, en los montes de la península de Paria, pues que a los nativos, que eran benditos como niños de teta, les gustó lo de las cruces sobremanera, y se las colgaron del cuello, las pusieron en la puerta de sus chozas y hasta en los montes, en las playas y en la selva y, a no ser porque todavía no entendían el lenguaje de las españolas ni menos su religión, cualquier venido hubiera considerado a primera vista que aquella tierra era de excelentes cristianos.

Y sí, sí, pero las dos Juanas estaban muy preocupadas por la salud de sus compañeras. Por ellas, por cuidarlas, por atenderlas noche y día y quitarles las moscas, habían abandonado sus paseos diarios y sus charlas con los nativos, que no eran charlas, sino saludos, en razón de que las hermanas necesitaban atención horas veinticuatro, máxime al atardecer cuando cuatro días sí y diez no, les subía la fiebre y les aumentaba la tembladera. Una fiebre altísima que no era otra cosa que cuartanas, pues que iban y venían como aquéllas, las mismas que mozos y viejos padecían a menudo en España y, a ver, que, sin saber medicina, hubieron de dejarlas en manos de la vieja Arabara, que, a más de curarles los pies a todas con una untura, a las enfermas les suministraba un bebedizo de polvos blancos diluidos en agua, de polvos de quina, decía, que no debía de ser agradable de beber, pues las dos se negaban a ingerirlo, cosa que debían hacer aunque fuera de efecto lento y no las curara del todo, pues que así, postradas en la hamaca, llevaban las monjas casi tres semanas, cuatro días muy afiebradas y diez muy flojas de cuerpo y de ánimo, para, cumplido el plazo, volver a la calentura.

Fue en aquellas tres semanas, cuando las dos Juanas, aparte de prepararse espiritualmente y ayunar para la vigilia de la Navidad, tan próxima ya, pues que habían contado las piedrecillas que cada día iban poniendo debajo de la cabecera de sor Rósula y sabían la fecha en que se encontraban, y por no estar mano sobre mano y hacer algo, pues el esclavo les preparaba la comida, la dichosa torta de maíz o la yuca, y no necesitaban más, empezaron con el tejido.

Sucedió que la nueva esposa del jefe indio, la que se trajo de su largo viaje, que era del pueblo de los cumanas, que a saber dónde y a cuántas millas o leguas habitaba de Paria, fue a visitarlas una tarde después de la siesta, acompañada de la joven Canacó, la que había sido primera esposa del cacique y ahora era la segunda. Las dos juntas, alegres y amigadas entre ellas —por lo de la poligamia que imperaba en aquellos países, que reducía casi a cero la existencia de celos entre mujeres—, y muy aviadas ambas, conforme era allí el atavío, poca ropa y mucha pintura y joya. Y les regalaron un telarcillo de mano y unos ovillos de algodón, a más de un ramo de preciosas flores.

Las dos monjas, tras agradecerlo, cuando se fueron las mujeres convinieron en que, aunque ambas sabían para qué servía el telar, ninguna de las dos sabía sacar provecho de él, es decir, que no sabían cómo tejer con él, y llamaron a Guo, que acaso tuviera el oficio de tejedor en su tierra y, vaya, supo manejar el artilugio, disponer el hilo, mezclarlo con otros, para conseguir rápidamente un precioso pañuelo de vivos colores, muy primoroso además.

Así continuaron con el tejido, no ellas, sino mandando a su esclavo tejer. Y, a poco, discurrieron hacer más largos los pañuelos para coser de ellos sayas y hasta camisas pensaron hacer pues que ya llevaban los hábitos hechos jirones y de algún modo habrían de reponerlos. Pero claro como en el poblado nada se podía ocultar, pues que era como vivir en la calle, antes de que Guo terminara la primera saya, es decir, la parte delantera y la trasera, que las religiosas unirían con sendas costuras en los laterales y con una cuerdecilla en la cintura, ya había una cola de indias, más de una dándole el pecho en público a su hijo, a la puerta de su choza, a más de tres mujeres que no guardaban cola: la madre y las dos primeras esposas del cacique, esperando, curiosas, ver qué era eso de una falda que llegaba a media pierna. Prenda que imaginaban perfectamente, pues que no en vano llevaban ya un faldellín que les tapaba las partes pudendas desde muchas generaciones atrás y, de un tiempo acá, habían llevado, sobre todo de noche, un hábito largo de la cabeza a los pies, cierto que cada día más ajado por el uso.

A gestos, porque allí todo lo hacían las monjas a gestos, pidieron aguja a las mirantes, que entendieron y presto les llevaron varias hechas de hueso. Y ya fue todo coser y cantar, pues las dos Juanas cantaron mientras se aplicaban con las costuras laterales, con la tela del revés. Una por una parte, otra por la otra, con la aguja enhebrada con hilo del ovillo y, aunque les quedó chapucera, se holgaron y se la regalaron a Arabara, la madre del cacique, por no suscitar envidia entre las

221

jóvenes mujeres del mismo pero haciéndoles saber que ellas tendrían otra. Y fue delirio entre las indias porque las religiosas hicieron que la anciana levantara los brazos y le introdujeron la prenda por la cabeza que, como era ancha, aún le sobró de cadera y, como estaba previsto, le cubrió hasta media pierna entre la emoción de la concurrencia, máxime cuando se la recogieron en pliegues en la cintura asegurándosela con una cuerdecilla y le invitaron a dar unas vueltas, a lucirse. Orgullosa caminó la vieja unos pasos, ante la alegre mirada de las demás, que también querían una saya. Una falda, una saya, pedían todas las indias a las Juanas pronunciando muy bien todas las letras, salvo la jota con la que tuvieron pequeñas dificultades de dicción, pero lo mismo era porque se entendían perfectamente.

Y presto se presentaron jóvenes y viejas con oro, perlas, agujas, pucheros y hasta con algunos bonetes colorados de los españoles, queriendo trocarlos por una falda.

Las Juanas, ante la divertida mirada de las otras hermanas, que se habían animado un tantico aquel día y andaban menos afiebradas, si bien pálidas como muertas, hicieron que Guo tejiera cuatro paños más, para las dos esposas del cacique. Pero, aunque el hombre trabajó con presteza, se hizo de noche, pasó la madrugada, alboreó y, como aún permanecían en la puerta del poblado todas las indias, sor Juana las envió a su casa en razón de que debía rezar prima, que ya había perdonado maitines y laudes y no era cuestión de tener más tiempo abandonado al Señor. A más, que no quería suministrar sayas a toda la población ni a cambio de oro…

Quería enseñarles a tejer más largo el paño, que nada tenía de particular, y que lo hicieran ellas en vez de que estuvieran tendidas en la hamaca de la choza masticando hojas, posición en la que pasaban buena parte del día y de la noche. Que lo hicieran ellas, que comenzaran a hacer algo, útil por demás pues cubría las vergüenzas bajas, algo que quizá no se les había ocurrido todavía y que, más tarde, pasaran a confeccionar jubones para taparse las vergüenzas altas.

Eso, que lo hicieran ellas; porque las monjas debían emplear a Guo en hacer su propia ropa, en virtud de que llevaban los hábitos hechos harapos y necesitaban reponerlos, pese a que doña Juana le dijera a toda hora a doña Juanota:

—Sor, mientras quede un andrajo, no prescindiremos del hábito de Santa Clara.

Además, que la abadesa deseaba disponer de unos lienzos largos, largos, de a lo menos cinco varas, para, tan pronto sanaran sus compañeras enfermas, llevarlos y dejarlos colgados, ondeando en la cruz que había sido instalada por los indios, a sus instancias, en lo alto de la península Paria, al norte, para que de ese modo la vieran mejor los españoles, si volvían a buscarlas por la ruta de La Española, y luego el otro, en la de la boca de la Sierpe, por si venían por oriente, por donde llegaron ellas.

Y eso, pues eso. Después de obsequiar a las primeras mujeres del cacique con sendas sayas, de verlas, albriciadas y excitadas, dar vueltas, contonearse y lucirse ante sus ojos, sin volver la cabeza ante los turgentes pechos de ninguna de las dos ni ante los meneos, puso a su esclavo a trabajar para ella, hecho que comprendieron todas las mujeres de la población, pues para eso lo tenía, y ellas se pusieron a la labor o pusieron a sus esclavos, las que los tenían.

Con tales entendimientos, las religiosas pudieron dedicarse a orar todo lo que se reza en la vigilia de Navidad en todos los lugares de la Cristiandad. Claro que echaron a faltar la misa de gallo, tan bella que la oficiaba el capellán en el altar mayor del convento de Santa Clara, en Tordesillas, y en la

223

que toda la comunidad cantaba. Ellas ahora hacían vela ante el altarcillo porque la festividad no era para menos y entre maitines y laudes hubieron de interrumpirse porque la vieja Arabara, observando que aún lucía la hoguera en la entrada de la choza, les llevó noticia de que una mujer había parido una niña en el poblado. Y doña Juanota dijo:

—Doña Juana, habremos de visitar a la recién nacida y llevarle unas caracolas...

—Y bautizarla, hermana, que es tiempo ya de bautizar...

—¿Lo haréis vos?

—Yo lo haré...

—¿Qué nombre le pondremos?

—La llamaremos María, como Nuestra Señora...

Llegadas las dos Juanas a la choza de la parturienta, llevando una calabaza con agua y una concha de nácara en la mano, le entregaron el regalo a la feliz madre y le pidieron que les dejara a la niña. La levantó doña Juanota de un cesto plano relleno de copos de algodón, para que resultara muelle y, después de hacerle unos arrumacos, vertió agua en la concha, se la entregó a doña Juana, volvió a la criatura boca abajo y la priora procedió:

—Yo te bautizo en el nombre del Padre y del Hijo y del Espíritu Santo con el nombre de María...

Y ninguna de las mujeres que allí había se extrañó ni menos pidió explicaciones de la ceremonia, quizá porque no se extrañaban de nada, quizá porque, dada su indolencia, no querían extrañarse de nada. Pero, vaya, que algunas quisieron que les echaran también agua por la cabeza quizá porque hacía noche calurosa, y que las sores aprovecharon para cristianar también a cinco mujeres, a las que allí había, doña Arabara incluida, y a un niño, A todas con el nombre de María y al niño con el de Jesús.

Fue bueno aquello de las sayas porque las habitadoras las vestían y enseñaban menos carne. Fue bueno y fue lo mismo, porque en cuanto sus maridos les hacían cualquier cortesía o las llamaban a yacer sin hacerles ninguna zalema, se quitaban todo y se quedaban desnudas como vinieron al mundo. A más, que los varones no se sumaron a aquello de las faldas, no.

Lo del bautizo fue de gozo para las cristianas, pero las nativas ni se enteraron. Es más, cuantas veces fueron las monjas a visitar a la pequeña María, la madre y las mujeres la llamaban con el nombre que ellas le habían puesto, y entre ellas se nombraban con el que tenían antes, todos tan extraños como todos los de por allí.

Un día, mediado el mes de marzo, habiendo finalizado temprano la estación de las lluvias, cuando las selvas estaban verdes, verdes, tanto que daba gusto verlas por la mucha agua caída, pese a que continuaran plagadas de fieras y plantas carniceras y a que con la floración hubieran arreciado los ataques de los mosquitos y de los muchos tábanos que poblaban la zona, las cuatro Clarisas, ya muy repuestas las enfermas, se asombraron mismamente como toda la gente del poblado al escuchar una gran asonada de caracolas. Que estaban divertidas, dando de comer semillas de maíz en su propia mano al loro que tenían en la choza, y oyéndolo decir «Bendito sea Dios», como le había enseñado doña Juanota, y platicando de sus cosas:

—Con permiso de su maternidad —sostenía doña Rósula—, tengo para mí que hacemos vida más útil en este mundo que en el convento rezando…

—No diga necedades la hermana, nosotras en el monasterio rezamos y el Señor reparte la bondad de nuestras oraciones a su arbitrio...

—Aquí hemos conseguido que casi todos los nativos lleven una cruz al cuello y que hayan hincado dos en dos lugares estratégicos —abundaba la dinerera.

—A más de que se vistan y que vayan contentos con los hábitos y las nuevas sayas —hacía hincapié doña Juanota.

—Hemos logrado alguna cosa —respondía humilde doña Juana— sí, pero muy poco... Ni mucho menos esta gente está cristianada...

—Pronto parirán algunas mujeres que están preñadas, y podremos bautizar a los nacidos, como hicimos con la pequeña María.

—Sobre lo que dice doña Rósula no estoy de acuerdo —defendía la abadesa—, aquí rezamos tanto como en el convento o más. Cada vez que nos encontramos en un apuro, que es más a menudo que en Tordesillas, donde estamos a cobijo, separadas del mundo por altos muros...

—También digo, señoría, dicho con humildad, que será pena si llega aquí la gente del rey y lo estropea todo...

—¿Qué ha de estropear la gente del rey?

—¿Qué ha estropeado el almirante Colón?

—Digo, hermanas, que estos hombres y mujeres viven a su aire y que no parecen buscar otros aires...

—Nadie pretende llevárselos de donde viven... Incluso los reyes no quieren esclavos...

—Los desean hombres libres, vasallos, como nosotras sin ir más lejos...

—Por otra parte, éstos no quieren viajar, no son viajeros, salieron hace meses y no lo han vuelto a hacer, parece que están bien quietos.

—Si se han movido es por nosotras, por las cruces.

—Sepa, doña Rósula, que don Cristóbal Colón lleva manda de sus altezas para alzar ciudades y cristianar a las gentes...

—No creo, señora, que los indios sepan vivir en ciudades, máxime aquí que gozan de un clima benigno y agradable.

—¿Agradable? ¿No pasamos el día sudadas y pringosas, o encerradas en la choza cuando llueve, que más parece que se abran las cataratas del cielo?

—¡No me diréis que es peor que el frío o el calor de Palencia!

—Es que les acompaña la naturaleza, no es menester trabajar para poder comer...

—¿Y eso es bueno?

—¿Acaso no trae indolencia?

—¿La poltronería es mala si todo un pueblo se la puede permitir?

—¡Va contra el Pecado Original!

—¡Quite allá, sor Juanota!

—¿Qué queréis decir, señora mía?

—Que tengo para mí que aquí no hubo Pecado Original...

—¿Que no hubo Primeros Padres?

—¿Queréis decir que no hay Dios en aquesta parte del mundo?

—¿No puede ser otro mundo? —insistía sor Rósula.

—¿No hay hombres y mujeres? ¿No son iguales a nosotros? ¿No comen, no beben, no tienen hijos?

—¿No se reproducen del mismo modo y tienen los mismos apetitos?

—¿No paren las mujeres con dolor?

—¿No hay animales, plantas y peces?

—¿No luce el sol y la luna?

—¡Pues es el mismo mundo, señora Rósula!

—¡Explicaos, sor, explicaos!

—¿Acaso habéis perdido el seso?

—Ruego a sor Juanota me guarde respeto…

Las monjas se enojaban ante los desvaríos de la dinerera, haciendo esfuerzo para contenerse y movían la cabeza, como diciéndose que la hermana había delirado durante su enfermedad y que quizá, Dios no lo quiera, hubiera perdido la razón. No obstante, se mostraban dispuestas a continuar aquella conversación que hubiera podido dar mucho de sí, pero se sorprendieron con la asonada de caracolas y fueron a ver qué sucedía, aunque por su condición religiosa tal vez hubieran tenido que reprimir su curiosidad, nada más fuera por hacer penitencia, no se lo tenga en cuenta el Señor porque la vida en aquel lugar era tediosa por demás.

Y, vaya, que venía mucha gente. Una compaña de guerreros abriendo paso con sus arcos a la espalda, marchando muy marciales, el cacique visitante llevado en silla de manos, sus mujeres, a lo menos cinco, también en sillas, un montón de criados cargados con cestos y otro piquete de soldados cerrando marcha. A lo menos cincuenta personas, pintadas con otros colores que los nativos, pero también con colgajos de oro en la nariz y orejas.

Ya sabían los del poblado quiénes eran, pues que no echaron mano a sus armas y los recibieron con mucha alharaca. Las monjas observaban todo desde la puerta de su choza y fue que el indio Guo comenzó a dar saltos de alegría. Dedujeron las religiosas que tal vez los venidos fueran totunas, es decir, de la misma tribu que su esclavo, pues que mostraba su contento aunque sin separarse una vara de sus amas ni hacer ademán de ir al encuentro de los vinientes, es decir, manteniéndose donde debía, con sus amas.

Y fue que el cacique del poblado, vestido con el hábito de

las monjas, pintada la cara y el cuello con mucha pintura y con un penacho de plumas azules en la cabeza, estaba sentando en su trono, con la espingarda del maestre Quintero en la mano diestra, con la espada del mismo clavada en la tierra a la siniestra, con la pepita de oro debajo de la silla, con su hijo y los hombres a la derecha y las mujeres a la izquierda. Las primeras, su madre y las dos esposas, la Canacó y la otra. Y fue que se levantó para recibir al otro, que venía completamente desnudo, y abrazarle, y cruzó regalos con él. Diole a lo menos veinte cestos a rebosar de caracolas, lo más preciado de por allí, y una de sus mujeres, a Canacó, seguramente porque era la que más apreciaba, que se dejó dar sin rechistar, sin palabra ni ceremonia de boda, para recibir en el acto a lo menos cuarenta cestos también a rebosar de hojas de mascar, se ve que lo más precioso que tenía el cacique venido, Y fue que el arawaco le dio silla, y que ambos comenzaron a beber el fuerte aguardiente que fabricaban por allá y a comer la dichosa torta de maíz, ambos con apetito. Ellos los primeros y luego dieron a todos, que se aplicaron al condumio. Y fue luego, lo que se temían las monjas que, tras beber sin tino y mascar hojas en grandes cantidades, comenzaron a asonar caracolas y flautas y empezaron con los bailes frenéticos, los mismos que las habían asustado la primera vez que los vieron. Pero, ah, que los detuvieron a una orden del rey de Paria.

Sucedió que el dicho rey llamó a sor Juana y a Guo y que, llegados ambos ante él, el indio habló a la monja de corrido, pero la dama no entendió palabra —nada nuevo, pues que las cuatro religiosas eran incapaces o muy torpes para comprender un lenguaje plagado de consonantes, tal se aducían— mientras el esclavo era saludado por el otro cacique con mucho amor, respondiendo el mozo de la misma forma, ambos como si fueran padre e hijo o al menos parientes. Y era que los dos reyezuelos ofrecían a la abadesa cestos de caracolas, de hojas de mascar, los collares de oro que llevaban, las pulseras, las ajorcas y hasta los aretes que llevaban en la nariz, señalándole a Guo, entregándole las banastas y pidiéndole a Guo. Y claro la dama, comprendiendo que le querían comprar a su esclavo, se lo entregó de balde, de corazón además, pues que el mozo no merecía menos por los grandes servicios que le había prestado, pues aunque ella fuera la artífice mental de las cruces, el hacedor manual era él e, ítem más, de las telas largas que tanto adecentaban al paisanaje de aquellos países.

Los jefes indios se quedaron desconcertados cuando entendieron que la monja no admitía los tesoros que le daban, e insistieron, pero terminaron encogiéndose de hombros y dieron paso a la fiesta.

Las religiosas, previendo lo que había de suceder, se retiraron a su cabaña cuando ya asonaban las flautas, cuando ya iniciaban el baile hombres y mujeres. No habían comenzado a rezar por aquellos pueblos primitivos cuando se presentó Guo ante su puerta, que no era tal, sino hueco de entrada, a besar la mano de doña Juana, mostrándose muy agradecido de que le hubiera concedido la libertad.

De tanto en tanto, las españolas, observaban a través de las rendijas de la choza el movimiento de los indios. Veían con espanto cómo las danzas aumentaban en frenesí a la par que el sonido de las músicas, conforme los nativos mascaban más y más hojas. Y cómo se detenía el baile para dejar paso a un hombre de los venidos que iba muy arreado, al avío de allí, es decir, desnudo, salvo mucha pluma por el cuerpo todo, que inició al son de un flautín unos pasos, un bailete, para seguir con brincos, cabriolas y hasta pantomimas, como arrebatado el sujeto, y claro tuvieron miedo como mujeres que eran, no fueran a por ellas. El mismo pavor que en la primera fiesta o más, porque el bailarín se acercaba a su choza y hacía aspavientos ante el hueco de la entrada, pues que no había puerta, como conocido es. Y dijo sor Rósula:

—Este tipo es el hechicero, hermanas. Creo que nos quiere mal…

—¿Por qué?

—No le hemos hecho nada, siquiera saludado.

—No miren sus mercedes, no nos vaya a echar mal de ojo…

—Los venidos son otros, no son iguales a los de Paria —sostuvo la dinerera.

—Acaso nos esté invitando a bailar —se adujo sor María en voz alta.

—Lleva malas intenciones, ¿no veis cómo mueve las partes bajas? —informó sor Juanota.

—¡No miréis, sor, no miréis! —reprendió la abadesa.

—¡Señora, he de vigilar para guardar nuestra integridad! ¡Atención, hermanas, el hechicero se va… Entran las mujeres… Entran Canacó y las extranjeras…! ¡La luna luce espléndida…!

—¿Qué hacen, sor?

—¡Se contorsionan, peor que las putas, con perdón!

—Aquí hay mucho quehacer, señoras mías —se lamentaba doña Juana—. Habremos de bautizar a los adultos…

—¡Entran los jóvenes, entre ellos Guo…!

—¿Qué pasa, han cesado las músicas?

—¡Atención —continuaba sor Juanota—, entran en escena los dos jefes…! ¡Las mujeres de cada uno se colocan detrás de su señor…! ¡Se cambian, se van con el otro señor…!

—¿Canacó qué hace?

—Lo mismo que todas…

—¿Y doña Arabara?

231

—Ve, sonríe, ríe, masca hojas, las escupe, bebe aguardiente… ¡Dios mío…!

—¿Qué sucede, doña Juanota?

—Arrancan la cruz de la puerta del cacique… La llevan a la explanada… La clavan… Danzan en torno suyo… Los arawacos levantan los crucifijos que llevan al cuello…

—Recemos, señoras…

—¿Hacen escarnio de la Santa Cruz?

—¡No, sólo bailan y bailan…!

—¿Es escarnio bailar, doña Juana?

—No creo, hija mía… Aunque en la Cristiandad no se baila, se arrodilla uno…

—¡Ya vuelve el tipo…!

—¿El hechicero?

—¡Sí, el hechicero!

—¡Voy a despedirlo…!

—¡Téngase, doña Juana…! —sor Juanota detuvo a la priora con su enorme corpachón.

—Sabed, sores —habló la señora con voz templada—, que si hacen escarnio, afrenta o mofa de la cruz de Nuestro Señor, habré de intervenir y, si es menester, morir…

—¡No es eso, maternidad, lo que hacen es tenerla por ídolo…! Bailan en torno a ella y en torno a una hoguera con el mismo frenesí…

—¡Gracias a Dios!

—¿Por qué decís gracias a Dios, sor María? —demandó doña Rósula.

—Porque no le hacen escarnio ni bufa, hermana.

—A saber cómo terminará todo…

—Quizá, hayamos de morir…

—¡Qué mejor muerte…!

—¡Seremos mártires!

—¡Iremos derechas al Paraíso…!

—¡Al lado de Santa Clara y de Nuestra Señora la Virgen María…!

—¡A gozar, a holgar, por toda la Eternidad…!

—¿Qué hacen, sor Juanota, no se cansan de tanto ajetreo?

—¡Entran unos en el baile y salen otros…!

—¿No se retira ninguno todavía?

—¡No!

—¿Ve su merced a Guo?

—No, señora, hay mucho tumulto.

Así, o con semejantes hablas, a ratos con miedo, continuaron las monjas toda la noche pero, al amanecer, llegó la calma al poblado mismamente como la vez anterior.

15

Al día siguiente, a la atardecida, el rey de Paria tuvo muchas pláticas con el otro rey, que era el monarca de los totunas, delante de toda la población. Recuperados ambos de la orgía, pusieron paces entre ellos y, seguramente, dirimieron sus afrentas, lo que les unía y lo que les desunía, lo que tenían en común y lo que les diferenciaba, lo que hacen los soberanos en todas las partes del mundo, y acabaron muy amigados, abrazándose con calor ante el contento de todos.

Y fue que, mientras las monjas anduvieron recogidas en su choza rezando lo propio de Semana Santa, sin saber con certeza si se encontraban o no en aquella fecha, pues que no sabían contar las lunas, el cacique de los arawacos enseñó al totuna las cruces de las monjas en razón de que eran también de ellos, pues que las habían instalado y las tenían en aprecio, posiblemente como obra de envergadura y única en aquellos paisajes. E iban de aquí para allá con sus guerreros, de la cruz de la cabaña real a la cruz de la choza de las monjas —la que tenía escrito el letrero de Casa de Santa Clara—, de ésta a la de la playa de la desventura, donde el rey del poblado propinaba los espadazos que viera dar al maestre Quintero el día de toma de posesión de aquella playa, de la tierra que se veía y otrosí de la que no se veía, por los españoles, en nombre de los señores reyes, don Fernando y doña Isabel, cuya vida guarde Dios muchos años, o se llegaban a la de los altozanos del norte, o a la de la boca de la Sierpe, al sur. El caso es que el totuna se asombraba de la majestad de las cruces y trataba al rey de Paria como si fuera el señor de las mismas, y le daba más perlas, más hojas de mascar, más mujeres, todo lo que había traído, en fin.

Y, claro, las monjas, que algunas veces iban con ellos, llevadas en literas como los propios reyes porque bien sabían los nativos que eran flojas de pies para recorrer las selvas, se holgaban y comentaban entusiasmadas que, cuando hubiera catorce cruces, podrían rezar el Vía Crucis. Un largo Vía Crucis, quizá el más largo del mundo. Por eso no se opusieron a que los indios instalarán la decimotercera cruz ni la decimocuarta, pero a la decimoquinta dijeron no.

Habían buscado que entre ellas, entre las catorce cruces, hubiere más o menos la misma distancia, disponiendo, además, que la primera fuera la de la boca de la Sierpe y la postrera la de la boca saliente del golfo Paria. Y fue que arawacos y totunas trabajaron con ahínco y que, a pocos días, saliente el mes de mayo, cuando las monjas llevaban allí casi diez meses de estancia, fueron a clavar la decimocuarta y última cruz en un lugar llamado la charca de los caimanes. Porque ellas llamaban a las estaciones del Vía Crucis: primera, segunda, tercera, etcétera, correspondientes con «Jesús condenado a muerte», «Sale Jesús con la cruz a cuestas», «Primera caída de Jesús», etcétera, pero los indios las llamaban por los nombres que daban a los accidentes del terreno o por lo que había en el lugar. Si caimanes, dichos en Castilla cocodrilos, en una charca: «Charca de los caimanes»; si hormigas gigantes: «Estación del hormiguero gigante»; si hermosísimas flores rojas: «Estación de las flores escarlatas», si un mogote: «Estación del monte pelado»... Pero a las tres primeras cruces instaladas, es decir, la de la entrada y salida del golfo y la de la playa de la desventura —a la que ya podían ponerle la mayúscula, la Desventura, pues que llevaban diez meses allí, como se dijo arriba, sin señal del almirante Colón—, no consintieron en llamarlas de otro modo.

Era el indio Guo, que debía valer para las lenguas, pues que hablaba la suya —el totuna—, la de los arawacos y chapurreaba el castellano, era el que traducía entre doña Juana y los reyes. Pues que había empezado Guo tiempo antes, mucho antes de andar con el tejido, imitando lo que decían o rezaban las españolas, o a sor Juanota cuando enseñaba a hablar al loro, y decía sin saber qué decía:

—Dios te salve María, llena eres de gracia... —etcétera, hasta concluir la oración. Y presto dijo:

—Mi ser Guoguoguo...

O algo así. Un nombre complicado, impronunciable y hasta ridículo como todos los del lugar, que las religiosas abreviaron a Guo.

Y eso, que doña Juana por boca del indio que, pese a ser hombre libre, las visitaba todos los días y pasaba rato con ellas interesado en la lengua castellana y agradecido de que la priora le hubiera otorgado la libertad, dijo que no a los reyes cuando propusieron alzar la decimoquinta cruz, que por ellos hubieran llenado la tierra de cruces. Y lo que comentaba la abadesa con sus compañeras:

—Más cruces, no... Que esto va a parecer un cementerio...

Y ellas asentían, porque lo razonable era clavar catorce para rezar el Vía Crucis, pero no más.

Instaladas las catorce cruces de Paria que constituían el Vía Crucis más largo del mundo, fueron llegando a verlas gentes y más gentes, todas pacíficas, al menos por el momento. Y era que el Señor de las Cruces, es decir, el cacique de los arawacos, recibía a reyes de otros países que llegaban al poblado con preciosos regalos. Con plantas y frutas desconocidas por allá; con armas de hierro, también desconocidas en Paria, pues que todavía utilizaban la madera y la piedra y el hueso, y estaba claro que los pocos objetos que tenían de hierro, como las azagayas, que servían para usos de tipo doméstico, procedían del trueque; que los arawacos cambiaban sus magníficas caracolas marinas y recibían piezas de hierro, hojas de mascar y oro, mucho oro, como si valiera más una caracola que un collar de oro.

Y vinieron, primero, los totunas, luego los cumanas y luego los caracas, llevados los reyezuelos en silla de manos, con sus mujeres, sus guerreros, sus armas, su oro, sus perlas y muchas especias. Todos con mucha pompa y aparato, el que se llevaba por allá… Y unos y otros se admiraban de las cruces, y de las monjas. De la hechura y altura de las primeras; de la blancura de piel de las cuatro españolas, de los ojos azules de sor María y de la manquedad de doña Juana, y las honraban, les regalaban oro y perlas como si fueran venidas de otro mundo. Las trataban con el mayor de los respetos, máxime cuando el rey de Paria les contaba a los otros caciques que habían llegado en tres canoas altas como montañas.

Las religiosas, que ya tenían acopiado mucho oro y perlas en su choza, dicha por allí, churuata y también bohío —que poco a poco iban aprendiendo el arawaco— hablaban a menudo del precioso metal:

—No le dan la utilidad que tiene.

—No lo usan como dinero.

—El dinero es la caracola.

—Al oro no le dan otro valor que el ornamental.

—Los indios no son codiciosos…

—Se produce la codicia cuando hay propiedad privada…

—En nuestro convento tampoco hay codicia…

—Yerra, doña María —apuntaba sor Rósula—, no tenemos codicia particular porque ninguna monja tiene nada suyo, pero sí comunal, pues que gustamos tener más reliquias, más imágenes, más alhajas, mejores capillas, más campos, más viñas y más dineros que otras órdenes religiosas. —Y, como no en vano era la dinerera, abundaba—: Bien que nos quedaría este tesoro en nuestra iglesia… Sería envidia de todas las Clarisas del mundo…

—De las Clarisas, de las Huelgas, de las Carmelitas y de todas las religiosas del planeta…

—Aunque no le dan al oro el valor que tiene, se ve que este metal llama al ser humano en todas las latitudes.

—Con lo que tenemos podríamos hacer una capilla de oro y perlas para Nuestra Madre Santa Clara.

—Lo traen de poniente —aseveró doña Juana.

—Si quiere su maternidad pregunto…

—No, sor Juanota, no lo tengan los caníbales…

—Estos pueblos que vienen a Paria y que están enriqueciendo al rey, no son así…

—El caso es que, dónde sea, al poniente, tienen minas y cavan el oro o lo sacan de la arena de las playas cribándola, y lo moldean y hasta hacen joyas con él…

—No les venga a sus mercedes ningún afán de acaparar riqueza que mantendremos nuestra postura de aceptar lo que buenamente nos den, y eso por no hacer desaire… Y sepan que, si alguna vez, quiéralo Dios, salimos de aquí, nos iremos con las manos vacías… He dicho.

Tal terminó doña Juana, con las mismas palabras que decía en el refectorio de Tordesillas cuando estaba la comunidad reunida y ordenaba tal o cual. Y sus compañeras, que eran excelentes y obedientes Clarisas, acataban de corazón lo de no llevarse nada, ni un recuerdo y cambiaban de conversación:

—¿Creéis, señora, que volverá el almirante a buscarnos o enviará por nosotras después de tanto tiempo?

—Por supuesto, hija. No sólo regresará a por nosotras, sino porque le interesa saber de estos países, que entendió eran la Tierra Firme... Lo mismo que yo opino, pues, ¿no vienen del poniente muchos pueblos? Por otra parte, don Cristóbal Colón busca un continente por el occidente... Un continente llamado Asia, que con respecto a Europa está situado al oriente y cuyo primer reino es el Catay, que tiene un rey de nombre Gran Khan, que gobierna sobre otros reyes y que fue visitado por micer Marco Polo hace doscientos años...

—Guo quizá sepa del Gran Khan.

—No, ya le he preguntado. El Catay está muy lejos todavía... Allá, además, habitan gentes ricas y prósperas...

—No como éstas...

—No. El caso es que ese gran y poderoso reino está precedido de islas y que hay que navegar mucho más al poniente de La Española o seguir estos países tierra adentro y, hasta tengo para mí, que atravesar las naciones de los totunas, de los cumanas, de los caracas y de otros pueblos que pueda haber... De ese modo, y luego cruzando el Catay y el reino del Preste Juan, podrá el rey don Fernando presentarse en Jerusalén por el oriente, aunque utilizando el camino del poniente como propone Colón, y conquistar la urbe a los turcos para liberar los Santos Lugares...

—No sé, señora, si el almirante será capaz de no detenerse y seguir hasta la Ciudad Santa si encuentra las fuentes del oro…

—¡Ah, doña Rósula, Colón continuará porque lleva a Cristo en su corazón…!

—Quizá sea la malicia de Satanás la que impide a los españoles hallar las fuentes del oro en estas tierras e islas…

—¡No mentéis a Satanás, doña María, que parece no existir por aquí…! —regañó la abadesa.

Pero sí que existía Satanás en aquella tierra o grandiosa isla, lo que fuere el país de Paria, pues fue que, después de venir mucha gente con regalos y amistad, se presentaron los caribes en la playa de la Desventura. Un día, antes del albor, desembarcaron de sus canoas sin ser sentidos y como demonios se personaron en los bohíos de los arawacos y sus huéspedes con sus armas de hierro, que tenían hierro, espadas, puñales y lanzas. Y hasta que no estuvieron delante de las puertas ni alentaron, mas presto estallaron en grande grita, asustando a todos, a hombres y mujeres, pero, en realidad, aterrando sólo a las mujeres, monjas incluidas, porque los hombres no se amedrentaron. Es más, cuando el rey de Paria asonó su caracola con un sonido de guerra, que las religiosas, a Dios gracias, no habían oído hasta la fecha, se aprestaron todos los indios a defenderse y a preservar el poblado, dispuestos a morir. Y así lucharon con mucho valor y brío.

Cada hombre con lo que tenía, con su arco, con estacas, con cañas, con piedras, con garrotes, a pucherazos, en fin. Y algunas mujeres también pelearon con la misma bravura o más, si cabe, que los hombres, entre ellas doña Juanota, que, a la algarada, salió de la choza, cogió un palo y la emprendió a

241

golpes contra todo indio que se acercaba y, si pudo hacerlo sin recibir una malhadada flecha, fue porque el guerrero que se llegaba a ella se asustaba al ver a un gigante ante él, máxime porque con la oscuridad no veía si era hombre o mujer. Y eso que se quedaba pasmado por un momento, instante en que la sor aprovechaba para asestarle un golpe con toda su fuerza donde cayere, si en la cabeza, en la cabeza, si en el costado, en el costado, de tal guisa que mandó a un enemigo al otro mundo, Dios le perdone, máxime porque lo hizo en defensa propia.

El caso es que los caribes recularon, que, siendo treinta o cuarenta, pese a que utilizaron el factor sorpresa y la oscuridad, no pudieron con los naturales ni con los visitantes ni con doña Juanota, que, todos a una, repelieron el ataque, y tornaron a sus canoas como alma que lleva el diablo dejando quince cadáveres entre la playa y el poblado, y que los arawacos arrojaron a los peces.

Mucho contento hubo entre los vencedores, tanto que asonaron flautas y tambores dispuestos quizá a iniciar la grande orgía que desarrollaban después de los grandes acontecimientos, pero aquella vez no lo hicieron, tal vez porque habían guerreado con ardimiento y estaban cansados. Y mejor para las monjas, pues que no hubieron de recluirse en su casa y anduvieron por los bohíos como unas más, dando y recibiendo parabienes por la victoria, que no se vio emborronada ni por los cadáveres que fue menester enterrar.

Sor Juana, sor María y sor Rósula, antes de dejar su choza y reunirse con los habitadores, exclamaron al unísono y sin ponerse de acuerdo:

—¡Bravo, sor Juanota!

Tal gritaron las tres sores en razón de que no era para menos, de que bien lo merecía la hermana, que actuó como el

242

fornido Sansón, el de la Sagrada Escritura. Y rieron todas, excepto cuando la vitoreada se dolió de haber mandado a un indio al otro mundo, entonces dejaron de reír. Y la consolaron:

—Habéis actuado en defensa propia, en nuestra defensa y en la de la población que nos acoge…

—Sí, pero he matado a un indio…

—Venían con alevosas intenciones, dispuestos a asesinarnos…

—Sí, pero es un alma, que a saber adónde va.

—¡Al Infierno! ¿Adónde ha de ir?

—¡Estará donde merece, no penéis, doña Juanota!

—¡Los buenos al Cielo, los malos al Infierno…!

—Es la Ley de Dios…

—Si pudiera confesar, hermanas, cumpliría la penitencia y quedaría limpia de culpa…

—¡No tenéis culpa, hija!

—Además, son paganos y no es lo mismo matar a un cristiano que a un pagano o a un infiel —le musitaba sor Rósula al oído.

—¡Déjelo estar, doña Juanota, que ha sido una guerra justa! —ordenó la abadesa para terminar con las dudas de la sor que, en efecto, pareció quedar consolada, y se sumó con las demás a la alegría reinante en el poblado.

Supieron las monjas por información de Guo que la joven Canacó, su bella valedora, la que había sido primera esposa del rey de Paria, luego del rey totuna y a saber si del rey cumana y del caraca también, había desaparecido, y presto su alegría se tornó en llanto. Y no es que lloraran hombres y mujeres, no, es que lloraban las mujeres y los hombres ponían cara de tristeza y, al socaire, había conturbación en el poblado. Y parecía, les parecía a las monjas, que los cuatro reyes querían ir en busca de la desaparecida, pero que sus va-

243

sallos no estaban por ello, aunque pusieran cara de circunstancias. Los reyes decían de ir en pos de los caribes y sus vasallos se negaban, y lo que explicaba Guo a sor Juana:

—Hombres no querer ir porque caciques haber ya muchas mujeres...

Y cierto era, en efecto. Pero la abadesa le dijo:

—Posible Canacó no ser llevada por caribes, buscadla... Ser posible que huir selva...

Así se lo dijo porque dirigiéndose a Guo hablaba como él.

Y el indio la entendió y se encaminó al rey de los totunas, que a lo menos era su padre o un pariente muy principal, y le dijo de buscar a la mujer. Y a eso no se negaron los vasallos de los cuatro reyes, sino que a poco salieron todos con sus arcos, unos derechos a la selva, unos al norte, otros al sur y otros a recorrer la playa. Las monjas se dividieron, unas se quedaron a ayudar a la vieja Arabara y al hechicero de los totunas —que eran allí los médicos— a atender a los heridos de la batalla, y otras fueron con los de la playa.

A Canacó, al Señor sean dadas muchas gracias y loores, la encontraron donde terminaba la arena, oculta entre unos manglares, llorosa, tiritando y desfallecida de hambre. Contó la moza, entre temblores, que la habían raptado los caribes con intención de llevársela a sus islas y violentarla, o vaya su merced a saber si para hacer un buen guisado o un buen asado con ella, pues que tenía las carnes asaz prietas, como sabido es. Tal dedujeron las monjas, y la consolaron mientras el rey de Paria la llevaba en brazos hasta las casas, donde fue atendida por la vieja Arabara.

Con la llegada de la moza volvió la alegría al poblado, pero, vive Dios, por poco tiempo pues que fue menester enterrar a los muertos y llorar con las viudas y parientes de los fallecidos.

Que entre arawacos y totunas hubo siete muertos. Que los cadáveres arawacos fueron lavados por la vieja Arabara, los de los totunas por su hechicero. Que ambos extendieron en el centro del poblado hojas de palmera, dispusieron los cadáveres uno a uno, les rompieron los huesos de brazos y piernas, ante el asombro de las monjas, para hacer un rebullo con los cuerpos y que ocuparan menos espacio, los envolvieron en las hojas y, en parihuelas, los llevaron a enterrar al final de la playa, donde cavaron una hilera de tumbas. Los introdujeron con cuidado, los colocaron con esmero y les dejaron a los arawacos un muñequito y a los totunas una piedrecilla redonda y plana. Luego cantaron salmos fúnebres y las mujeres lloraron tanto o más que las plañideras de oficio en España.

Las religiosas rezaron, pero nada hicieron, por no interferir.

Los pueblos cruzaron pésames, reyes incluidos, pero, pronto, éstos comenzaron a discutir por la bellísima Canacó, como a menudo hacen los hombres en cualquier lugar del mundo por una mujer bella. Fue que el rey de Paria se la había regalado al rey totuna a cambio de otra mujer muy hermosa y culiprieta también; que el rey totuna parecía haber hecho otro tanto con el rey de los cumanas y éste otro tanto con el de los caracas, cierto que esto último no estaba ya tan claro para las monjas. Y era que el de Paria, habiéndola tornado en brazos a las casas, deseaba recuperarla, y que los otros tres reyes se negaron y acabaron los cuatro voceando.

Y todo se descompuso, como suele suceder y, presto, los que habían sido amigos se tornaron en enemigos. Y no valió que el de Paria les diera de beber y oro y perlas y hasta la cruz que tenía en la puerta de su casa —la correspondiente a la undécima estación: «Jesucristo es clavado en la cruz»—, que los otros no querían trueque, querían a la mujer, los tres enamorados de ella, al parecer. El primero y más prendado, el caraca, pues que debía ser el último posesor. Y las voces terminaron en puñadas y los amigos en enemigos. Y menos mal que los vasallos dejaron a sus reyes porfiar ellos contra ellos, pues que de otro modo hubiera podido comenzar otra guerra y acabar el negocio en una carnicería. Menos mal que permanecieron mirando y mudos, y sin hacer caso al hechicero de los totunas, que hablaba con horror de que habían vuelto a la playa cuatro cadáveres de los caribes, de los que arrojaron al mar, enteros y sin el menor destrozo de los tiburones, viendo quizá mal agüero en el hecho.

Las monjas no intervinieron por prudencia y porque estaban en tierra ajena. Sólo comentaron entre ellas:

—¡Todo esto por una mujer…!

—¡No lo entiendo, sores, pues que tienen muchas…!

—Si dejaran opinar a Canacó con quién quiere ir…

—¿Qué?

—Pues que decidiría ella.

—Las mujeres no deciden su matrimonio.

—Aunque la dejaran opinar, los despechados no aceptarían su decisión.

—Lo mismo sería.

—¡Ea, hermanas, retirémonos!

—¡Ea, sí, que se arreglen ellos!

—¡Se han emperrado los cuatro reyes con ella y esto toma mal cariz…!

—Oremos, hermanas: *Adoremus Te…*

—*Benedicimus Te…*

Y de los cadáveres nada comentaron.

A las pocas horas, después de muchas discusiones y más puñadas, los reyes extranjeros se largaron con sus cortejos y mujeres. Canacó quedóse con el rey de Paria, que entregó por ella al caraca la enorme pepita de oro que tenía siempre debajo de su trono, y a los otros perlas, muchas perlas.

Guo, tras despedirse de las monjas con lágrimas en los ojos, se fue con los suyos. Las religiosas lo sintieron, pero se alegraron por Canacó y por ellas, pues que en la india siempre habían tenido una amiga.

Entrado julio, sor María y sor Rósula volvieron a enfermar de la fiebre que otrora las volvió pálidas, de las malditas cuartanas, cuatro días de fiebre y diez sin fiebre, para volver a empezar tal vez. Sus compañeras las atendieron y les dieron a beber los amargos polvos de quina que les suministraba la anciana Arabara, aunque ambas andaban aquejadas de reúma y habían de hacer esfuerzo para levantarse de la silla y, a ratos, hasta para echar la pierna y caminar, y mucho más para jugar al corro con los niños que a sobretarde iban a visitarles, muchas veces acompañados de sus madres.

Decía sor Juana que era la mucha humedad del país:

—No hay quien viva en esta humedad… No se nota el cambio de estaciones, andamos día y noche sudando…

Y sor Juanota asentía.

Decía sor Juana:

—Nos estamos volviendo irremisiblemente viejas…

Y sor Juanota asentía.

Y, si a sor María le había bajado la fiebre y las oía, asentía también y, si era sor Rósula la que estaba lúcida asentía sobre lo de la vejez, pero cuando recordaban el negocio de Canacó y los reyes, no, entonces les llevaba la contraria:

—Ya os dije yo, señoras, que la poligamia no reduce los problemas de la cama.

Las otras se miraban a los ojos como si delirara estando despierta también. Y el caso es que, por hacer caridad, las más de las veces habían de escuchar una larga prédica sobre la maldita pasión de los celos, y no les quedaba más remedio que convenir con ella en que existía en todas partes, si no véase a los cuatro reyes estantes en Paria, el lugar más lejano del mundo.

En la ciudad de Santo Domingo, en La Española, don Cristóbal Colón, tras someter a varios caciques, hubo de hacer frente a una rebelión de castellanos —de súbditos de los reyes— que venía de antiguo.

La de un maldito Francisco Roldán, alcalde mayor de la ciudad de Isabela y hombre ambicioso por demás que, aprovechando su ausencia, había pretendido hacerse con el dominio de la isla en detrimento de las prerrogativas del almirante y de quienes designara para representarle e, ítem más, de las Capitulaciones de Santa Fe que él mismo había pactado con sus altezas, don Fernando y doña Isabel.

El tal Roldán había atraído a los españoles y les había hecho ver y notar lo que ya sentían en sus carnes: la miseria reinante en la isla y la falta de bastimentos que padecían, y a los indios les había prometido que no pagarían tributo, incitándoles también a la rebelión, pretendiendo la muerte de los tres hermanos Colón. Es más, que las tres carabelas que envió el almirante derechas a La Española cuando él inició su viaje de descubrimiento, recalaron fatalmente en Isabela y muchas de sus gentes se sumaron a la conspiración del dicho Roldán, complicando más las cosas.

Don Cristóbal Colón, para contener las calumnias de que las Indias no daban riqueza, regaló un esclavo a cada colono y quiso repatriar a los descontentos que eran multitud, pero desechó la idea en razón de que no tenía naves suficientes.

Entonces, aprovechando que en la Isabela había una carabela a punto de ser botada, pensó en enviarla a la Tierra de Gracia, a la costa de las Perlas, para conseguir grandes caudales y, de paso, rescatar a las monjas, seguro de que, aunque fueran prisioneras de los nativos, vivirían, pues que doña Juana era mujer de carácter como había constatado a lo largo de las muchas conversaciones que mantuvo con ella durante la larga travesía de su tercer viaje. Y, aún discurrió, por tomar las más medidas posibles, mandar a la gente a cortar palo brasil, que se pagaba muy bien en la Península, y hasta vender esclavos, pues que por cuatro mil hombres podía sacar veinte millones de maravedís para emplearlos en la isla. A más, rogó a Dios Todopoderoso que aumentase el rendimiento de las minas de oro de Cibao, y aún trató de amistarse con Roldán que, empecinado en su traición, despreció una y mil veces cualquier arreglo con él y actuó como soberano pues nombró alcaldes por la comarca de la ciudad de Isabela, y acusó a él y a sus hermanos de lo mismo que los tres le inculpaban a él, de querer ser monarcas en aquella tierra.

Viendo el almirante lo que había, envió dos de las naves, ya reparadas, de su tercer viaje a España para que trajeran bastimentos con urgencia. Con una carta, además, para don Alonso de Ojeda, capitán que ya había estado bajo sus órdenes en La Española luchando contra Caonabó, el peor de los caciques del Caribe, tiempo atrás, creyendo que estaría a punto de zarpar con la armada que ya estaba preparando cuando él salió de Sanlúcar un año antes. En ella le decía:

Al capitán don Alonso de Ojeda, salud y parabienes:
Tengo para mí, mi buen amigo, que las naves que estabais preparando para venir a La Española ya estarán cargadas y listas para zarpar.

Quiero anunciaros, para vuestra información, que en mi último viaje he descubierto la Tierra Firme... Un territorio que se extiende infinito hacia el poniente, lleno de riquezas sin par, tales como oro y perlas en enormes cantidades y al alcance de la mano, para mayor bendición... Podéis tomar mi ruta, la misma que os informé cumplidamente en Sanlúcar antes de mi partida, y llenar las naves de oro...

Si os escribo ésta es para repetiros que, recorridas más o menos quinientas leguas al oeste del archipiélago de Cabo Verde, donde no hay nada que valga, la primera isla que encontraréis, navegando por el paralelo de Sierra Leona, será Trinidad. La reconoceréis enseguida porque tiene tres montes y, bordeándola por el oriente, llegaréis a la desembocadura de un grande río que lleva mucha corriente, tanta que pone en peligro a los navíos y los hace voltejar. En aquel punto, con la tierra a babor —la de Gracia, que es Tierra Firme— y con Trinidad a estribor, encontraréis un paso, una boca —la de la Sierpe—. En ella hay grande oleaje y muchos hileros de corriente...

Veréis, amigo mío, necesito que entréis en esa boca, que la crucéis navegando muy cerca de la costa siempre a poniente, lo más arrimado posible, para tratar de encontrar, en alguna de las playas existentes, a cuatro monjas, que se quedaron perdidas mientras yo hacía tal recorrido durante mi último viaje, debido a la malaventura de que me sorprendió un terrible huracán y a que estuve muy malo, aquejado de una enfermedad en los ojos que no me permitía ver ni mis manos... Saldréis del golfo por otra boca —la del Dragón—, situada al norte, desde la cual podéis ya poner rumbo a esta isla navegando al noroeste unas trescientas leguas.

Os encarezco el favor, no dudando que habrán sobrevivido las religiosas, y os ruego las recojáis y las traigáis a La Española...

Podéis deteneros por allá y trocar perlas y oro por casca-

250

beles, bonetes y otras baratijas, lo que hacemos siempre, pero llevad cantidad pues es infinita la riqueza que hay en aquellos países.

Yo os abonaré el pasaje de las cuatro monjas, entre las que se encuentra su maternidad doña Juana Téllez de Fonseca, abadesa del monasterio de Santa Clara de Tordesillas, dama a la que tengo en grande aprecio.

Recuerdo con afecto, caro amigo, los valiosos servicios que me prestasteis en La Española, las pruebas de valor que me disteis, la mucha astucia que demostrasteis al cautivar al cacique Caonabó, y la gran amistad que mantuvimos durante el segundo viaje a Indias por cuenta de nuestros señores los reyes, cuya vida guarde Dios muchos años. Que Él bendiga a vos y a vuestra expedición.

Vuestro incondicional amigo.

DON CRISTÓBAL COLÓN,
almirante, virrey y gobernador de las Indias

En Santo Domingo, a postrero día de marzo de 1498.

Recibida la carta del almirante Colón, don Alonso de Ojeda, que estaba ultimando hacerse a la mar en Cádiz con cuatro navíos, demoró su salida durante dos semanas para comprar sacos vacíos y muchas baratijas y, al fin, partió del Puerto de Santa María el 16 de mayo de 1499 en busca de cuatro monjas Clarisas y de mucho oro y perlas. En buena compañía, además, con el fraile don Tomás Ortiz, con el piloto y geógrafo don Juan de la Cosa que, dos veces ya, había atravesado el Atlántico y andado por el mar Caribe y sus islas y, a más del marinaje, con un hombre avispado, florentino por más señas, llamado Américo Vespucio. Dios allane su camino.

Visto y revisto que Colón no volvía a buscarlas, las Juanas se lamentaban de que habían perdido la noción del tiempo, máxime porque los críos del poblado, o las alimañas o el loro, vaya vuesa merced a saber, se habían llevado parte de las piedras que, jornada a jornada, habían recogido en su cabaña bajo la cabecera de la hamaca de sor Rósula, pues contaban doscientas veinte, y no, llevaban allí mucho más.

Decían con pena que no podrían celebrar con certeza el 11 de agosto, la festividad de Santa Clara, pues que lo único que sabían era que, con las estaciones cambiadas, estaban en invierno y que el tiempo se encaminaba hacía la primavera, que allí no era ni mejor ni peor de temperatura que cualquiera otra estación, a no ser porque a finales de octubre comenzaban las lluvias, las más de las veces rayando en el aguacero, cuando no en tromba de agua que asolaba el poblado, aunque era preciso reconocer que los bohíos resistían bien el embate de la lluvia y del viento que, por allá, surgían tan bruscamente.

Cuando, más o menos, el día de Santa Clara, las Juanas, llevadas en silla de manos y acompañadas de un tropel de indios, desplegaron el lienzo largo que tejiera Guo en la boca de la Sierpe, es decir, en la primera estación del Vía Crucis más largo del mundo, dicha en cristiano: «Jesús condenado a muerte» y en arawaco: «Orinoco», se holgaron de su magna obra una vez más y regresaron al poblado muy esperanzadas porque, seguro, el lienzo se veía a cien millas a la redonda. Tal dijeron a sabiendas de que exageraban, pero muy consoladas.

Doña Juana demoró cuanto pudo la estancia en el acantilado, pues que rezó de rodillas al pie de la cruz y miró en derredor, hacía el sur y el oeste tratando de atisbar un monte altísimo en forma de teta de mujer. Tal vez dispuesta a encaminarse por aquellos parajes para descubrir el Paraíso Terrenal y quedarse allí, si lo fuere, rogándole a Dios que dejara entrar a ella y a sus compañeras, creída de que las cuatro se lo habían ganado a lo largo de sus vidas, durante un montón de años en el convento gloriándole y rezando por los pecados del mundo, y un año ya en Paria viviendo con hombres primitivos, pero lamentándose escasamente de ellos y de las penurias que pasaban. E hizo mirar por doquiera a sor Juanota, que no vio nada parecido. Ambas observaron el ancho cauce del río que se dividía en brazos, como en abanico, y que desembocaban con furia en el mar dejando un inmenso cerco de tierra acumulada perfectamente visible y, más al sur, tierras verdes y, más allá, todavía, montes romos, que no se correspondían con lo que la dama pretendía encontrar. Claro que doña Juana, dada la inmensidad de la tierra que tenía ante sus ojos, constataba que Colón había tenido razón y que aquello era Tierra Firme.

Así las cosas, con una bandera ondeando en la cruz de la boca de la Sierpe, la expedición regresó al poblado para continuar la vida tediosa que allí se llevaba: los indios pescando y mariscando, las indias moliendo el maíz, cocinando la yuca, y barriendo sus casas, y todos comiendo las dichosas tortas, las dichosas ostras, las monjas hartas de manducar lo mismo y siempre ofreciendo sacrificio al Señor. Pero fue que al llegar se encontraron con dos alegrías muy grandes, conque sor María y sor Rósula habían curado la enfermedad que las volvía pálidas y que, ya rosadas de tez, salían a recibirlas, y conque el fiel Guo, el indio totuna que había sido esclavo de ellas, había regresado con soberbio regalo para doña Juana que, vaya por Dios, viendo lo que era y para qué servía, dudó si aceptarlo o no.

Fue que Guo tornó al poblado de los arawacos con cuatro regalos preciosos. Uno para Arabara, la madre del Señor de las Cruces, otro para Canacó, la primera esposa, otro para la segunda esposa y otro para doña Juana. A las tres primeras les llevó seis ajorcas de oro a cada una para que se ornaran los tobillos y a doña Juana, ay, una mano de oro para que se la pusiera en el brazo manco y de ese modo tapar el muñón.

Y sucedió que Guo, apenas la abadesa bajó de la silla en el centro del poblado, antes de saludarla, se la entregó. Y, lo que nunca hubiera imaginado la dama, se encontró con una mano de oro, finamente labrada para más señas, en la mano buena y, como no lo esperaba, dudó, si tornársela al indio para que la fundiera e hiciera con ella otra joya igualmente preciosa, o hacer lo que toda la población y Guo esperaban que hiciese: ponérsela en el brazo manco y remediar, al menos a los ojos del mundo, su manquedad. Por eso, arrobada de rostro, preguntó a sus compañeras con la mirada e hizo lo que le dijeron que hiciera, ponérsela, ajustársela, observar que le encajaba de maravilla y sonreír con timidez, pues que no estaba acostumbrada a llevar joyas ni menos a lucirlas ni menos a que la gente se admirara de la joya y de la portadora de la alhaja ni, en otro orden de cosas, a cubrir su muñón. Además, que los indios quisieron tocar la joya y ella los dejó hacer, pero ya no estuvo tan conforme cuando se postraron delante de ella y, levantando los brazos, la adoraron. Que no, que no era eso.

No obstante, hubo de dejarlos hasta que se cansaron. Entonces se retiró a su choza, a la casa de Santa Clara, y rezó y rezó, pues que no sabía qué hacer, máxime porque la gente del poblado le llevaba más y más regalos. Unos de comer, otros de beber, otros menaje, otros útiles de hueso o de madera y hasta diosecillos le trajeron. Todos queriendo honrarla.

De tanto en tanto, doña Juana interrumpía sus oraciones y decía a sus monjas:

—Repartan vuesas mercedes los regalos. Denlos a los más pobres del poblado, que no necesitamos nada, que hemos de vivir en la pobreza...

Y sor Rósula le respondía:

—Es mejor que tengamos esta riqueza, por si vienen mal dadas... En un momento dado la podremos trocar...

—No vamos a ser ricas con estos regalos. No tema su maternidad —informaba sor María.

—Voy a devolver la mano de oro a Guo...

—No se le ocurra a su señoría, el indio anda apesadumbrado.

—¿Ha notado mi sorpresa?

—Nos hemos apercibido todos... Habéis hecho bien en aceptarla por no ofender al indio.

—Una Clarisa no puede llevar oro puesto... Por otra parte, yo estoy bien, manca, así sufro mortificación... ¿A qué ha venido Guo?

—A hacer alianza con el rey de Paria... He creído entenderle que arawacos y totunas van a hacer guerra a los caribes... Los totunas también han sido atacados en sus poblaciones y ambos pueblos claman venganza... —informó sor Rósula.

—¿Cómo es posible que hayáis comprendido tanta cosa, sor?

—¡Señora, llevamos aquí más de un año, muchas lunas como dicen los indios...!

—No puedo quedarme con la mano de oro, hijas... ¡Me han adorado!

—Son negocios de aquí, muy particulares, señora.

—¡Me han tomado por Dios!

—Por Dios no, que no lo conocen.

—Acaso por una diosa...

—¡Qué horror, por una diosa…! ¡Por una deidad pagana!

—No saben lo que hacen, son infantiles…

—¡No lo puedo permitir, sores! ¡No puedo ser Dios en estos parajes…!

—Teneos, señora, y aceptad lo que Él os manda…

—Aumentará vuestra fama.

—No quiero yo prédica…

—¿Qué desea su reverencia, pues?

—¡No quiero nada, salvo que esto termine pronto!

—Desengañaos, señora, moriremos aquí…

Lo de que en el poblado del Señor de las Cruces vivía una mujer que tenía una mano de oro siguiente a la carne del brazo, es decir, consustancial con el miembro, corrió por la región a tanta velocidad o más que el temible viento de aquellas latitudes.

Atravesó la tierra de las perlas, la de los pantanos, la de las llanuras, la de las cascadas del sur, la de las montañas del oeste, y muchas gentes se personaron en el poblado de los arawacos a ver a la mujer de oro, pues que pronto no fue la mujer de la mano de oro, sino la mujer de oro. Toda ella de oro: cabello, rostro, cuerpo, extremidades y a saber si con las entrañas también de oro, porque las cosas se exageran en todas partes.

Doña Juana rezaba, se azotaba la espalda con una hoja de palmera y no salía de su choza. Sus compañeras hacían guardia a la puerta y trataban de distraer a los que, muy pintados de cuerpo y aviados de pendientes en las orejas y aros en la nariz, se presentaban preguntando por la mujer de oro haciendo hablar al loro que, merced a los buenos oficios de sor Juanota a más de expresar claramente «Bendito sea Dios», también decía «Santa Virgen María», pero, quiá, ni dándoles de comer se contentaban en razón de que habían hecho un largo viaje para verla y adorarla. Y algunos días había hasta cuatro personas que llegaban con mucha compostura pero terminaban voceando y extrañados de que las sores no aceptaran sus presentes y los enviaran, en vez, al rey de Paria.

Doña Juana se debatía en terrible confusión. No sabía cómo atinar. No podía ni quería ser dios ni diosa, ni que el personal, arrodillado en el suelo, la adorara. Ni salir un instante de la casa de Santa Clara ni, en otro orden de cosas, tenía el menor apetito ni la menor gana de continuar viviendo, pues le venía melancolía, enfermedad o malestar que, en más de una ocasión, ya había sufrido. Ni quería oros ni platas ni perlas ni la mísera riqueza de la zona, en razón de que había hecho voto de pobreza al ingresar en su Orden. Y, aunque siempre había de salir, obligada por el vocerío, y dejarse tocar y sentir la sorpresa de sus adoradores ante su blanca piel y su áurea mano, y cierto desencanto porque no tuviera también el cuerpo de oro, lo hacía y hasta que no levantaba ambos brazos enseñando bien el manco y la mano de oro, no se terminaba la historia, para volver a comenzar al siguiente día. Por eso, se quejaba la abadesa a sus compañeras:

—Estoy haciendo de dios, hijas. Me estoy haciendo pasar por Dios. Levanto los brazos, como lo haría Él, y todos se inclinan ante mí... No sé, creo que me lo habrá de demandar...

—Lo hacéis por necesidad, señora.

—Además, los estoy engañando vilmente...

—¡Ah, no, ellos se han inventado la historia...!

—¡Para ellos sois el Señor!

—Eso es lo malo... Si esto continúa así, me llenaré de orgullo, pues la carne es débil... Me creeré lo que no soy...

—Estamos haciendo grande servicio al Altísimo por estas tierras.

—Llevamos con nosotras el espíritu franciscano...

—Llegué al convento apocada por demás... Hube de despabilar al ostentar un cargo de responsabilidad y, ahora, estas gentes me tratan como a una reina y a ratos como a un dios...

—Sois demasiado severa con vos...

—Además, no bendecís, sólo levantáis los brazos... Jesucristo no alzaba los brazos, bendecía...

—A una antigua abadesa de las Huelgas de Burgos, el papa Inocencio III le recriminó por predicar la doctrina cristiana entre sus monjas, como si fuera sacerdote, porque la acusaron varios obispos de hacer tal... ¿Qué me reprocharán a mí?

—Aquí nadie os va a acusar de nada...

—Vos misma dijisteis al llegar que debíamos hacer lo que hacen los indios... Ellos se postran ante el cacique lo mismo que delante de vos...

—Confesadme, hermanas, oídme en confesión... Absolvedme y mandadme penitencia para que mis pecados me sean perdonados...

—No podemos, señora, pero decidnos en voz alta vuestras culpas, al menos os aliviará.

Doña Juana se tendió cuan larga era y boca abajo en las hojas de palmera de la casa de Santa Clara, como si estuviera en el convento, extendió los brazos y habló alto y claro:

—Hermanas, creo que he traído el Diablo a estas tierras... He pecado de orgullo, como nuestros Primeros Padres... No he sido capaz de enseñar a estas buenas gentes, que nos dan cobijo y de comer, siquiera la palabra Dios, ni menos hablarles de la Santísima Trinidad... No sé si sirvo al Altísimo, si sirvo a los señores reyes o si no sirvo a nadie... No sé si hago cosa a derechas... No he hecho ninguna caridad en mucho tiempo... Los habitadores no me necesitan para nada, se valen ellos solos y son ellos quienes me ayudan a mí... Los hábitos que traje han servido a ratos, cuando los indios los aceptaron por entrañar novedad… Si los llevan es al caer la noche cuando refresca, pero la mayoría siguen desnudos… Fue un viaje cargado de buena voluntad, pero inútil… La buena obra que pretendí hacer, a la larga resultó necedad, pues no cumplió su misión… Lo único que hice fue venir con vuesas mercedes a morir en un lugar desconocido…

Sor Juana, cuando daba por terminadas estas confesiones u otras semejantes, se levantaba con lágrimas en los ojos, las mismas que tenían sus compañeras, y se daba golpes en el pecho.

—Diréis lo que diréis, doña Juana, pero el rey de Paria está encantado con vos.

—Nunca se ha visto tanta abundancia de cosas en este poblado.

—Lo que hacéis, lo hacéis bien, señora, lo que pasa que aquí poco se puede hacer…

—Los indios viven a gusto porque no conocen otro modo de vida, nosotras sobrevivimos porque hemos visto otros mundos…

—Y otras maldades…

Horas enteras pasaban las monjas consolando a su abadesa, Dios las bendiga.

16

Un día, a la hora de mediosol, las monjas oyeron asonar tambores, que no eran de por allí. Y, oh, que por el camino de la boca de la Sierpe apareció en la playa una tropa de guerreros, muy pintados y aviados a su manera... Y, oh, oh, que no eran hombres, que eran mujeres. Sin duda, las mujeres guerreras de Martininó, tal se dijo la abadesa viéndolas entrar en el poblado a paso marcial.

Al verlas, el ánimo de sor Juana cambió de súbito. Y, lo que son las cosas, no desvió la mirada siquiera un instante, pese a que las guerreras iban desnudas, sólo la reina tapándose la madre con una hoja de palmera.

Entraba en el campamento una tropa de mujeres con sus arcos a la espalda y con toscas espadas de hierro en la cintura, formando la vanguardia. Luego venía la reina y detrás muchas jovencitas y hasta niñas, todas caminando a paso ligero, y hombres ni uno. Lo primero que hizo aquella tropa fue presentarse al rey de Paria, que las recibió con asombro y, sin ningún asombro, es decir, complacido incluso, aceptó los regalos que traía la reina: doce doncellas a cual más hermosa.

Rey y reina tuvieron hablas y hubieron de llamar a otras gentes, lo cual dio a percibir a doña Juana que no se comprendían entre ellos. Que las mujeres, que no podían ser otras que las amazonas de Martininó, de las que le habían hablado don Duarte Pacheco y el almirante Colón, provenían de tierras muy lejanas y que, procediendo de otra familia de lenguas, no se entendían. Por eso lo hicieron a gestos, como lo hacían ellas después de un año y más de vivir con los dueños del país. A gestos, le preguntó la reina de las amazonas al rey de Paria por la mujer de oro. Y claro a la abadesa le advino un escalofrío en razón de que, por fin, se encontraba con una de las maravillas mencionadas por los sabios: con las descendientes de las amazonas que, vencidas por el héroe griego Hércules, se habían refugiado en el extremo del mundo consiguiendo hacer un reino, sin duda, respetado, pues que los arawacos las miraban con temor, si bien osando mirar sus nalgas con deleite.

Y, en un momento, sor Juana se hizo su composición de lugar. Advertida por las lecciones del portugués y habiendo venido las guerreras por el camino del sur, se adujo que las fuentes del oro, el reino llamado El Dorado, había de estar precisamente donde vivían estas mujeres, en Martininó, pues que venían arreadas de oro casi de la cabeza a los pies, con mil colgajos en buena parte de su cuerpo, salvo tetas y nalgas, y con unos adornos en la cabeza que parecían ser de piel. Infinito oro más que las arawacas traían. Por eso, cuando la reina de las amazonas pidió al cacique ver a la mujer de la mano de oro y él mismo la acompañó a la casa de Santa Clara para mostrarle a la abadesa, ésta ya la esperaba con el corazón saltándole en el pecho, en razón de que tenía para sí que, más allá de Martininó y más allá de El Dorado, pero cerca ya, habría de estar el Paraíso Terrenal y, ensoberbecida, tal vez, porque la tomaran los habitantes por lo que no era, ya pensaba en ir en su busca, en hacer viajes y viajes, aunque le costaran la vida. Y, en el ínterin, le venía a las mientes el ahínco que puso en la búsqueda del tesoro de don Tello, su antepasado, en su casa de Ávila, y se sentía capaz de recorrer la Tierra Firme de norte a sur y de este a oeste. Por eso recibió a la reina muy albriciada, ante el espanto de sor Juanota, que se santiguó tres veces pues ya sospechaba que su abadesa algo tramaba en su sesera, y así lo pudo constatar cuando enseñó a la visitante la mano de oro con presteza.

Y fue que la reina le tocó a la dama la mano de oro a la par que examinaba la preciosa hechura de la misma, y luego se arrodilló ante ella, es decir, la adoró porque a eso había venido, y ya levantándose le apretó la buena, para pasar a entregarle lo que le traía: dos pieles de jaguar, cuatro de cocodrilo, dicho por allá caimán, y otras enormes, decía que de anaconda. Dedujo doña Juana que las anacondas eran serpientes gigantes porque las pieles tenían apariencia de ser de culebra, y aceptó todo con alegre sonrisa. Y a la cacica le ofreció torta de maíz, de la que había hecho sor Juanota para almorzar y que había sobrado. La reina mordió, mascó un bocado e iba a tragar, pese a que estaba dura como piedra, para no hacer descortesía, cuando la abadesa ya le preguntaba:

—¿Martininó…?

Pero ella negaba con la cabeza y decía otras cosas, seguramente su nombre.

Entonces la madre Juana se volvió al cacique y le demandó señalando a la reina con la mano de oro:

—¿Martininó?

Pero el cacique no sabía palabra de Martininó. El hombre, señalando a la cacica, habló del río Orinoco, pues que expresó:

—Orinoco…

La sor se llevó un chasco naturalmente, porque esperaba que la mujer que tenía ante sus ojos fuera la reina de las amazonas, la descendiente de Hipólita, por ejemplo. Pero no, no, era solamente la reina del Orinoco, aunque guerrera como la amazona y, sin duda, muy respetada porque el cacique de Paria la trataba del mismo modo que trató a los reyes que fueron sus huéspedes, como a un igual.

—¿Orinoco? —demandó doña Juana.

—Orinoca —respondió la reina negando con la cabeza y señalándose el pecho repitió: Orinoca, como si ella se llamara de ese modo.

Por supuesto, que rey y reina dejaron a la abadesa decepcionada, pues que todos sus planes de hallar el Paraíso Terrenal se vinieron abajo en un instante. Porque, según entendiera de sus maestros, para encontrar el Edén había de atravesar pantanos, el país de Martininó, el de El Dorado, y continuar hasta Dios sabe dónde para avistar al fin una montaña muy alta en forma de teta de mujer.

Retirados los soberanos a sus hablas, doña Juana les comunicó a sus monjas su desilusión. Es más, les comentó:

—Habremos de vivir mil años en esta tierra para hallar el Paraíso Terrenal, hijas mías…

—¡No lo quiera Dios! —le respondieron las tres al unísono.

—El Dante llegó…

—¿Quién es ese Dante?

—Un poeta…

—¡Oh, par Dios, doña Juana…!

—Muchas veces, señoras, la ficción antecede a la realidad…

Y las tres se miraron a la cara, movieron la cabeza y escudriñaron el rostro y lo que se veía de los brazos de su señora, no fuera a haber contraído la enfermedad que volvía la piel pálida y hubiera empezado ya con los delirios propios de la dolencia. Pero no, no, doña Juana estaba de buen color, como todas ellas.

Andaban las monjas acabando de rezar vísperas, cuando ya en el campamento comenzaba la fiesta. Asomaron la cabeza al terminar y observaron lo de otras veces, que ya el gentío se juntaba al modo de por allá: hombres con hombres, mujeres con mujeres, hombres con mujeres, y mascaba hojas y bebía aguardiente, listos todos para comenzar la orgía. Pero, vaya, que presto observaron cómo los nativos arrastraban unos animales, sin duda traídos por las visitantes, desconocidos para ellas, cómo los llevaban a la playa de la Desventura, cómo los mataban las amazonas clavándoles sus espadas de hierro en el morrillo, cómo otras los desollaban y les sacaban las entrañas, para luego romperles el espinazo a golpes de machete, y envolverlos en hojas de palmera. Mientras otras cavaban unos hoyos en la arena donde echaban ramas y prendían fuego, y ponían encima los bichos para que se asaran, cubriéndolos de arena.

Doña Rósula se albrició:

—¡Hermanas, dentro de unas horas comeremos carne...!

—¿Carne de qué, sor?

—No sé, voy a ver...

—Carne de tapivar —explicó la dinerera al regresar—, es un bicho parecido al jabalí, pero no tiene colmillos...

—¿Tapivar, con be alta o con be baja?

—¡Ah, no sé, la mi señora!

Al día siguiente fue cuando en la playa se comieron los cuatro tapivares —ya se escribiera su nombre con be alta o con be baja— que habían traído las mujeres guerreras de la reina Orinoca, con verdadero apetito. Las monjas se aplicaron a la manduca, contentas de haber pasado buena noche, pues, al parecer, los nativos habían pospuesto la bacanal al asado de los bichos. Y en ésas estaban masticando, alabando el sabor de la carne, echándose de tanto en tanto un trago al coleto, pero, conforme pasaban las horas amohinándose. Porque, aunque allí había comida para mil personas, pues que, además, llevaron langostas, ostras, camarones, peces de mil maneras y frutas, y tampoco faltaron las dichosas tortas, luego los naturales y los huéspedes continuarían la celebración con una gran orgía, como en otras ocasiones, y ellas habrían de retirarse a la casa de Santa Clara para no ver, aunque oír, oirían ni que los oídos se taparan.

Y decía sor Rósula a doña Juana:

—Coma su maternidad que está muy rico...

Y a sor Juanota no tenía que decirle nada, pues que parecía un tragaldabas.

Y en ésas estaban las Clarisas, en un banquete, en la tierra de Paria —la que discurría entre dos cruces altas, la que albergaba doce más, componiendo el Vía Crucis más largo del mundo—, rodeadas de centenares de aves marinas que iban por los corrillos que se formaban en torno a los asados, por ver qué picaban y por unos cien indios arawacos y unas cuarenta mujeres guerreras del Orinoco, cuando se oyó un trueno lejano y luego otro.

Hombres, mujeres y niños alzaron la vista y, vaya, que se asombraron porque no se veía nublado. Por eso, continuaron comiendo con buena gana, en virtud de que pocas veces disfrutaban de tanta abundancia. Pero, vaya, presto sonó otro trueno y otro y, aunque en aquellos lugares las nubes se juntan de súbito, se tornan negras y, visto y no visto, se presenta el temido huracán que destroza selvas y poblados y agita la mar, como si se enfrentaran en denodada lucha los cuatro vientos, esta vez no había una nube en el cielo ni caía una gota de agua ni hacía el menor aire. Y siguieron comiendo, cierto que cada vez con menos apetito, con menos gana; para llegar a la desgana, al vómito, pues que, pese al azul del cielo, los truenos no cesaban, y se les revolvía el estómago. Para, ay, llegar al susto, al espanto, a abandonar la playa corriendo y a refugiarse los arawacos y las mujeres guerreras del Orinoco en las chozas del poblado.

Las monjas fueron las que más se demoraron en la playa, en razón de que comenzaron a preguntarse:

—Parecen truenos pero no lo son. A ver, el cielo está claro como pocos días…

—Se oye la tormenta de lejos…

—Será un terremoto, en esta tierra puede pasar de todo…

—O la erupción de un volcán…

—¿El volcán es una montaña que arroja fuego por su cima?

—Sí, sor María.

—No, hermanas, no, tengo para mí que ese ruido es de cañón —atinó a decir la abadesa.

Y a todas les dio un vuelco el corazón.

En efecto, eran ruidos de cañón, de lombarda, en concreto. De la lombarda de estribor de la *Nuestra Señora del Socorro*, la carabela de don Alonso de Ojeda, que navegaba costeando el golfo de Paria con tres navíos más. Disparando balas de salva para aviso de las monjas.

Fue que don Alonso, pese a que anduvo creído de que no se había desviado un ápice de la ruta que le indicó el almirante, como navegara al austro cuatrocientas leguas y más encontrando tierra y más tierra, pero sin avistar la isla Trinidad, tras pasar muchos calores y sed, cambió de rumbo. Dejóse llevar por el viento hacia el norte y, después de varios días, avistó los mogotes de Trinidad cuando ya arribaba a la boca de la Sierpe y, bendito sea el Señor, observó en lo alto del acantilado una cruz y, como no podía ser de otra manera, sorprendióse, y con él todo el marinaje que llevaba. Gritó el capitán al gaviero, que, vive Dios, iba distraído:

—¡Gaviero! ¿Qué ves en el acantilado de estribor?

—Una cruz, señor…

Tal respondió no dándole importancia al hecho, como si navegaran por tierra cristiana.

—¡Las monjas, la han puesto las monjas! —aseveró Vespucio, que era hombre avisado.

Para cuando don Juan de la Cosa, avezado piloto y singular cartógrafo, levantó los ojos del mapa que andaba dibujando, ya miraban todos a la cruz y se santiguaban.

El capitán, sabedor de que había fuertes corrientes en la boca de la Sierpe, sorteó los hileros con fortuna y halló calma en el golfo de Paria, la misma que encontrara el almirante. Y ya, costeando por el poniente a media vela, fue buscando a las monjas para servir a don Cristóbal Colón, su primer señor después del rey, con intención de rescatarlas; teniendo buen cuidado en disparar hacia Trinidad, no se fuera a colar una bala verdadera y organizara un estropicio, o lo que peor fuera: la muerte de las religiosas.

E iban en cubierta, apoyados en la borda de babor, don Alonso, don Juan, Vespucio y el fraile Ortiz, que era dominico, escudriñando la tierra y preguntando a cada momento al gaviero. Desde que amanecía hasta que se ponía el sol, tres días ya, cuando, al Señor sean dadas muchas gracias, avistaron una segunda cruz, la del alto de Paria, la decimocuarta estación del Vía Crucis de doña Juana, y ya no les cupo duda: las cruces señalaban el lugar donde estaban las religiosas. Por eso Ojeda mandó disparar más, una bala, a cada milla que recorrían.

Cierto que los demás disentían:

—No hemos visto un indio en todo el golfo, las balas los espantan.

—Lo mismo sucederá con las monjas...

—Igual que los naturales, creerán que viene tormenta y se resguardarán en sus chozas...

—No nos verán pasar delante de ellas...

—Mejor será echar barcas, don Alonso.

—Unas monjas no sabrán distinguir el ruido de una bala de cañón de un trueno...

—No habrán oído cañonazos en su vida.

—Estas dueñas han oído cañonazos. El almirante Colón fue atacado por piratas franceses durante su viaje, y disparó, luego han oído balas de cañón... A más, no son bobas, han sido capaces de clavar dos cruces, una en la entrada, otra, como se ve adelante, en la salida de este golfo para avisarnos de su presencia... No disminuiré las salvas, no de momento —se enojaba don Alonso.

—No es posible que hayan sobrevivido, llevan un año por acá... Ya es difícil resistir a los hombres unidos y fortificados...

—¡No sea agorero, don Juan! —atajaba fray Tomás.

—Rece vuesa reverencia porque vivan, que esto se acaba, que allá está la boca del Dragón, por donde se sale al mar Caribe...

—¡Maestre —gritaba don Alonso al maestre bombardero—, continúe disparando su merced...!

—¡Playa a la vista! ¡La última quizá, parece que luego sigue monte! —aulló el gaviero.

A las Clarisas de Paria, cuando la abadesa dijo lo que dijo, les dio un vuelco el corazón. A más que, a poco, avistaron una nave que se aproximaba por el sur, y luego tres velas más, y se les alborotó el órgano, tanto que no lo podían sujetar. Y, por un tiempo, no atinaron a abrazarse, ni a echarse a llorar, ni a reír, ni a gritar, ni a arrodillarse y ponerse a rezar, ni a levantar los brazos ni a dar voces, pues fue demasiada la emoción que sintieron. Las cuatro solas en la playa de la Desventura, pues que los indios se habían escondido en sus bohíos.

Reaccionaron, por supuesto, que no era para menos. Que no habían pasado más de un año esperando las naves del almirante que, a Dios gracias, una, dos, tres y cuatro, tenían ante sus ojos. Y claro alzaron las manos y vocearon llamando a los de la carabela, mientras se abrazaban y alborotaban y hasta danzaban de contento. Y fue que sor Rósula advirtió a doña Juana:

—Prevea su maternidad que la nave está lejos y cabe la posibilidad de que los españoles no nos vean y pasen de largo…

—¿Dice su merced de hacerles señales con algo?

—Con algún paño o rama que podamos ondear…

—¡No tenemos paño…!

—Podemos usar la cruz…

—No se verá, necesitamos una bandera…

—No tenemos…

—¿Qué, doña Juanota?

—Las hamacas, señora…

—¡Ah, sí!

—Cogemos una cada una y…

—¡Ea, vaya sor Juanota a buscarlas…!

—Voy, vuesas mercedes quédense aquí clamando…

A la carrera salió doña Juanota y a la carrera volvió, respirando fatigosamente y sin poder hablar, pero entregó una tela a cada una, y las cuatro empezaron a voltearlas.

Y sí, sí, loores a Dios, del primer barco las vieron.

Los que iban en la carabela recogieron velas, arriaron el ancla y, a poco, largaron lanchas, una por babor, otra por estribor, y comenzaron a remar llegando a la playa en poco tiempo, encallando la barca y saltando de ella contentos como unas pascuas, los oficiales delante, los espingarderos y marineros detrás... Corriendo a reunirse con las monjas que, gozosas, salían a recibirlos y los abrazaban sin hacer remilgos a que fueran hombres, sin acordarse de que eran monjas, tanta era su alegría.

Llorando ellas, ellos con las lágrimas a punto de saltar. Los indios ya rodeando a todos. Los arawacos sin temor, pues acabados los truenos y habiendo conocido las carabelas del almirante un año antes, se acercaron sin recelo. Las mujeres del Orinoco, como no habían visto un barco en su vida, permanecieron en segundo plano, pese a la fama de guerreras que traían, viendo hacer a sus anfitriones.

Y ya, después de las lágrimas, llegaron los saludos. El capitán se presentó:

—Soy don Alonso de Ojeda, me envía el almirante don Cristóbal Colón, mi buen amigo y señor...

E hizo una pausa para mirar a las religiosas a los ojos y ver cuál de ellas era la abadesa.

—Soy doña Juana Téllez de Fonseca, abadesa del monasterio de Santa Clara de Tordesillas...

Tal respondió la dama dándole su crucifijo a besar, pese a que antes le había dado un abrazo. Y continuó señalando a sus compañeras:

—Sor Rósula de Santa Gorgonia, sor María de la Concepción, sor Juana de San Juan Bautista...

Y el otro hizo otro tanto, pues que habían bajado todas las autoridades de la nave:

—Fray Tomás Ortiz, don Juan de la Cosa, don Américo Vespucio...

La abadesa besó la mano del fraile y dio a besar su crucifijo a los demás, y hombres y mujeres entraron en hablas. Y, ay,
que los venidos se apercibieron enseguida de que doña Juana
llevaba una mano de oro, un guante como una funda de oro,
magnífica ella, sobre la mano izquierda y, naturalmente, se
quedaron perplejos.

—¿Estáis bien, señoras? —preguntaban los hombres con
voz mudada por la sorpresa.

Y las monjas respondían:

—Sí, sí —asintiendo con la cabeza.

Doña Juana le dijo a Ojeda:

—Venid, don Alonso, os presentaré al cacique.

La religiosa buscó con sus ojos al rey de Paria, que no estaba sentado en su trono, sino en la playa, de pie, como el
resto, y se encaminaron ambos hacía él. El capitán le hizo una
profunda reverencia y el indio le correspondió. Y ya doña
Juana le llevó ante Orinoca, la reina de las amazonas de por
allá, ante la cual quedóse el castellano pasmado, diciéndose
que, vaya, en unos pocos minutos, llevaba dos sorpresas: la de
la reina india que portaba en la cabeza un penacho de pieles
de serpiente, como no había visto otro, y la de la mano de
oro de la abadesa. E iba a preguntar, pero fue que llegaron los
otros españoles con bonetes, cascabeles, espejuelos y otras baratijas y se pusieron a repartir. Y fue delirio, pues que los indios
apreciaban mucho aquellas bagatelas, y las mujeres arawacas se
las disputaron con las guerreras.

El rey de Paria correspondió, mandó a buscar perlas y
presto volvieron varios indios con cinco cestos. La reina Orinoca no se quedó atrás, pues le entregó a Ojeda una preciosa
piel de serpiente de a lo menos doce varas de larga.

Y eso; cambiaban cosas los castellanos con los indígenas,
salvo uno de ellos: don Juan de la Cosa, que escudriñaba la

tierra que tenía ante sus ojos por los cuatro puntos cardinales, por lo de su mapa.

El caso es que los venidos, invitados por el cacique, se sumaron gustosos a la comilona, entre otras razones porque hacía muchos meses que no comían alimento fresco.

El rey de Paria sentó a los españoles, a las monjas, a la reina Orinoca y a su señora madre, en torno a uno de los tapivares e hizo que sus criados les sirvieran carne, pescado, abundante vino y hojas de mascar. Los venidos se aplicaron a los manjares y sobre todo al vino y hasta algunos mascaron las hojas. Así pasaron varias horas.

Doña Juana, que más parecía estar en su casa que en un poblado sin nombre de la tierra de Paria —de Gracia, como decía Ojeda, mismamente como la había llamado ella, cuando iba de bautizos geográficos con el almirante Colón—, atendía a todos. Al cacique, a doña Arabara, a doña Orinoca, a don Alonso, al fraile, a Vespucio, a de la Cosa, y aún sonreía a la bella Canacó y cruzaba miradas con sus monjas, que también platicaban con unos y con otros. Sor Rósula como una descosida.

Claro que la abadesa con quien más hablaba era con don Alonso, que le aseguraba:

—Sepa su maternidad que me envió don Cristóbal Colón a buscaros y que tuvo mucho interés en que os rescatara, no dudando que vos y vuestras compañeras estaríais con vida pues os hacía mujer valerosa...

—No es eso, señor, los indios nos acogieron bien y nos ayudaron, sin ellos no hubiéramos sobrevivido.

Y no pudiéndose resistir el español le preguntó:

—¿Y esa mano de oro que lleváis, señora, os la han regalado?

—Sí, soy manca de nacimiento, señor, estas buenas gentes quisieron tapar mi defecto... La llevo por no hacerles desaire...

Doña Juanota le decía al español que tenía a su lado:

—Nunca perdimos la esperanza... Supimos en todo momento que el almirante mandaría por nosotras.

Doña Rósula contaba a sus adláteres cómo se habían quedado en tierra, cómo habían vivido, cómo habían instalado las catorce cruces de Paria; lo de la mano de oro de su señora, y hasta lo mal que habían comido en su larga estancia.

Y doña María preguntaba a los de su alrededor qué tal viaje habían tenido y si venían mujeres en la expedición. Y ellos le respondían que no, que no, que mujeres, no.

Pero se echaba el sol y hora era de embarcar. De despedirse, ay, de aquellas buenas gentes.

A una seña de doña Juana, las religiosas se encaminaron a su choza para recoger sus cosas. Las acompañaron las indias: doña Arabara, Canacó y otras mujeres del cacique. Claro que poco había que recoger.

—Nos llevaremos el altarcillo —dijo doña Juana.

—Y lo que lo ornamenta, señora —atajó sor Rósula.

—El oro y las perlas los dejaremos... recuerde su merced que tenemos hecho voto de pobreza.

—No es conveniente, señora, quizá en La Española hayamos de pagar... —intervino sor Juanota.

—Tendremos que abonar el pasaje —apostilló sor Rósula... El de ida a La Española y el de regreso a la Península.

—También será menester que nos hagamos hábitos nuevos, llevamos harapos —apuntó sor María.

—Donde habita gente blanca no se puede vivir sin dinero —apuntilló la dinerera.

Y la sentencia de la monja resultó definitiva. Doña Juana aceptó llevarse la riqueza que habían acumulado en la choza,

274

y salieron las cuatro con seis cestos a rebosar de oro y perlas. Se detuvieron en la entrada de la casa para dirimir si dejaban o no el letrero de Casa de Santa Clara y, aunque hubo cierta controversia, optaron por dejarlo, por dejar un recuerdo del paso de ellas.

Las cuatro caminaron hacia la playa. Doña Juana del brazo de la vieja Arabara, a la que tanto debían, con los ojos cargados de lágrimas que estallaron al borde del mar en grande llantina, semejante a la de sus monjas, que estaban impedidas para hablar, ni despedirse, siquiera decir adiós.

La abadesa le entregó la cruz del altar de la casa de Santa Clara a la anciana Arabara, mojada de lágrimas, y le besó en la cara y otro tanto hizo con Canacó y con las otras mujeres del cacique. Ante el rey de Paria se inclinó graciosamente, como le había enseñado a hacer su abuela, descanse en paz, y otrosí ante la reina Orinoca. Luego miró a los indios, a los que conocía más, más tiempo, a los que conocía menos, menos tiempo, y a Guo, que había sido su esclavo, lo llamó para devolverle la mano de oro. Y se la entregó, pese a que doña Rósula le tocó en la espalda, queriéndole decir que no se la diera. No obstante, la dama se la tornó y le apretó la mano con calor.

Los españoles subieron a las barcas, llegaron a la carabela y ascendieron la escala, las monjas como unas mozas y, cuando pisaron cubierta, pese a las buenas gentes que dejaban atrás, respiraron aliviadas.

Y, luego, lo primero que hicieron fue pedir confesión a fray Tomás, y confesar. Esto les llevó largo rato, pues que eran cuatro y llevaban más de un año sin recibir el sacramento. Y, después, hubieron de cumplir la penitencia que les impuso el clérigo, poca, muy poca, pues que entendió que habrían padecido más que suficiente en la Tierra de Gracia, rodeadas de

275

hombres primitivos. Pero hubieron de prepararse para recibir la Sagrada Comunión al día siguiente y emplearon toda la noche con rezos y más rezos, y castigándose las espaldas con un bastón que encontraron en la cámara del capitán, que gentilmente se la cedió para que pudieran descansar en cama blanda, por fin. Pero ellas ni acostarse, ni mirar a los catres, ni admirar el camarote, que era muy bueno; ni comer lo que les llevaron, ni menos salir a cubierta para narrarles su aventura a los oficiales, que las esperaban ansiosos de escucharlas, y de dormir nada. Además, que anduvieron molestas consigo mismas, pues que, quizá por lo agitado del día, no atinaban con las oraciones, ni eran capaces de concentrarse, ni de rezar un paternóster.

17

A la mañana siguiente, fray Tomás Ortiz ofició misa e impartió la Eucaristía. Las monjas, puestas al día con Dios y rebosando alegría, respiraron hondo y con mucho alivio. Desayunaron lo que les dieron: un cuenco de vino caliente con gachas de pan de munición. Vino y pan, lo que se tomaba en Castilla y en el convento de Santa Clara de Tordesillas.

Pero, ay, que estaban impresentables, que llevaban los hábitos hechos jirones, que no se habían lavado con jabón en más de un año y hubieron de pedir ropa, una tina y jabón, para cambiarse y asearse. Y, afortunadamente, les dieron de todo: jabón, pues que Ojeda llevaba varias cajas a La Española, donde hacía mucha falta; peines; bragas, que bien les vinieron, y unas túnicas de diferentes colores pertenecientes a los oficiales y al fraile, lo que buenamente tenían. Sor Juanota hubo de bajar el doble a la suya y sor Juana y sor María hubieron de subirlo. Y se lavaron la cabeza y hasta se demoraron un tantico en el baño, y no se presentaron en cubierta hasta media mañana. Pero lo que más tiempo les llevó fue la costura, pues aún hubieron de pedir unas telas, las que fueren, para hacerse unas tocas y no salir con la cabeza al descubierto.

Para entonces ya navegaba la *Nuestra Señora del Socorro*, seguida de los otros tres navíos, a media vela, atravesando la boca del Dragón, entre fuertes hileros de corriente y grande oleaje, aunque menor al que había en la boca de la Sierpe. Y estuvieron monjas y oficiales —salvo don Juan de la Cosa que andaba en proa, tomando apuntes con peligro de que una ola lo arrastrara y lo engullera— resguardados bajo la toldilla y todos bien sujetos a las bordas, las religiosas sin atisbo de mareo. A momentos llevados y traídos por el embate de las olas, don Alonso ordenaba al piloto sujetar fuerte el timón y advertía al gaviero que avisara de los arrecifes. Todos juntos; afanados en la empresa de la navegación los hombres, impacientes de hablar con las monjas, deseosos de escuchar sus andanzas, mas, imposible fuera hacerse oír por el rugido de las corrientes. Ni sor Rósula lo conseguía y eso que alzaba la voz.

Cuando salieron al mar Caribe encontraron calma y sosegadamente pudieron hablar. Doña Juana hubiera preferido volver a implantar entre sus monjas el voto de silencio para vivir ya con más integridad sus reglas y ocuparse en invocar al Señor y darle gracias que, no en vano, las había salvado por mano de aquellos hombres. De aquellos hombres precisamente, y por ende era menester satisfacer su curiosidad y sus deseos de saber de aquellas tierras y de quiénes las poblaban.

Comenzó sor Juana, pero fue muchas veces interrumpida por sus compañeras y por los oficiales:

—Sucedió, señores, que, estando el almirante muy enfermo de los ojos y muy aquejado de la gota —que ya le venía de Sanlúcar—, él y el maestre Quintero decidieron que tiempo era de tomar posesión de la tierra en nombre de sus altezas los reyes; pero, a última hora, Colón hubo de quedarse en el barco, pues apenas lograba moverse y, a más, con los ojos muy emponzoñados andaba casi ciego... Echaron lanchas y embarcamos el piloto, un piquete de soldados, los remeros, y mis monjas y yo, pues que deseábamos repartir una cuantas ropas de las que habíamos traído para vestir la desnudez de los indios.

En este punto del relato los hombres movieron la cabeza, diciéndose que semejante desatino, a la larga, había resultado necedad como demostrado quedaba, y continuaron escuchando:

—Y fue que se levantó huracán...

—Unos vientos que no habíamos visto en nuestra vida...

—Una lluvia recia, recia, que caía como cortina de agua y no dejaba ver a dos varas ni oír a cincuenta pasos, tanto fragor llevaba...

—Todos los aquí presentes los hemos sufrido en nuestras carnes, señoras.

—¿Todas sus señorías han estado ya en Indias?

—Yo, no —informó fray Tomás.

—Yo tampoco —abundó don Américo.

—El caso es que, creídas de que los españoles estaban resguardados en la casa del cacique, nosotras nos cobijamos en la de la señora Arabara, a la sazón la madre del mismo y fue que, cuando salimos, los hombres se habían ido...

—El almirante hizo sonar la campana de la nave capitana, si vuesas mercedes hubieran acudido al llamado...

—¡No lo escuchamos!

—Don Cristóbal andaba ciego... Creyó que sus mercedes estaban en el navío y llevóse grande disgusto cuando se enteró de vuestra ausencia, me consta... Él mismo me escribió para que viniera a recogeros, me proporcionó la ruta a seguir y se ofreció a abonarme el pasaje... Pero, cuando informé al arzobispo de Sevilla de vuestra desgracia, también él quiso pagar...

—Vuestra malaventura fue muy sentida en Sevilla...

—En Santa Paula, en Santa Clara y en muchos conventos se oró por vuesas mercedes.

—Es de agradecer, señores…

—El caso es que con el huracán ni oímos ni vimos…

—Y que al día siguiente hubiéramos preferido estar muertas…

—¡No, sor Rósula, no! Aceptamos con buena cara lo que nos envió el Señor —cortó doña Juanota.

—¡No cambiéis las cosas, sor! —apostilló sor María.

—Entendemos que sus reverencias actuaron como excelentes cristianas —terció fray Tomás.

—Nos llevamos un susto y un disgusto de muerte, señor fraile —explicó sor Rósula.

—Vea su merced: nos quedamos en una tierra desconocida, poblada de indios, con los que no podíamos intercambiar palabra. Las cuatro solas, sin nuestros talegos, sólo con lo puesto, que no era nada, pues habíamos desembarcado con unos fardos y, repartidos los hábitos y las bragas, nos quedamos con las manos vacías…

—Unas mujeres nos atendieron y nos dieron cabaña y de comer…

—Pero, teníamos el estómago mal…

—Nosotros llegamos a la desembocadura del Orinoco después de dos meses de navegación, porque don Juan de la Cosa quiso recorrer cuanta más costa mejor, porque está haciendo un mapa que quiere presentar a doña Isabel, la reina.

—¿Sus altezas andan bien de salud? —demandó doña Juana.

—Ambos gozan de excelente salud.

—¿Qué sucede por los reinos?

—Los moros que quedaron en Granada andan revueltos… Los reyes desean convertirlos, al igual que hicieron con los judíos…

—Doña Juana, aquí parece haber grande tierra…

—Dijo el almirante que ésta era la Tierra Firme… tengo para mí que sí lo es, pues es inmensa…

—¡No lo es!

—¿Por qué, señor de la Cosa?

—Porque don Vasco de Gama, un portugués, ha llegado a la India por el oriente, doblando el cabo de Buena Esperanza, por un tiempo llamado de las Tormentas, a una ciudad llamada Calicut…

—Antes de salir de puerto nos enteramos.

—¿Qué tierra es ésta, pues?

—Las Indias, pero por el otro lado, por el occidente…

—Continúe, doña Juana, con el relato —intervino fray Tomás para evitar las muchas discusiones que se llevaban los oficiales de la nave, pues que el descubrimiento de Vasco de Gama ponía en entredicho el de Colón, o el de Colón el de Vasco de Gama, sobre todo con don Juan, que era experimentado marino y cartógrafo.

—En un primer momento, creímos morir, señores, tienen razón mis monjas, pero luego, con la ayuda de Dios, nos sobrepusimos… Los indios nos ayudaron mucho y no nos extrañaron… Cierto que nosotras procuramos no incomodar…

—Nos tomaron por gentes venidas del cielo…

—Es lo que suelen hacer al ver las naves.

—Los indios de Paria, Paria es la Tierra de Gracia, no eran caníbales afortunadamente…

—Tuvimos miedo —intervino sor María.

—Pero enseguida colegimos que eran mansos y dadivosos…

—Y que no eran salvajes… Fue suerte quedarnos con ellos, si llegamos a caer con los caribes, no lo contamos…

—¿Y las cruces?

—Las instalaron los nativos, a nuestras instancias —informó doña Juana.

—Doña Juana hizo clavar una, no dudando que el almirante mandaría a buscarnos, en la boca de la Sierpe, para avisar de nuestra presencia a los navegantes, y aún le puso un paño en los brazos a modo de bandera...

—¿Una bandera?

—No la vimos.

—Se la habrá llevado el viento...

—Y, después, puso otra en el alto de Paria...

—Pero a los indios les gustaron y quisieron clavar más y más.

—Llegamos a tener catorce...

—¡Un Vía Crucis!

—Pero la decimoquinta no se la dejamos instalar...

—El rey de Paria hizo grande fortuna con las cruces pues venían reyes a verlas de todas partes y le llevaban muy buenos regalos...

—Los totunas, los cumanas, los caracas, las mujeres guerreras del Orinoco...

Los hombres las escuchaban embelesados, como no podía ser de otra manera, a la par que se admiraban de la valentía de las monjas. Cierto que Ojeda interrumpía, interesado por otro asunto:

—¿Había oro?

—Oro y perlas —afirmaba doña Rósula, que no en vano era dinerera—, pero allá lo que más apreciaban eran las caracolas de mar...

—¿Y dó está el oro?

—En el interior.

—No fuimos por allá.

—Pero lo traían los pueblos que se presentaban a visitar al rey de Paria.

—Le obsequiaban en grandes cantidades unas hojas que mascaban constantemente...

—¿Las masticaron sus mercedes?

—No, porque debíamos permanecer muy atentas y el mascarlas produce malos sueños…

—En efecto.

Y sor Juana, volviéndose al fraile le decía:

—Nos causaba grande pena que los indios no fueran cristianos… Bautizamos a algunas criaturas recién nacidas y algunas adultas, y conseguimos que hombres y mujeres hicieran de maravilla la señal de la cruz.

—Nuestro Señor os amparó en todo momento, señora abadesa…

—¡Oh, sí, don Tomás!

—Eran muy buena gente —apostillaba sor Juanota.

—Gentes simples, pero de mejor corazón que los cristianos —aseguraba doña María.

—Como si no hubiera llegado allí el Diablo —sentenciaba sor Juanota.

—No conocen sus mercedes de la misa la mitad —habló Ojeda—, son demonios donde no haya otros, que bien lo sé…

—Cada uno habla de la feria según le va.

—Para bautizarlos se necesitarán muchos sacerdotes, y mucha paciencia…

—Lo peor es el lenguaje, que no se entiende miaja.

—Apenas aprendimos cien palabras…

—Cien no, a lo menos doscientas…

—Y algunas expresiones…

—Por no saber, ni cómo se llamaba el rey de Paria.

—Lo que podría tomarse por desprecio, pero no. Es que tuvimos un esclavo que valía para las lenguas y nos traducía…

—Un dicho Guo, que nos hizo buen papel.

283

—¿Y las perlas, dó las cogen, doña Juana?

—Tengo para mí, que por aquí, por esta costa que bordeamos…

—Este lugar lo llamó Colón la costa de las Perlas… Mañana, echaremos las chalupas…

—Perdonen sus mercedes, pero nosotras nos retiramos, señores, que es noche cerrada…

Tal dijo la abadesa, dando por terminadas las hablas, aunque hubieran podido continuar meses y meses platicando, pero aún habían de rezar maitines y estaban cansadas, derrotadas. Nada más encerrarse en la cámara sor Juanota preguntó a doña Rósula:

—¿Habéis contado ya todo, sor?

Y la sor la miró de mala manera. Entre otras cosas, porque había mucho más que relatar y, en puridad, no había contado casi nada.

En los días que siguieron, Ojeda echó varias veces lanchas a tierra. Enviaba a sus hombres con bonetes y cascabeles y volvían con los sacos llenos de perlas grises, las que mejor se pagaban en el mercado de Sevilla. A veces desembarcaba él a tomar posesión de la tierra y volvía diciendo que había estado en el país de los píritus, o de los cumanas, nombres que sonaban a las monjas.

Ellas nunca quisieron desembarcar. Decían:

—No, no, gracias, señor capitán.

Y el capitán y el marinaje las comprendían.

Las religiosas platicaron de su aventura, la que más sor Rósula, que, no en vano, era charlatana y narraba todo a la menuda: lo de las cruces, lo del ataque de los caribes y lo de la mano de oro de su señora lo que más gustaba de contar.

284

Luego fueron ellos, los hombres, los que hablaron de sus viajes y de sus vidas e idas y venidas.

Ojeda narró a las monjas:

—Señoras, nací en Cuenca en una familia de caballeros y luego residí en Sevilla. Siendo mozo y para llamar la atención de la reina doña Isabel, aprovechando una visita que la dama realizó a la ciudad, subí la escalera de la Giralda, la torre de la catedral, salí por un ventano y alcancé un madero que sobresalía de la obra de fábrica a lo menos veinte pies... Llegué al extremo, jugándome la vida... Allí giré sobre un pie y levanté la otra pierna y, en semejante posición, arrojé con la mano una naranja, que saqué de mi faltriquera, arriba de la torre...

¡Qué necedad!, pensaron las cuatro monjas cada una para sí y nada le preguntaron sobre el particular. Además, que el otro continuaba:

—Años después, su alteza el rey don Fernando me encargó vigilar a Colón en su segundo viaje, por eso mandé una de las carabelas... Mientras el almirante levantaba la ciudad de la Isabela, yo me destaqué al oeste con quince hombres para explorar la provincia de Cibao, donde recogí algún oro... Luego luché con el cacique Caonabó y lo derroté, mediante una añagaza: le pedí vistas, le llevé presentes, entre ellos un caballo, que, a poco, supo montar... Lo conduje a un río que distaba media legua de su poblado, le convencí para que se bañara y, cuando lo estaba haciendo, le coloqué unos grillos en la muñecas, asegurándole por mis muertos que tal hacían los reyes de Castilla. Después, le puse mis propias manos de estribo para subirlo al caballo y, montándome yo en la grupa, lo llevé prisionero a Isabela... En premio me concedió el almirante seis leguas de tierra... Regresé a España y recibí carta de Colón hablándome de vuestras mercedes, cuando ya había armado cuatro naves para continuar los descubrimientos de don Cristóbal, mi amigo y señor... Ahora, busco una tierra en la que se dice que los nativos cogen el oro a paladas, de noche incluso, alumbrándose con candelas... Se llama Babeque, para encontrarla debo poner proa al oeste y cuarta al sudeste... ¿Han oído sus mercedes hablar de ella?

—No —respondían las monjas al unísono.

Y luego, en su cámara, comentaban la insania juvenil del capitán que, ¡Santo Dios, había andado por un madero saliente en la torre de la catedral de Sevilla para llamar la atención de la reina Isabel...! Y hasta se preguntaban en manos de quién estaban y, en otro orden de cosas, si Ojeda era amigo o enemigo de Colón, pues qué era aquello de que el rey lo hubiera comisionado para vigilar al almirante. ¿El almirante había de ser vigilado? ¿Por qué?

De los otros oficiales también supieron.

De don Juan de la Cosa conocieron que la lenta navegación que llevaban era por su causa pues que, embarcado en la armada de Ojeda con el cargo de piloto mayor, no ejercía como tal, sino que, como maestro que era en hacer cartas marinas, andaba en ello desde la amanecida hasta la atardecida, escudriñando los accidentes geográficos, delineando la costa, tomando apuntes para realizar un mapa de al menos una vara de alto por dos de ancho. Pero presto advirtieron las monjas que el maestre las esquivaba, que no le gustaba, vaya, que lo vieran dibujar. Lo más que sor Rósula consiguió sacarle, pues que a aquel hombre había que arrancarle las palabras con tenazas, fue que había ido a Indias en el primer viaje de Colón, como propietario de la nao llamada *María Galante*, luego rebautizada como la *Santa María*, la capitana de la expedición, la que encalló en unos arrecifes de coral. Esto resultó desastre pero, merced a tal calamidad, se pudo levantar con su madera el fuerte de Navidad, el primero que hubo por allá, y que, dado el suceso, el almirante le acusó de negligencia, de haber confiado el timón al grumete, pardiez, pero que la reina no lo creyó así y le abonó el costo del navío. Que fue en el segundo viaje con el cargo de cartógrafo para hacer un mapa. Y ni que la monja le hablara de que su abadesa conocía a la reina Isabel y que había nacido el mismo día, a misma la hora y en el mismo año que la soberana, bajo una inmensa luna roja, ni de la mano de oro o del ataque de los caribes o de las cruces, que no logró saber más. Es más, lo incomodó abundantemente, pues que el hombre no quería que lo vieran dibujar, como es dicho.

Con don Américo Vespucio, doña Rósula hizo mejores migas, y supo que el florentino, tras residir en Portugal, se había afincado en Sevilla siendo contador de un mercader genovés y, ya fuera porque a ambos les unían los números y, de consecuente, los negocios del dinero, ya fuera porque el hombre hacía su primer viaje mismamente como ella, el caso es que platicaron largo y hasta comentaron la adustez de don Juan de la Cosa, hecho que el italiano achacaba a que el descubrimiento de la India por Vasco de Gama echaba a perder el mapa, al que dedicaba tanto afán y desvelo y, por tal razón, al cartógrafo se lo llevaban los demonios, pues que dudaba si Colón hubiera descubierto las islas que precedían al Catay u otra tierra.

Las monjas se acercaron a fray Tomás Ortiz, como religioso que era, para recibir auxilio espiritual y, en otro orden de cosas, también hablaron con él largo y tendido. Seguras de que los indios se dejarían cristianar, le instaron a que la Orden de Santo Domingo y otras abrieran conventos por toda aquella tierra. Y doña Rósula le narró con detalle la instalación del Vía Crucis y el gusto que los nativos demostraban por él y la

mucha fama que alcanzó por la zona, pues al poblado arawaco llegaron indios de varios países con magníficos regalos
para el rey de Paria, llamado también Señor de las Cruces y,
aunque al fraile maldita la gracia que le hacía aquello de que
el cacique, un pagano, fuera conocido como Señor de las
Cruces, escuchaba atento para poder contar las conversaciones que mantenía con las religiosas a sus superiores, si acaso
conseguía volver a España, pues viejo como era y viajando
por islas pobladas de caníbales, dudaba de poder hacerlo algún día.

Dejada atrás la isla Margarita, la última tierra que avistara Colón y le pusiera nombre, los oficiales comenzaron a bautizar
golfos, playas, montañas, islas, ríos, mares, etcétera, una vez
cada uno, admitiendo entre ellos a doña Juana, por hacerle
deferencia. Y anduvieron cientos de millas bordeando una
costa que parecía no tener fin, observando conforme navegaban más y más hacia el poniente que los habitadores, siempre
indios, vivían sobre la superficie del mar, en casas de madera.
E iban dando nombre a los accidentes geográficos:
    —Cabo Codera.
    —Chichirivichi.
    —La Vela de Coro.
    —Cabo de San Román.
    —Península de Paraguaná.
    —Golfo de Maracaibo.
    —Pequeña Venecia.
    —Curazao.
Y unas veces lo hacían porque doña Juanota había cosido
una codera en el jubón de don Alonso, otras por hacer gracia, otras por el nombre de algún antepasado, otras porque les

recordaba algún lugar conocido, otras por el nombre nativo y otras por el propio, como cuando estando a punto de zarpar de la Pequeña Venecia, de la Venezuela, Vespucio gritó:

—¡Llámese toda esta tierra América…!

Y, aunque los demás quisieron llamar a toda la tierra Isabel o Fernanda, por los reyes, o Colombia, por Colón, en aquel momento, se impuso el nombre propio de Vespucio, en razón de que le tocaba bautizar a él y, unas veces uno, otras, otro, el hecho no admitía discusión.

Y sí, sí, a ratos, hacían risas, pero, para cuando pusieron rumbo a La Española desde la isla de Curazao, sabían muy bien que aquellas tierras e islas, por donde andaban fondeando a vista ojos, por los muchos roquedos y las arenas, estaban pobladas por arawacos, caracas, achaguas, ayamanes, jiranaras y un largo etcétera. Y que unas tribus eran caníbales y otras no, y se habían llevado sorpresas, pues habían visto grandes manchas de brea, allá por Maracaibo, que arrojando una antorcha encendida, ardían. Y habían huido de las llamas que ellos mismos provocaran, y de los indios de talante arrisca-do… Cierto que llevaban grande botín, pues habían llenado muchos sacos de preciosas perlas.

La armada de Ojeda arribó a La Española en lugar llamado Puerto Yáquima, con gran alborozo de oficiales, marinería y monjas.

18

El almirante don Cristóbal Colón enteróse rápidamente de la llegada de la armada de Ojeda con las monjas porque tenía muy buenos correos, debido a los muchos revoltosos, indios y españoles, que poblaban la isla. Tuvo grande contento y, de haber estado mejor de la gota, enfermedad que, presto, había de acabar con él —tal aseguraba a toda hora—, hubiera salido a su encuentro, pero hubo de recibir a los venidos en la puerta de la casa del gobernador, donde había mandado preparar habitaciones y mejor comida para agasajar a todos.

Si bajó al portal y no los recibió, de primeras, en la sala de audiencias, él sentado en un trono, como representante que era de sus altezas los reyes, fue por doña Juana, por hacerle deferencia, pues que le tenía afecto y ansiaba verla y besarle su mano buena. Por todos los demás, por Ojeda, por de la Cosa y los otros, no lo hubiera hecho, no se le fueran a subir a las barbas o empezaran a cuestionar su autoridad, lo que hacían muchas gentes en aquella isla capitaneados por el tal Francisco Roldán.

Y fue que, desembarcado el pasaje en el puerto —los hombres aviados con sus mejores galas, las monjas con lo que les habían dado los hombres, es decir, malamente vestidas—, se organizó una comitiva precedida por el portaestandarte con el pendón, seguido de un trompetero y un tamborino, ambos asonando sus instrumentos, y ya los oficiales y el fraile, luego las religiosas y, después, la gente de tropa con sus uniformes y armas, y los colonos. Fueron andando, pues que era poco trecho desde el muelle hasta la casa del gobernador, situada en la plaza Real, siendo vistos y vitoreados por las gentes que abrían las ventanas o salían a la calle a su paso.

Ojeda hinchó el pecho cuando descubrió al almirante, virrey y gobernador de las Indias, en la puerta de su casa, esperándole. Las monjas también se holgaron cuando lo avistaron, aunque venían un tantico torpes de piernas, por el hecho de haber ido embarcadas en una nave durante mucho tiempo.

Y fue grande alegría, porque los oficiales, Ojeda, el primero, hicieron cumplida reverencia a don Cristóbal Colón, y sor Juana una graciosa inclinación, la misma que le había enseñado a hacer su abuela cuando era moza, y ya los hombres se abrazaron. Pero, el almirante sólo tuvo ojos para la abadesa, pues que, dejando a todos de lado, se encaminó hacía ella y le besó la mano a la par que se la apretaba con calor. Lo vieron todos, y algunos hasta se amoscaron. Cierto que luego saludó a los demás, a los hombres y a las otras religiosas.

Y, siempre al lado de doña Juana, atravesó el patio de armas, entró en la casa por la escalera principal, la subió renqueando, entró en el salón de audiencias, pidió silla para la priora, hizo colocarla a su derecha y se la ofreció, y él se sentó en su trono dejando frente por frente a todos los demás, de pie.

Con la primera persona que habló fue con doña Juana, con lo cual amohinó más a los hombres:

—¡Bienvenida, mi señora, doña Juana, abadesa de Santa Clara!

—Bien hallado, don Cristóbal Colón, almirante, virrey y gobernador de las Indias...

Ojeda comentaba con Vespucio, el que tenía a su lado:

—Diríase que Colón anda encandilado con la monja...

—Teneos, capitán, no hagáis cábalas...

—¡Mujeriego es!

Y ya don Cristóbal presentaba a sor Juana a su hermano Bartolomé, que tenía el cargo de adelantado en aquella isla y otras más. Y mirando a Ojeda le demandaba:

—¿Qué tal viaje habéis tenido, don Alonso?

—Muy bueno, señor —respondía el capitán—, hemos tenido buena mar y suerte, pues hemos podido rescatar a doña Juana y sus hermanas.

—Nunca os lo agradeceremos bastante, don Alonso... ¿Qué ruta habéis seguido?

—La que me indicasteis... Antes de la Tierra de Gracia, llegué al Orinoco, el gran río que desemboca formando delta, luego anduve por Gracia, donde recogí a las sorores, que habían puesto una cruz en lo alto del acantilado de la boca de la Sierpe para avisarme...

—¿Una cruz, doña Juana?

—Sí, señor, mis hermanas y yo nunca dudamos que enviaríais a buscarnos...

—Luego, salí al mar Caribe por la boca del Dragón, anduve costeando hasta isla Margarita y continué, ya en viaje de descubrimiento, hasta el golfo de Maracaibo, que así lo bauticé...

—Lo bauticé yo —terció don Juan de la Cosa.

—Lo bautizó don Juan porque le tocaba a él...

—¿Tuvisteis encuentros con los indios?

—Eché muchas veces lanchas...

—¿Os dieron oro?

—Algo.

—¿Y perlas?

—Sí, muchas perlas...

—Se dice que traéis llena las bodegas de vuestras naves...

—Tornaré con ellas a Sevilla para venderlas allí.

—El rey tiene su parte, el ochavo para mí...

—Esta expedición la he armado yo, señor... Abonaré el tributo de los reyes en Sevilla...

—¿Y mi ochavo?

—Si queréis vuestro ochavo, habréis de darme licencia para cortar palo brasil...

—No.

—Sus altezas os quitaron parte de vuestros privilegios, os lo recuerdo... Yo traigo carta del arzobispo de Sevilla autorizándome a descubrir lo que no sea vuestro ni del rey de Portugal...

—Me queda lo que me queda, y no he de renunciar a ello... Necesito dinero, lo emplearé contra el sublevado Roldán... En cuanto a esa carta, la veré con detenimiento...

—¿Quién es ese Roldán?

—El que tiene la ciudad de Isabela...

Y como la conversación con Ojeda estaba tomando extraños derroteros y agriándose, Colón preguntó a don Juan de la Cosa:

—¿Qué tal, señor don Juan, cómo anda vuestro mapa?

—Muy bien, señor, lo he ampliado con la Tierra de Gracia, Venezuela y modificado parte de la costa de La Española...

—Tengo para mí que esa tierra es Tierra Firme, ¿qué opináis vos?

—No sé, señor, grande es, pero sucede que...

—¿Qué sucede?

—Que don Vasco de Gama, un marino portugués, ha llegado a la India remontando la costa de África y arribado a la ciudad de Calicut...

A Colón aquellas palabras le cayeron como un bofetón. No obstante, disimuló:

—¡Excelente…! Ahora, vamos a comer.

Y comieron con hambre. Además, lo que no habían comido en meses, las monjas en casi año y medio: pan de trigo, cordero, vaca, vino de vid, pollo, gallina y frutas de España, hasta cuarenta platos. Un festín, después de tanto penar.

Doña Juana entre Colón y don Juan de Caicedo, el cura que había atendido a varios barcos en la travesía del tercer viaje y al que fue robado el sagrado cáliz por la gitanilla. Hablando, ora con uno, ora con otro —menos tiempo con el sacerdote porque el almirante la acaparaba—, y eso que se había alegrado mucho de volver a verlo. El almirante, lamentándose, le musitaba casi al oído:

—No me obedecen indios ni españoles, señora. Roldán anda en el norte amotinado… Escribo y escribo a los reyes en mi descargo y para que me envíen un juez por ver si pone paz entre nosotros… Roldán, al igual que Ojeda, es de mala catadura… Y, ahora, no sé, don Juan de la Cosa me acaba de decir que un dicho Vasco de Gama ha llegado a la India… Estoy confuso… ¿Y vos, señora?

—Más de un año en la tierra de Paria…

—Lo sentí, señora, como si se me hubiera partido el corazón…

—Lo sé, señor… Pero no tuvimos mala vida…

—Gracia, dicha Paria en nombre indio, es una tierra muy bella, y sus habitantes son pacíficos, ¿no es así?

—Sí, sí, nos ayudaron desde el principio hasta el final… Llegué a clavar una cruz en los acantilados de la boca de la Sierpe y otra en la del Dragón, la de salida del golfo, la que vos bautizasteis…

—Sí. Recuerdo perfectamente las corrientes impetuosas, las olas… ¡Ah, andaba yo ciego, doña Juana…!

—Fue pena, con vos viendo no nos hubiéramos quedado allí…

—Decís bien. ¿Trajisteis oro?

—Alguna cantidad lleva doña Rósula, que es nuestra dinerera, si queréis, podéis disponer de él…

—Gracias, señora.

—Perdonad que os interrumpa, señor —cortó la abadesa observando que sor Rósula se levantaba de la mesa y yendo hacia ella para preguntarle en voz baja—. ¿Doña Rósula dónde vais?

—A la letrina, señora, a devolver y a orinar…

—¿Estáis bien, no?

—¡Sí, sí, la mi señora…!

—Perdonad, sor Rósula ha estado enferma de fiebres muy malas…

—¿Ya anda mejor?

—Sí.

—¿Habría por allí canela, almáciga, brasil; caza abundante, aves de volatería, papagayos…? —demandó Colón cambiando de conversación.

—Sobre todo había palmeras, inmensas palmeras…

—¿Llegastéis a entenderos con los indios?

—A señas…

—Si hubierais tenido más tiempo…

—¡Mas tiempo, no, qué horror…!

—¿Tan horrible fue?

—No, no es eso, pero entendedme… Resultó arduo, entre otras razones, porque los habitantes no tenían fe, y nosotras somos monjas, y por la diferencia de costumbres y modo de vida… No obstante, dejamos algunos niños bautizados y la tierra llena de cruces, con catorce cruces, las del Vía Crucis…

—Hicieron grande labor sus mercedes.

—Mejor trabajo hicieron ellos con nosotras… Hasta un indio quiso tapar mi manquedad y me hizo una mano, un guante, de oro…

—¿Un guante de oro?

—Sí, señor. Además de fina labor.

—¿Me lo enseñaréis?

—No lo tengo, se lo devolví al indio por no llevarme tanta cosa, que traemos varios canastos a rebosar con oro y perlas…

—¿Varios?

—Os los he ofrecido para vuestras guerras contra los sublevados…

—Gracias, la mi señora…

—¿Los indios de La Española son ya cristianos? —cambió la abadesa de tema.

—¡Qué va!, aquí lo primero es comer y luego atajar la rebelión de Roldán.

—Nos estáis sirviendo, señor, un opíparo banquete…

—Por honraros he gastado mis últimos dineros.

—¡Oh!, disponed de los míos… —repitió doña Juana.

Las religiosas se asombraron cuando, a los postres, don Bartolomé Colón recibió de un criado una caja que abrió con mucha ceremonia y sacó unos liados de hojas, que fue entregando uno a uno a los presentes, sores incluidas.

Doña Juana se lo llevó a la nariz y observó lo que hacían los hombres con él viendo enseguida que no era para comer.

Don Bartolomé le informó:

—Es tabaco, doña Juana, se fuma…

El adelantado, encendiendo el liado por una parte con la vela de un candelabro, se metió el otro extremo en la boca y chupó hacía dentro, para, al cabo de un momento, arrojar el humo que se había tragado por la nariz, horrorizando a la priora y otro tanto a sus compañeras, que veían a los hombres fumar con deleite… Y algo hubiera la señora preguntado sobre el liado de tabaco, que más parecía cosa del Diablo, pues que, ¿quién podía andar con tizones encendidos en la boca, salvo el Demonio?, pero el almirante no la dejaba estar:

—He olvidado deciros que os he guardado los baúles, señora…

—¿Los de la ropa de los indios?

—Y también vuestras arcas.

—¡Oh! —exclamó doña Juana muy albriciada, pues que no lo esperaba, y se lo comunicó a sus monjas:

—Sepan sus mercedes que el señor almirante nos ha guardado los baúles con la ropa de los indios y nuestras arcas…

Las monjas se holgaron, pero los hombres no. Es más, ante tan larga conversación, los oficiales que habían comenzado musitando contra Colón y la priora, terminaron murmurando.

—A ver —preguntaba Ojeda a Vespucio—, ¿qué os parece que el almirante preste más atención a una monja, por muy abadesa que sea, que a mí, que acabo de llegar a Santo Domingo con cuatro naves, cien colonos y doscientos soldados…?

Y el otro no contestaba, que no quería opinar.

Las monjas fueron instaladas en la casa del gobernador. En una amplia habitación con cuatro camas, cada una con su plumazo mullido, con sus lienzos y con sus cobertores. Con una mesa baja sobre la cual había un libro de los Santos cuatro Evangelios y una imagen muy buena de Nuestra Señora con el Niño en brazos. Y estaban admirándose de la estancia, comparándola con la choza de Paria, cuando llamó alguien a la puerta y, naturalmente, abrieron. Era uno de los mayordomos de Colón, al que ya conocían del viaje que, seguido de varios hombres negros, les traía los baúles de la ropa de los indios y sus propias arcas, a más de un cofre pequeño, el de las reliquias. Luego supieron, y se estremecieron, que los negros, los portadores, eran esclavos, que habían sido llevados allí por unos portugueses desalmados que traficaban con ellos, pues que los señores reyes de Castilla bien claro habían dejado que en Indias no habría esclavos.

No obstante y muy felices, lo primero, abrieron el cofrecillo, contemplaron la cajita que contenía el dedo de Santa Clara, su patrona, y la besaron varias veces pasándosela de unas otras, e instalaron el Calvario sobre la mesa, junto a la imagen. Luego, para abrir los cerrojos de los baúles y las arcas, necesitaron ayuda del mayordomo, pues que estaban herrumbrosos y, dando gracias a Dios por no haberlas cerrado con llave, ya cada una pudo disfrutar de sus pertenencias, de lo poco que traían, con los ojos primero, después tocándolas. Y se cambiaron la camisa, la braga y la túnica, las prendas que les habían proporcionado los hombres de la *Nuestra Señora del Socorro*, por un hábito de Santa Clara que llevaban de repuesto, el cíngulo de la cintura y la toca de la cabeza. Doña Juanota decía:

—Ya somos nosotras, señora.

—Ya somos otra vez Clarisas —abundaba sor Rósula.

—Ya estamos otra vez presentables.

—Gracias a Dios.

—También en este clima se entumecen los huesos —se quejaba sor María, pues le había producido dolor el movimiento.

—El reúma nos ha de matar —sostenía doña Juana…

—A mí, el reúma, el sofoco y la fiebre… —afirmaba sor María.

—Quizá, ya nunca os venga más la fiebre, hermana.

—¿Han visto sus mercedes lo del tabaco?

—Es curioso…

—Tal vez debimos probarlo…

—Los señores curas no le hacían ascos…

—¡Déjense de eso de fumar…!

—¡Ay!

—¿Qué sucede sor?

—Nada, que esta noche descansaremos en cama blanda, mejor incluso que en casa —anunciaba doña Rósula.

—Ya daría yo una mano por estar en el convento —intervenía doña María sin caer en cuenta de que a su abadesa le faltaba una.

—Pronto estaremos en casa —aseveró doña Juana con contento en la voz, como si no hubiera escuchado a la hermana—. Volveremos en el primer barco que salga para allá…

—Dios escuche a su maternidad.

Al almirante la noticia de que Vasco de Gama había llegado a la India le había perturbado, en razón de que el que había llegado primero era él, pues no en vano había descubierto muchas islas y la Tierra Firme, y no entendía cómo, pardiez, el portugués había arribado a aquel lugar navegando por el oriente cuando él, él, lo había hecho por el occidente siete años antes. Por eso se reunía en la sala de audiencias a toda hora con su hermano Bartolomé y Juan de la Cosa, para comparar mapas. Y él sacaba de un arca el de Cresques, el de Toscanelli y los suyos propios, y don Juan aportaba el de fray

Mauro y sus propios apuntes. Los extendían en una mesa y los estudiaban durante tiempo y tiempo. Las más de las veces conviniendo en que, a falta de conocer el posible mapa de Vasco de Gama y otros cartulanos lusitanos que recogieran el cabo de Buena Esperanza y más tierra, la que fuere, eran ciento por ciento irreales.

El caso es que Colón preguntaba a don Juan:

—¿Don Vasco ha encontrado al Gran Khan?

Y el cartógrafo le repetía lo que ya le había dicho mil veces:

—Cuando salimos de Cádiz, no se sabía nada, salvo que había llegado a Calicut…

—¿Y dó es Calicut? ¿Es grande y rica ciudad?

—En la India, no sé nada más.

—Descubrí la Tierra Firme, la misma que recorristeis vos hasta Venezuela… ¿Venezuela, no?

—Venezuela llamó Vespucio a aquella tierra.

Y, si alguna vez estaba presente el italiano, sostenía que parte de aquella tierra se llamaba Venezuela tal como la había bautizado él, pero que toda la tierra, toda, se llamaba América, como su nombre, pero los otros no le hacían el menor caso, en virtud de que toda la tierra y las islas ya tenían nombre: las Indias.

Con todo y con ello, Colón, disgustado, confuso y a ratos hasta colérico, no sujetaba corto a Ojeda y éste se aprovechaba, yendo de acá para allá con sus soldados, esclavizando a los indios y poniéndolos a la fuerza a cortar palo brasil para venderlo en la Península al regresar. Si de algo se lamentaba era de no poder atender a doña Juana como le hubiera gustado, pero lo que más le importaba, mucho más que los reyes le hubieran quitado prerrogativas, era lo de aquella India, tuviere o no tuviere que ver con las Indias, con las suyas, vamos.

La abadesa, como le tenía aprecio, lo echaba a faltar, aunque andaba muy ocupada, oyendo en la iglesia dos misas diarias, una oficiada por don Juan de Caicedo y otra por fray Tomás Ortiz, confesando y comulgando y con sus rezos, haciendo lo que debía hacer una religiosa, después de todo. No obstante, para dar asueto a sus monjas que, de tanto estar al aire libre, se ahogaban en una habitación, salía a recorrer la ciudad. La pobre ciudad de Santo Domingo que, encerrada en una empalizada de madera, discurría por una de las riberas del río Ozama y tenía cuatro calles que desembocaban en la plaza Real, y acaso unas ochenta casas, de madera también, que hasta la del gobernador lo era, y otrosí la iglesia.

E iban, al atardecer, paseando, yendo de la casa del gobernador al puerto, y viceversa, cruzándose con indios, que no llevaban aretes en la nariz y servían de criados, y con españoles, con soldados sobre todo, que les saludaban y hasta las paraban para conversar, para saber de sus hazañas —tal decían algunos—, y tres de ellas contaban algo, y sor Rósula todo lo que podía.

Y pasaban los días, esperando que don Alonso de Ojeda cargara sus naves para volver a España, y abandonar cuanto antes aquel clima lleno de humedad, de vientos huracanados, para, en su convento, llevar vida monjil, la que habían elegido. Para que sor Juana volviera a tomar el mando del monasterio, sor Juanota a ser su asistente, sor María a su portería y sor Rósula a sus dineros, que eran los de toda la comunidad.

Y fue que una tarde, a la anochecida, al doblar una esquina se toparon con una india, que se hacía llevar en silla de manos, rodeada de muchos criados todos portando antorchas. Y fue que la india las llamó. Y no fue que las monjas fueran a ver qué quería la dueña, no, que la abadesa de Santa

302

Clara de Tordesillas no iba a ninguna parte, sino que iba a ella el que deseaba algo de ella, pero se detuvieron. Y, ya bajando de la litera, la dueña, que era mujer gruesa, vestida de negro de los pies a la cabeza, enlutada, el avío al modo castellano aunque muy arreada de joyas y perlas, inició pláticas con las religiosas, al modo de los nativos, es decir, haciendo economías en la construcción de las frases. Y se presentó:

—Ser doña Catalina, viuda ser de don Miguel Díaz de Aux… Yo ofrecer mi casa por señoras monjas…

Para señoras monjas, quiso decir y tal entendieron las religiosas que le dieron a besar sus crucifijos, y sor Rósula que andaba con la lengua más suelta que nunca le dijo:

—Mi sentido pésame por el fallecimiento de vuestro esposo.

—Descanse en paz —asintieron las demás.

Y ya la dueña les explicó que había sido cacica, hija del rey Caonabó y de la reina Acanaona, que había maridado con don Miguel, un aragonés y, ante el espanto que mostraban los ojos de las sorores, aclaró que era cristiana, que había sido bautizada con el nombre de Catalina, y que hacía vida de tal. Y volvió a ofrecerles su casa.

Las monjas se lo agradecieron y se despidieron de ella, pues habían de rezar vísperas e iban apresuradas. Le dijeron de verse al día siguiente, en la casa del gobernador.

A media mañana se presentó la india con otro vestido, aunque negro también, muchos arreos, y con varios regalos. Su entrada en la habitación de las monjas resultó espectacular, pues que venía, ella, con un corderico vivo en los brazos, y sus dos criadas, una con un cesto de tomates, tal dijo la dueña al nombrar un fruto —luego resultó ser hortaliza— colorado, de buen sabor que se comía crudo, aderezado con sal y aceite, y la otra con una garrafica de aceite de oliva, que nada tenía que envidiar al de España. Y fue que doña Juana le hizo ascos al corderillo. No que le hiciera ascos, es que le tuvo miedo o que sólo tenía una mano, ella que había andado por selvas sin explorar sin necesitar dos, tal adivinó doña Juanota y lo cogió enseguida.

Tras los agradecimientos y escuchar de labios de la india quién era su marido y cómo se había casado con él, pese a ser hija de los reyes enemigos del susodicho, enamorada hasta el delirio, tras oír, en fin, una preciosa historia de amor entre español e india, la primera quizá de aquella tierra. O no, la primera, no, la segunda, tercera o la que fuere, porque el amor anda en el corazón de los hombres. Doña Rósula aprovechando una pausa de la dueña, le preguntó:

—Doña Catalina, en la travesía del tercer viaje del señor Colón vinimos con unas mujeres, ¿sabe vuesa merced algo de ellas?

—¿Quiénes ser?

—María de Egipto, Catalina de Sevilla, Gracia de Segovia y la niña boba… ¿Cómo se llamaba la niña?

—¡Marica, sor, Marica!

—La María de Egipto es gitana…

—La Catalina de Sevilla venía casada con un escudero llamado Pedro de Salamanca.

—La Gracia de Segovia decía ser lloraduelos, y llevaba una niña tontica la pobrecita…

—Que gritaba: «¡Ah, ah…!».

—A veces, como si aullara el lobo…

—No hay por aquí lobos, doña Juanota.

—Recuerdo a sus mercedes que la niña boba maridó con el Jácome, en el barco…

—La niña puede estar con su esposo, con un mozo, dicho Jácome…

Y, como era de prever, la india esbozó una amplía sonrisa e informó ceceando, como hacían los nativos de La Española:

—Catalina de Sevilla y marido vivir en Xaraguá. Jácome en hacienda suya… Niña boba y madre, señora Gracia, en calle Santa Ana, cerca casa mía… Gracia ser bien casada con hidalgo… Catalina y esposo haber tenido hijo varón…

Y en ésas estaban, cuando se presentó en la habitación de las monjas el mayordomo del almirante, rogando a la abadesa fuera a la sala de audiencias, con lo cual se terminaron las noticias de la india, pues que se despidió hasta otro día. Pero no se acabaron las informaciones, porque el mayordomo aseguró a las monjas:

—La señora Gracia no está casada con un hidalgo, regenta un burdel, con perdón por la palabra, en la calle de Santa Ana, y tiene un proxeneta, un chulo, para que me entiendan sus señorías. La niña bobica está con ella, y el Jácome, que es un calavera, con María, la gitana, y muchas indias en su hacienda de Xaraguá… Ya tiene un hijo de una esclava y se dice que a tres más preñadas…

—¡Pardiez, con el Jácome…! —exclamó doña Juanota.

El almirante Colón no hizo otra cosa que quejarse delante de doña Juana, que escuchaba atentamente todo lo que el hombre le decía, a veces, enfuriado, a veces, triste y resentido:

—Yo vine a estas islas, las descubrí, les puse nombre, arriesgando mis propios dineros y empeñándome, aunque los reyes me ayudaron ciertamente… Tomé posesión de ellas por delegación de sus altezas… Levanté un fuerte que fue destruido por los indígenas… Traje gentes y les di solares…

Fundé una ciudad, la Isabela, la primera en esta isla, con iglesia, hospital, puerto, calles, casa fuerte para mí y otra para
municiones, y levanté empalizada y edificaciones… Mi hermano, el adelantado, hizo otro tanto con esta ciudad de Santo Domingo… A cada colono le di tierra con agua y árboles
para que construyera una casa y plantara viña, olivo, caña de
azúcar y huerta… Traje, a lo largo de mis viajes, cerdos, caballos, gallinas y otros animales para que criaran y sirvieran
de sustento… Estoy con el rey don Fernando que ha ordenado que todo colono, que tenga cuarenta o más indios, sea
obligado a enseñarles lectura, escritura y doctrina cristiana y
que, cuando se asiente una población, se edifique escuela…
En verdad, que disiento con doña Isabel sobre la cuestión de
los esclavos, pues estas tierras son una sangría de dineros y
de alguna manera hay que sacarlos, porque en La Española no
hay oro ni en Juana, que los indios dicen Cuba, tampoco…
Me siento impotente, los reyes me han arrebatado parte de
mis atribuciones, no cumpliendo lo que capitulé con ellos,
pero, ya se sabe, palabra de rey, agua que corre… Roldán, el
sublevado, me ha enviado una carta queriendo acercarse a
mí, pero lo hace por Ojeda que ha entrado en sus tierras, que
no son suyas, con muchos soldados y ha puesto a los indios a
cortar palo brasil, dice que ha de pagarse el viaje… Y aún
hay más, señora…

—¿Aún más?

—Una cuestión de amores…

—¿Amores?

—Sí, señora. En Isabela y su comarca hay varios capitanes
enfrentados por recibir el favor de la india Higueymota, hija
de la cacica Acanaona…

—¿Acanaona tiene multitud de hijas? Doña Catalina, la
viuda…

306

—Ésa es otra hija de Acanaona, sí.

—¿Y qué sucede con ella?

—Que no quiere casar con ninguno...

—¿Cómo es eso?

—Porque en Isabela hay mal francés y mueren españoles, indios e indias...

—¡Oh! Dos de mis monjas enfermaron de unas fiebres muy fuertes...

—De malaria, señora. Da palidez, y produce fiebre altísima y delirios...

—¿Malaria es la misma enfermedad que cuartanas?

—Talmente...

—Ah...

—Si encontrara oro, otro gallo cantaría... Se terminarían mis problemas, que el dinero todo lo puede... De otro modo, habré de ahorcar a todos los levantiscos...

—Más parece que por aquí la luz de Dios sea el oro...

—Sería bueno para mí, que abrierais convento en esta ciudad...

—No, señor, me volveré a España con mis monjas en el primer barco que zarpe... Vine a cumplir una misión: a repartir unas ropas para vestir a los indios... Lo haré en breve, el día de Navidad... Otras Clarisas llegarán después de mí y abrirán casa...

—Si vos me lo ordenáis, daré pregón de la entrega.

—Hacedlo, señor. El día de Navidad, cuatro monjas repartirán ropas en la plaza Real, con vuestro permiso...

—Lo haré... Aunque, no sé si llegaremos al Año Nuevo...

—¿Por qué?

—Porque es el mil y quinientos, y se habla de horrores, de que ha de acabarse el mundo...

—¡Bobadas!

—Sí, el mayor horror de esta tierra es la guerra entre españoles…

—He solicitado a los reyes que envíen un juez pesquisidor, pero se tarda.

—Paciencia, don Cristóbal, os encomendaré al Señor en mis oraciones.

Doña Juana, después de las pláticas que mantuvo con Colón, dijo a sus monjas que repartirían las ropas de los indios el día de Navidad, que sacarían los baúles a la plaza Real y las entregarían: un sayo y una braga a los primeros que se presentaran, hasta acabarlas. Que el almirante iba a dar pregón y que, seguramente, llegarían gentes de toda la isla.

—Con ello habremos cumplido nuestra misión y podremos embarcar en la primera nave que salga de este puerto…

—Haremos lo que su maternidad diga.

—Doña Rósula, por cierto, habremos de pagar el hospedaje —recordó doña Juana.

—El hospedaje y el pasaje…

—Le preguntáis al mayordomo cuánto debemos de la estancia hasta este día y pagáis lo que os pida, luego ya saldaréis la cuenta restante con él… Supongo que los capitanes vendrán a Santo Domingo a celebrar la Pascua de Navidad con el almirante y aprovecharéis el momento para abonar también a don Alonso de Ojeda lo del viaje. No dilatéis ni una cosa ni otra, Colón no tiene una blanca y Ojeda tampoco.

—Lo que vos mandéis, señora.

—¿Nos quedaremos sin dinero? —preguntó sor María.

—Poco importa, aquí nada hay que comprar… No hay puestos ni mercado.

—No. Tenemos las doblas que tuve la precaución de echarme al bolsillo el día del desembarco… El oro y las perlas que nos dieron los indios, y hasta los baúles podemos vender, que son muy buenos…

—¿No haremos corto?

—Si es menester, sor Rósula, firmaré una letra de cambio pagadera en Tordesillas —intervino doña Juana.

—Treinta y cinco doblas tenemos en dinero, creo que será suficiente —afirmó la hermana dinerera.

En efecto, el 25 de diciembre de 1499, el almirante, virrey y gobernador de las Indias, tras asistir a misa de gallo, rezar la vigilia propia de tan señalada noche, y antes de dar de comer a todos los capitanes y caballeros que se habían reunido en torno suyo, entre ellos Roldán y Ojeda, para celebrar la Pascua de Navidad, habiendo dado pregón con trompeta y tambor por buena parte de la isla como le prometiera a doña Juana, ordenó a sus criados que sacaran a la plaza los treinta y nueve baúles de las monjas, que los dispusieran en la puerta, y que dejaran hacer a las religiosas.

Y, como allí había mucho tumulto porque habían venido indios de todas las tribus y cristianos, por ver si les daban también alguna cosa, él y sus capitanes, con la mano en el puño de la espada, no fuera a organizarse jaleo, observaron cómo las monjas entregaban las ropas a los indios, pues que a los españoles nada les dieron, y cómo los nativos se ponían los sayos y las bragas en su sitio, cubriendo su desnudez sin que nadie les tuviera que explicar dónde iba colocada cada prenda, contentos, muy contentos todos los receptores, pero más las señoras, las dadoras, que sonreían radiantes de alegría, en razón de que, después de año y medio largo y muchas calamidades, cumplían lo que habían venido a hacer en Indias.

Ciento setenta sayos, ciento setenta bragas repartieron las monjas a los primeros que se presentaron. Y fue que habían terminado y despedido al resto, bendito sea Dios por siempre jamás, cuando se presentó ante ellas la Gracia de Segovia con su hija, o lo que fuere, pues que ella misma había suscitado ciertas dudas sobre el parentesco de ambas mientras navegaron en la *Santa María de Guía*, y tuvieron hablas con ella:

—¡Saludos a su maternidad y a la compañía! —exclamó la Gracia muy albriciada.

Y las monjas, pese a que sabían lo que sabían, no le hicieron remilgos. La abadesa le dio su crucifijo a besar, las otras también, y a la niña boba, que estaba tan lela como siempre, le besaron en la mejilla y le hicieron carantoñas. Y ya escucharon de boca de la Gracia:

—Me he casado con un hidalgo, vivo detrás de esta casa, en la calle de Santa Ana...

—¿Has hecho buena boda, Gracia?

—Sí, doña Rósula, mi marido es un buen hombre y no le hace ascos a la pequeña...

—¿Qué tal la niña?

—Mejor; ha dejado de gritar... En tierra no grita...

—Dios te bendice, Gracia.

—A ti y a ella.

—Es el clima también, aquí no se puede hacer esfuerzo, se suda constantemente, cuesta trabajar y hasta mover un dedo...

—Tienes razón, que hemos repartido las ropas que trajimos y estamos empapadas en agua...

—Lo peor es que tanta humedad produce reúma.

—¿Y el Jácome?

—El Jácome es un perdulario... Ha abandonado a su esposa y anda con la gitana y muchas indias...

—¿Y cómo te va?

—Bien. Tengo un establecimiento abierto...

—¿Una taberna? —demandó sor María por no preguntarle directamente por el burdel.

—No, una escuela.

—¿Una escuela?

—¿Enseñas a leer a los indios?

—¿Sabes leer?

—No, enseño a las indias a ser criadas, a servir la mesa, a servir el vino, a poner los manteles, a hacer reverencias y a cocinar a la manera española, en un fogón...

—¿Eso enseñas?

—Ni en Sevilla ni en Valladolid se aprende tal.

—¿Y te pagan las estudiantes?

—Me pagan con su trabajo...

Y para no saber con qué clase de trabajo le pagaban las indias a la Gracia de Segovia, entre otras cosas, porque en el barco anduvo vestida de brocadillo y ahora lucía un precioso vestido de buen tafetán, le desearon parabienes y la despidieron, aprovechando que un trompetero, a una orden del almirante, llamaba a comer.

Cien platos sirvieron los hermanos Colón, que eran las autoridades de La Española, cien. Doña Juana estuvo entre don Cristóbal y don Juan de Caicedo y frente por frente de Ojeda y de Roldán, que estuvieron codo con codo. Sor Juanota entre fray Tomás Ortiz y don Juan de la Cosa. Sor María entre doña Catalina, la cacica viuda del hidalgo aragonés e hija de la reina Acanaona, y don Diego Colón, el tercer hermano, que se había desplazado de la ciudad de Isabel para la ocasión. Y sor Rósula entre don Bartolomé Colón y Ojeda, por lo que pudo ajustar con el segundo el abono del viaje de Paria a La Española, y regatearle incluso y hasta enterarse de que estaba dispuesto a partir hacia la Península a principios del mes de marzo, pues que el banquete duró hasta la noche.

Y, como corrió abundante el vino, mucho rieron y platicaron todos. De sus hazañas, de sus aventuras, de sus desventuras, de lo que habían hecho en España y en Indias, de lo que tenían previsto hacer y hasta de lo que nunca harían; del oro y las perlas, que siempre hablaban de ello; de los caciques de la tierra, y un largo etcétera.

Y, todos amigados y entre platos fumando liados de hojas, recibieron bendiciones de los curas, y tuvieron recuerdos para los señores rey y reina.

Las monjas, retiradas a su habitación para rezar sus oraciones y acostarse, escucharon a doña Rósula informar a su señora con voz quebrada que Ojeda tenía previsto partir hacia España a primeros de marzo, lo único que le fue posible decir, porque, habiendo empalidecido, de súbito, le advino un fiebrón y comenzó a tiritar, del mismo modo que lo hiciera dos veces en Paria.

Al día siguiente le sucedió otro tanto a doña María de la Concepción.

19

Los primeros dos meses del año de mil y quinientos, doña Juana Téllez de Fonseca anduvo desesperada ya que don Alonso de Ojeda que, en principio, dijo de largar amarras para primeros de marzo, luego ya, con las naves cargadas de madera y doscientos esclavos para vender en España, se desdijo y pretendió zarpar a principios de febrero. Pero las monjas no podían moverse porque sor Rósula y sor María, aquejadas de cuartanas, andaban afiebradas de lo más y con delirios, mucho peor que otras veces, pues las cogían y las dejaban sin apenas intervalo de bonanza. Y no era cuestión de embarcarlas en una nave para que murieran en la mar y tener que arrojar sus cadáveres a la inmensidad del piélago para que sirvieran de sustento de monstruos y peces, entre otras razones porque eran mujeres de tierra adentro, como es dicho, y no les hubiera gustado semejante entierro.

Recurrió la abadesa al almirante, que le ofreció aguardar seis, ocho meses, un año, y volver con él, toda vez hubiera llegado el juez pesquisidor y puesto paz entre los españoles de La Española, ahorcando a cuantos preciso fuere. Pero la dama no quería esperar tanto, y le pedía que encontrara una sustancia llamada quina, amarga por demás, sacada de corteza de árbol y reducida a polvo, la que la vieja Arabara les diera a las sores, pero el buen hombre, aunque preguntó a unos y a otros, le aseguró, lamentándolo, que era desconocida en aquella isla.

Así las cosas, doña Juana comentaba con doña Juanota:

—Me ha dicho el señor Colón que él tardará en volver de seis meses a un año.

—Que Ojeda retrase su viaje lo más que pueda para que sanen nuestras hermanas…

—No quiere.

—Llevan más tiempo enfermas y están más afiebradas que en Paria. Hemos de esperar.

Y sor María, cuando las oía hablar, les decía:

—Váyanse vuesas mercedes… Me prepararé para bien morir…

Y sor Rósula casi lo mismo:

—Soy vieja ya, váyanse sus señorías, Dios me ayudará en mi último trance…

Pero, doña Juana, respondía a veces bastante alterada:

—Yo traje aquí a vuestras mercedes y no las abandonaré jamás…

Y sor Juanota asentía:

—Para morir unas en una parte y otras en otra, mejor morimos todas juntas…

Y en voz baja susurraba a su señora:

—Han de morir tanto si nos quedamos, como si las llevamos…

—¿Las veis muy enfermas?

—Mucho, señora.

—Tal vez podamos acudir a doña Catalina, la cacica, es posible que nos proporcione algún remedio.

Y tal hicieron, presentarse en casa de la cacica, que, cosa inusual, las recibió en su dormitorio, ay, Jesús, María, tumbada en la cama. Enferma también, tal les pareció en un primer momento pero, no, estaba adormilada, con sueños intermitentes, semejantes a los de doña Arabara, pues, de súbito, se despertaba y mismamente volvía a caer en profundo sopor. Y ya se marchaban las monjas porque allí nada había que hacer, cuando la india se incorporó, las llamó con poca voz a la par que ordenaba algo en indio a sus criadas, que salieron apresuradas de la habitación y volvieron con un bebedizo, que la dueña se echó al coleto de un trago y, a poco, resucitó. Y ya las atendió, como si de un hechizo hubiera pasado a un contrahechizo, pero no era eso no, era que había tomado alguna hierba, bien que lo entendieron las monjas. Era que había tomado unos polvos oscuros, llamados cohoba, o algo así, que se ponían en la nariz y se sorbían, algo semejante a la hoja de mascar que, traída de lejanas tierras, consumían los arawacos de Paria. Y eso, del hechizo, al contrahechizo, del veneno, al contraveneno, el caso es que la india, ya en este mundo, las escuchó, aunque antes, les ofreció polvos, que las sores rehusaron, y luego les dio liado para fumar, y de beber, pero lo rechazaron también porque no venían de jarana. Por eso se limitaron a preguntarle por la quina, los polvos blancos de la señora Arabara y, mala suerte, la señora Catalina no supo decirles. Es más abundó que allí el que tenía fiebre fallecía, mayormente si era indio, pues se contagiaba sobre todo de catarro, una mortífera enfermedad traída por los españoles.

Ante tanta contrariedad, Juana optó por hablar con Ojeda y por ofrecerle todas las perlas y el oro que había reunido en Paria, incluida la gran pepita que le regalara el cacique. No supo cuánto le dio, pero el capitán aceptó el trato y demoró la partida.

El almirante Colón despidió a doña Juana y sus monjas en el puerto de Santo Domingo. Hizo grande esfuerzo, pues que le dolía la gota, pero acompañó a la dama:

—Partid con Dios doña Juana —dijo a la par que se inclinaba con dificultad y le besaba la mano, lo mismo que a las otras hermanas.

—Quedad con Dios, don Cristóbal, que Él os ayude en todo vuestro vivir.

Las religiosas, ya las enfermas bastante bien y no dudando que el aire de la mar les resultaría benéfico, llevando las bendiciones de don Juan de Caicedo y fray Tomás y lágrimas en los ojos, ascendieron la pasarela de la *Galana*, la carabela que mandaba don Juan de la Cosa, la última nave de la armada de Ojeda que, al albor del 3 de marzo, día de los santos Emeterio y Celedonio, largó amarras del puerto de Santo Domingo. Estuvieron mucho tiempo apoyadas en la borda de babor saludando al almirante y a los curas hasta que se perdieron de vista, y luego despidiéndose de la isla.

La armada de Ojeda bordeó La Española por oriente, dejó a estribor la isla de Puerto Rico y se echó a la mar, para repetir el regreso de Colón en su primer viaje, un largo recorrido, con única parada en Azores y arribada a Cádiz.

Las carabelas cogieron buenos vientos, pero la vida a bordo resultó aburrida, mucho más que la del viaje de ida, pues que en la *Santa María de Guía*, a más del almirante Colón, que era hombre sabio y muy parlanchín, hubo gente pintoresca y ocurrieron ciertos episodios que las monjas pudieron recordar y comentar. Pero en la *Galana* no, nada sucedía, salvo que, cuando las naves andaban parejas, dicho en «conserva» en lenguaje marinero, escuchaban los lamentos de los esclavos indios que transportaba Ojeda para vender en España, doscientos hombres hacinados en las bodegas de las otras ca-

rabelas, seguramente malcomidos y maltratados, pues que ya
se había guardado muy mucho de no llevar ninguno en el
navío de las monjas, no pretendieran hacer caridad con ellos
y se amotinaran.

Y, de tanto en tanto, el gaviero anunciaba:

—Ballenas a babor.

O:

—Banco de atunes a estribor.

O:

—Peces voladores.

Y eso, aunque las monjas se llegaban a la borda a verlos,
una vez pasaban, volvían a otra vez al tedio. A mayor hastío
del que se habían quejado en la tierra de Paria, y sí, recordaban tal y cual, pero como tuvieron dos meses de viaje, hasta
parecía que a doña Rósula se le hubieran terminado los temas de conversación. Pues repasados hasta la saciedad los in-
cidentes de la *Santa María de Guía*, lo del robo del cáliz por
la gitana, y sus consecuentes: la boda del Jácome con la niña
boba, el abandono de la dicha por el marido; lo del burdel o
escuela de la señora Gracia; lo de Paria, la llegada a la playa
de la Desventura, lo de las buenas mujeres, que haylas en todas partes, lo del Vía Crucis y lo de la mano de oro; la fortuna de que las recogiera don Alonso de Ojeda, la llegada
a La Española tras navegar por una costa casi infinita, hubo
doña Rósula de sacar otros temas a colación. Por eso, las
monjas, que se instalaban en la toldilla cuando no estaban en
su cámara rezando, hablaron del convento, de sor Tal, de sor
Cual, y hasta de sus maridos platicaron, las que lo habían
tenido.

A doña Juana maldita la gracia que le hizo, si habló de su
matrimonio fue por no desatender a la dinerera, que la ani-
maba y le cedía la palabra por ser la abadesa. Dijo doña Juana:

—Casé con don Martín, un caballero de la ciudad de Ávila, galano él y buen cristiano, de familia acaudalada. Un día de mayo de ha muchos años, no recuerdo, señoras mías, a la par que mi hermana maridaba con don Andrés, hermano también de mi señor esposo. Pues mi abuela, la magnífica señora doña Gracia Téllez, por no separarnos a Leonor y a mí, que éramos gemelas, buscó dos hermanos, para que de ese modo viviéramos juntas en una misma casa... Y, como éramos mancas, yo aún lo soy...

—Sea por muchos años —interrumpió doña María.

—No me interrumpa sor María, que no huelgo de platicar de estas cosas...

—Si a su maternidad no le gusta hablar de estas cosas, no hable... Faltaría más —atajó doña Juanota, siempre atenta a los deseos de su priora.

—Decía, sores, que, como éramos mancas, mi señora abuela, aunque hubiera deseado a condes y duques, no encontró hombres de mayor título que quisieran maridar con nosotras. Máxime porque era difícil asunto dar con dos hermanos que no tuvieran reparo en maridar con dos mancas... Con dos tullidas de las que se decía, tanto en Ávila como el reino todo, que un perro nos había comido la mano en el momento de nacer... Una patraña, que otra cosa no es, pues que vinimos a este mundo lisiadas pero ese negocio no se puede achacar a nadie, pues no ha habido disminuidos conocidos en mi familia... Lo de nuestro defecto fue voluntad de Dios...

»Y, ante nuestras bodas, corrió por la ciudad que nuestra manquedad era negocio del diablo, otro tanto que cuando nacimos, por eso nuestros maridos se presentaron ante el altar del Señor con miedo en el corazón y, tras unos esponsales fabulosos por lo ricos que resultaron, pues nuestra abuela sabía y quería hacer bien las cosas, dicho el sí ante el señor cura, ninguno de los dos maridos supo cumplir como hombre, o no pudo, pese a que las malas lenguas sostenían que ambos habían andado con mujeres placeras, Dios les perdone. El caso es que don Martín y yo convinimos en separarnos, dado que no habíamos consumado matrimonio, por su culpa o porque así lo quiso el Señor, y él se entró fraile en los Jerónimos de Guadalupe y yo monja en Santa Clara de Tordesillas, lo demás ya lo conocen vuesas mercedes...

Muchos detalles silenció doña Juana, pero su historia encandiló a sus monjas y hubieran continuado escuchándola días enteros. Pero doña Rósula también quiso contar la suya y tal hizo:

—Maridé, señoras, con un banquero de Medina del Campo, la villa donde nací. Un buen hombre que hizo sus dineros con mucho esfuerzo, que consiguió banco fijo en la plaza de San Antolín, y que cambió dineros a los cristianos y judíos que venían a la feria. Y, como Dios no me dio hijos y algo había de hacer para llenar mi tiempo, pues que tenía criadas que me hacían las tareas del hogar, le propuse al buen Tomás Fernández, mi esposo, que me enseñara cuentas y a rellenar pagarés y letras de cambio y, señoras, hasta hacer endosos aprendí. Pero quiso el Señor llevarse joven a mi marido, que murió de súbito, un domingo a mediodía, después de confesado, comulgado y habiendo oído misa... Del corazón, que le falló el órgano sin haberse disgustado ni alegrado... Pretendí yo quedarme con el banco, nada más fuera por el recuerdo del buen Tomás, por continuar lo que había empezado y por ocupar mi tiempo, a más que gustaba de aquel trabajo: «Páguese al portador tal cantidad; páguese a don Pedro Gómez o a don Isaac Abenamar, tal otra, en tal fecha»... Pero el gremio de banqueros se me echó encima y no me permitió trabajar, todo por ser mujer, y eso que en otras cofradías de Medina ya se admitían viudas… Me negué a dejar el banco y, entre disgusto y disgusto, que es muy enojoso que te anden con artimañas y pretendan hacerte mal, escuché la llamada de Dios, bendito sea y, a poco, vendí mi lugar de la plaza de San Antolín, donde se hacen los negocios de Castilla toda, y mi casa también. Y me presenté en Tordesillas, en Santa Clara, donde doña Teresa, la antecesora de vuesa maternidad, me acogió con cariño y, cuando me preguntó si tenía algún oficio, y le dije: «Soy dinerera», la dama se holgó y muy pronto me confió los caudales del convento… No sé qué harán allí sin mí, pues no dejé sustituta…

—Fue descanso para mí que vos fuerais la dinerera, doña Rósula —se apresuró a decir doña Juana—, siempre supe que nuestra hacienda estaba en buenas manos…

—Ya veremos qué nos encontramos, porque en el convento nadie sabía de dineros…

—El Señor habrá ayudado…

—Me preocupa si todos los villanos habrán pagado el tributo para San Miguel de septiembre y las dos gallinas de Navidad, o si se habrán aprovechado de mi ausencia —comentaba doña Rósula moviendo la cabeza, aunque henchida de gozo por dentro.

—Ahora, sor María, os toca a vos —anunció doña Juanota.

—Yo tuve marido, señoras, pero no deseo hablar de él, perdónenme sus mercedes…

—¿Por qué?

—Porque me pegaba, hermanas, me maltrataba…

—¡Oh!

—¿Era borracho acaso?

—No, era un mal hombre… No me pregunten más sus mercedes…

—¡Ea, pues, lo que digáis…!

—¿Y vos, sor Juanota?

—Yo no me casé, entré a los doce años en el monasterio, de lega, y luego profesé... Mi marido fue Dios...

—No lo hay mejor, doña Juanota.

El caso es que con tales hablas, u otras, las monjas se animaron y que, recorridas cientos de millas, Dios sabe cuántas, los marineros, que las oían, pues el silencio de la mar sólo se cortaba por sus voces y por el viento que crujía en las velas, se les fueron acercando. A preguntarles qué tal estaban, si habían comido bien o a avisarles de la presencia de un banco de peces en torno a la nave, o de cuántas millas faltaban para las Azores. Y el día en que doña Juana sacó a cubierta el Libro de Horas, el que heredaban de unas a otras las abadesas de Santa Clara de Tordesillas, entonces se juntaron con ellas varios hombres queriendo ver las estampas, y la priora permitió que el libro pasara de mano en mano.

En las islas Azores, la armada de don Alonso de Ojeda se detuvo varios días a comprar vino, agua y alimentos frescos. Las monjas no bajaron a tierra ni para afirmar las piernas. Eso sí, en el puerto de Funchal recibieron varias visitas, la del propio Ojeda y otros capitanes, y la del gobernador de la isla que pretendió hablar con ellas, quizá para preguntarle a la abadesa por la Tierra de Gracia, dicha por los indios Paria, pero ella, como bien sabía que Gracia y todo lo que se extendía al oeste, ya fuera mar, ya fuera tierra, pertenecía a los señores reyes de Castilla, se limitó a saludarle y nada le dijo, no fuera a hablar de secretos de Estado.

El silencio de la religiosa fue muy celebrado por los capitanes españoles, que siempre habían de andar con ojo con los portugueses.

Perdido de vista el archipiélago, don Juan de la Cosa habló con doña Juana. La llamó a cubierta, le mostró varios papeles que, unidos, resultaron el dibujo de un mapa, el suyo, en el que se veía a la izquierda África, hasta Guinea, que bien lo sabía la abadesa por las explicaciones que le diera don Duarte Pacheco, y a la derecha las Indias, y le preguntó:

—Señora, vos que vivisteis mucho tiempo en el golfo de Paria, ¿cómo veis esta parte del mapa?

Y doña Juana contempló perfecto el golfo, la boca de la Sierpe, la del Dragón, la isla Trinidad, y lo dijo:

—¡Magnífico, señor, sois un excelente cartógrafo…! Tenéis manos para dibujar mapasmundos, ciudades, ríos y montañas, todo en su propio sitio…

Y aún señaló el punto exacto de la playa de la Desventura y los lugares que ocuparon las cruces de Paria.

De la Cosa, que no se había mostrado precisamente amable y que, salvo buenos días y buenas noches, no había cruzado palabra con ella ni tampoco con sor Rósula, que era parlotera ciento por ciento, en esta ocasión se albrició. Y expresó a la dama:

—Vos hubierais podido ser la reina de Paria y vuestras monjas, vuestras damas…

Y sor Juana, que no se esperaba aquella deferencia ni menos que don Juan fuera hombre de cumplidos, pues era persona hosca, o tal parecía, enrojeció como cuando era moza, y llevóse la mano buena a la mejilla, por disimular su sonrojo.

Y ya sucedió como con el almirante Colón, que don Juan y doña Juana hicieron amistad y hablaron y hablaron, como si al marino se le hubiera soltado la lengua. Del mar, de la tierra, de las islas; del cielo, de las estrellas, de los barcos; de las Indias de Colón, de la India de don Vasco de Gama… y, cuando conversaron sobre si el planeta Tierra tenía forma esférica, la abadesa volvió a enrojecer. A ver, que no fue para menos:

—Las autoridades, el sabio Tolomeo entre ellas, dicen que sí, que es esférica, al igual que la luna y el sol, como puede verse en los eclipses de ambos cuerpos... Vos ponéis un lebrillo con agua, que reciba la luz del sol o de la luna de plano, porque es malo ver directamente un eclipse, pues ciega los ojos... Miráis, y veréis el astro en un círculo perfecto...

—No he visto un eclipse en mi vida, don Juan, estaré atenta...

—Es digno de ver, la mi señora...

—Continuad, por favor.

—Sin embargo, don Cristóbal Colón, y yo estoy con él, como observamos tanta disformidad de clima y estaciones en el primer viaje por estas latitudes, tras estudiar el asunto cada uno por nuestra cuenta, convinimos en que la Tierra no es esférica sino redonda en forma de pera...

—¿Diréis una pera muy redonda?

—Sí. Imaginad una pelota muy redonda, que en un lugar de ella tiene una excrecencia...

—Sí.

—Una teta...

—¿Cómo, señor?

—Sí... Una pelota con un pezón...

Y claro a doña Juana le salían los colores, pese a que sabía bien que su interlocutor no lo estaba haciendo a idea, sino que utilizaba el mismo lenguaje que el almirante y hasta las mismas palabras. Y no es que la dama fuera remilgada, que no, era que con una abadesa de Santa Clara no se debía hablar de tetas, por eso lo dejó. Alegó media jaqueca y se retiró a su cámara. Y nada más entrar, les dijo a sus monjas:

—Yo no sé, hijas, si es que los marinos ven tetas de mujer por todas partes del mundo, o que la palabra forma parte de su lenguaje habitual… No sé, pero Colón me habló de ellas y, ahora, don Juan de la Cosa también… No sé, hijas…

—Los hombres de la mar no suelen tratar con damas sino con mozas de burdel…

—Perdonadle, señora.

—Ya está perdonado.

—Don Juan es un hombre rudo y, como muchos otros, seguro que tendrá el miembro en el cerebro…

—¡Sor Rósula!

—Perdóneme su maternidad…

—Este viaje nos está perturbando a todas.

—A ver, dos años lejos de casa…

—Recemos, hermanas.

A la vista del puerto de Cádiz, los marineros y oficiales de toda la armada de Ojeda estallaron en vivas. Las monjas no echaron vivas al viento, por guardar la compostura que los religiosos deben mantener en toda ocasión, pero estaban felices, se estrechaban las manos entre ellas y daban gracias al Altísimo y a San Bonifacio, el santo del día, por haber vuelto a España sanas y salvas.

Lo que no esperaban es que las aguardara, al pie de la nave, Manuel, el mandadero del convento, con un carro. Por eso todavía se regocijaron más y, naturalmente, no cupieron en sí de gozo y, sin poder contener la emoción, lloraron lágrimas de alegría mientras abrazaban al criado, que se ofuscó, pues que no había previsto semejante recibimiento.

El tiempo que tardó el mandadero en bajar las cuatro arcas de las monjas del barco fue el que emplearon ellas en despedirse de los capitanes y los marineros que les fueron a decir adiós; ni un minuto más, que tenían prisa por volver a casa.

Pero no, no estaba de Dios que regresaran tan pronto, pues como andaban a paso ligero, como si fueran mozas, en busca del carro para montar e irse, ninguna de las cuatro oía al dicho Manuel decirles que las estaba esperando desde hacía meses doña Teuda, a la sazón abadesa de Santa Clara de Sevilla, y que quería descansaran un tiempo en su convento. Cuando, sentadas ya en el vehículo —un buen carruaje tirado por cuatro mulas—, se enteraron de lo que el criado decía, no dijeron que no, pues estaban agotadas y convinieron en que bien les vendría un descanso, antes de iniciar el viaje de regreso, que era largo.

Así que se encaminaron a Sevilla, y entre tanto Manuel les iba informando desde el pescante, pues que volvía la cabeza y les hablaba por el ventanillo del carruaje, que llevaba varios meses por allá, desde que se enteraron las monjas de Tordesillas de su desgracia, por carta que recibieron del arzobispo de Sevilla. Que, entonces lo enviaron y que anduvo de Sanlúcar a Cádiz, de Cádiz al Puerto de Santa María, durante más de seis meses, preguntando de dónde venían las naves que arribaban a uno u otro puerto.

Tres jornadas emplearon las señoras en el viaje y, cuando llamaron a la aldaba del magnífico convento de Santa Clara, en Sevilla que nada tenía que envidiar al suyo en cuanto a la fábrica —después vieron que tampoco en cuanto a la riqueza de imágenes y santas reliquias que albergaba—, fueron recibidas por doña Teuda con mucha ceremonia y agasajo. Y entraron, aún con la sensación de estar en la nave, siendo muy bien recibidas y tratadas, tanto que la abadesa había mandado hacer mejor comida y hasta sacó para postre confites de anises, piñones y vino dulce. Y a doña Juana la instaló en una celda, pared con la suya, que tenía vista a la afamada torre de don Fadrique, perteneciente al cenobio y admirable obra de arte hecha por albañiles mudéjares.

Las monjas se sumaron a la vida conventual con alegría: a los rezos en la capilla —donde se debe orar—, a la clausura, a las comidas en el refectorio —donde las conventuales contemplaban mejor la manquedad de doña Juana, pues tampoco la tapó— y durmieron en tabla, pero las hermanas de Sevilla querían oír sus aventuras y las detenían en los claustros y pasillos para preguntarles bajando la voz:

—¿Repartisteis los hábitos, señoras?

—¿Vestisteis a los indios?

—¿Se pusieron las ropas?

—¿Cómo son los indios?

—¿Eran caníbales?

—¿Os violentaron?

—¿Os encontrasteis perdidas?

—¿Os ayudaron?

Y ellas unas veces respondían que sí y otras que no, salvo sor Rósula que se alargaba todo lo que podía. Todo lo que le dejaba la mayordoma que pretendía a toda costa que en aquella casa de Dios se guardara el preceptivo silencio, como si nunca se hubiera hablado en los conventos de clausura, pese al voto.

Y fue que las monjas sevillanas andaban alteradas. A ver, que querían saber de las buenandanzas y malandanzas de sus compañeras de Tordesillas. A ver, que la vida de las cuatro podía ser tan ilustrativa y tan edificante, o más, que la vida de Santa Clara de Asís o de la Santa Cecilia, por poner unos ejemplos, pues que ambas habían actuado de tal y cual manera en su vivir y su morir antes de ser Santas, cualidad a la que, sin duda, podrían aspirar en el futuro las cuatro religiosas que viajaron a Indias para hacer caridad vistiendo a los indios y sufriendo múltiples penalidades, y para instalar, con la ayuda de Dios, el Vía Crucis más largo del mundo.

Doña Teuda, que era mujer avisada, mantuvo conversación con doña Juana, y ambas convinieron en que sería bueno, nada más fuera por evitar desobediencias, rumores y cuchicheos, que suelen llevar descontento a las clausuras, que las monjas venidas relataran a las estantes sus buenas y malas venturas. Y la sevillana decía:

—Bien lo merece la ocasión... Habéis llevado a cabo grande hazaña, doña Juana.

—Dios y mis monjas lo han hecho todo... Yo, pobre de mí, sólo tuve que dar alguna idea... A más, los indios nos recibieron como a gente venida del cielo y nos atendieron y hasta nos regalaron...

—Y todo eso, señora, lo hicisteis con una sola mano... Me producís sana envidia...

—Sirvo a Dios con una mano lo mismo que se hace con dos...

—Si os parece, doña Juana, podéis relatar vuestra hazaña, después de comer, un día, mañana, quizá...

—Lo hará sor Rósula por mí, si no tenéis inconveniente, es una gran narradora...

—¡Ea, pues, mañana!

Y qué más quiso sor Rósula que, al día siguiente, después de comer y situada en el púlpito de la hermana lectora, echó a hablar y contó andanzas y malandanzas, disfrutando tal vez del día más glorioso de su vida, después del de sus votos perpetuos. Y dicho casi todo y hasta inventadas algunas cosas y trabucadas otras, porque el paso del tiempo todo lo muda, tras responder a mil preguntas que le hicieron las sevillanas y recibir decenas de felicitaciones, no durmió en tres días de tanto gozo que llevaba en su corazón. Por eso al cuarto día, cuando las venidas de Indias llevaban ya descansando una semana en el monasterio de Sevilla, la hermana estaba con la voz tomada, pero ni por ésas guardó silencio en el viaje de regreso a Tordesillas.

Doña Juana, que había mandado al carruajero que comprara un saco de caramelos de miel para llevar a su convento, fue despedida, a lo mismo que sus compañeras, por doña Teuda y por la comunidad sevillana, con mucho amor.

Y, después de un buen viaje, fue recibida en Tordesillas, mejor que si hubiere llegado la reina de Castilla, por la comunidad al completo y por el pueblo entero, que atravesó la verja del convento sin pedir permiso y se instaló en el patio de entrada para vitorear a la señora y acompañantes.

La abadesa respiró aliviada y, tras recibir parabienes de toda la comunidad, hizo que la hermana despensera repartiera los caramelos que había comprado en Sevilla entre la gente de la población y diera a las monjas comida extraordinaria. Luego, a riesgo de ser reprendida por el obispo de Palencia pues que todo se sabe tarde o temprano en este mundo, concedió una semana de asueto para que las religiosas oyeran de labios de sor Rósula la aventura de su viaje a Indias, de su estancia en la tierra de Paria, del negocio de las cruces y de la mano de oro, de su salvación, de su permanencia en la isla de La Española y de su regreso a España, pretendiendo que, al séptimo día de su llegada, la dinerera hubiera terminado con el relato.

Pero no, doña Rósula continuó varios meses narrando la aventura, la desventura, los lances, episodios y peripecias tan al detalle que era como si las cuatro viajeras volvieran a vivir lo ocurrido y las demás lo vivieran por vez primera. De tal manera que la dueña, situada en el púlpito del refectorio, sustituía a la hermana lectora, lo mismo que había hecho en el monasterio de Santa Clara de Asís, en Sevilla, ante el contento de las habitadoras de la casa. Y que, cuando en el convento se conoció, pese a los altos muros de la clausura, que don Cristóbal Colón había sido desembarcado en Cádiz por orden del juez pesquisidor que sus altezas los reyes habían enviado a La Española, a instancias del señor almirante, para poner paz entre los españoles de aquella isla, la sor tuvo tema para rato y tan a la menuda contó el despropósito del juez y el dolor, el desengaño, el apresamiento, el viaje de vuelta a casa y posterior desembarco de tan gran señor, preso y cargado de hierros como un criminal, que sus oyentes lloraron, cierto que, después, se alegraron, cuando la misma les relató tan al pormenor, o más, que el dicho señor, por decisión de los reyes había sido liberado de los grilletes tan pronto se enteraron del desatino del juez.

Y, como la narración de sor Rósula parecía no tener fin, doña Juana, que deseaba volver a sus penitencias, y que sor Juanota, sor María y la propia narradora regresaran a sus tareas, y el resto de las monjas a las suyas sin la cabeza alterada, optó por dar por terminada la narración y volver a la lectura de las vidas de los Santos.

Y, en efecto, antes de comenzar a comer, un día se adelantó a sor Rósula, que, como en días anteriores, iba a seguir contando, y dijo a toda la comunidad reunida:

—Es hora de que volvamos a nuestra vida habitual, a escuchar vidas de Santos… He dicho.

Y aún no había terminado de decir: «He dicho», cuando se le acercó una religiosa, bastante excitada por cierto, llevando en la mano carta del señor obispo de Palencia. La priora rompió los sellos con rapidez, abrió la misiva, la alejó de sus ojos a causa de su vista cansada y leyó a la par que su rostro se ponía rojo, rojo:

A su maternidad doña Juana Téllez de Fonseca, abadesa del monasterio de Santa Clara de Asís, en Tordesillas, salud y amor de Dios.

Amada hija en Cristo Jesús:

Sabed que me vienen reglares, seculares y gentes del común diciéndome que en vuestro convento se descuida la vida monjil. Que las religiosas hablan por los pasillos. Que, en el refectorio, hay una monja que narra y narra vuestro viaje a Indias —el que el Señor os permitió iniciar y terminar felizmente para su gloria— como si fuera juglara y que la comunidad anda alterada, incluso faltando a misa y relegando el Oficio…

No sé, hija mía, os pongo al tanto de lo que se oye, no sea cierto esto que se dice que vuestra vida en la abadía raya en lo mundano, no lo quiera Dios.

Ved de entender en este negocio.

El Señor os guíe. Salud y bendiciones.

JUAN,
obispo de Palencia

La madre Juana terminó la lectura de la carta de su superior más roja todavía, se llevó su mano buena al rostro como para taparse el rubor, y ordenó:

—Lea, doña Rósula esta carta…

La carta pasó de mano en mano hasta llegar a la sor que la leyó de principio a fin, también roja de tez.

Y, oído lo que había que oír —lo que se había temido la abadesa con anterioridad—, como nadie tuvo nada que decir ni menos que replicar y sin que se levantara el menor murmullo, doña Juana fuese sin añadir palabra alguna, pues que bien elocuente que era la carta del obispo de Palencia. Fuese a flagelarse las espaldas con el verduguillo, seguida de doña

330

Juanota, que era su asistente. Sor María fuese a atender su portería, y sor Rósula a contar los dineros que había en el arca y a repasar las cuentas del convento, las entradas y salidas de dos años. Las demás a lo que tuvieren encomendado.

De las andanzas de las religiosas no se volvió a conversar en el refectorio, pero por los pasillos del monasterio sí.

Años después, ya fallecidas sor Juanota, sor María y doña Juana, ya idas a mejor vida dos abadesas detrás de doña Juana, descansen todas en paz, todavía sor Rósula, que era octogenaria, seguía narrando a quien le preguntara la aventura de Indias de cuatro Clarisas en el tercer viaje del almirante Colón, de las primeras monjas que anduvieron por allá.

AGRADECIMIENTOS

A Enrique Barrios Bueno, oficial de la Armada Española, que me aleccionó sobre la navegación y el lenguaje de la mar.

A Carmen Marimón, que cosió un calzón y un sayo para mí, dando 1.450 y 2.253 puntadas, respectivamente.

A mi prima M.ª Rosa Pérez de Irisarri, que, como en otras ocasiones, batalló contra los puntos y las comas.

A la doctora Consuelo Varela, que me regaló buena parte de sus magníficos estudios sobre Cristóbal Colón.

A los cuatro, gracias.

ESTE LIBRO HA SIDO IMPRESO
EN LOS TALLERES DE
A&M GRÀFIC, S. L.
SANTA PERPÈTUA DE MOGODA (BARCELONA)